中外名家精品荟萃

世间万象

冯化平◎主编

散文

内蒙古出版集团有限责任公司

内蒙古文化出版社

图书在版编目(CIP)数据

世间万象 / 冯化平主编 .—呼伦贝尔 : 内蒙古文化出版社,
2010.4
（中外名家精品荟萃 : 1）
ISBN 978-7-80675-798-7

Ⅰ.①世…Ⅱ.①冯…Ⅲ.①文学欣赏—世界Ⅳ.① I106

中国版本图书馆 CIP 数据核字（2010）第 060968 号

世间万象
SHIJIAN WANXIANG

冯化平　主编

责任编辑	姜继飞
装帧设计	博凯设计

出版发行	内蒙古文化出版社
地　　址	呼伦贝尔市海拉尔区河东新春街4 – 3号
直销热线	0470 – 8241422　　邮编　021008

排版制作	北京鸿儒文轩文化传播有限公司
印刷装订	三河市华东印刷有限公司
开　　本	710mm × 1000mm　1/16
字　　数	230千
印　　张	20
版　　次	2010年5月第1版
印　　次	2022年4月第2次印刷
印　　数	5001—8000 册
书　　号	ISBN 978-7-80675-798-7
定　　价	58.00元

一本好书，如一杯茗茶，馨香绕怀，让人久久难忘。读一本好书，如同和伟人对话，智慧之光映射身心……

在这个卷帙浩繁的时代，趁着夜幕降临，坐在床上，静静地捧一本书在怀，让思绪随意流淌，让感触肆意泛滥，无疑是最享受的事情。

而在夜深人静的时候，读散文无疑是最佳选择。

散文，这个中国最早出现的行文体例，一直以来都备受大家推崇。它素有"美文"之称，看似短小的一篇文章，却蕴含着博大的深意。它有精神的见解，有优美的意境，还有清新隽永、质朴无华的文采。它折射的是时代的风采，凝聚的是社会的深意。我们甚至可以说，一本散文就是一个思想的凝结点，反应的是一个时代的精神内涵。

现在我们推出的《中外名家精品荟萃》书系，包罗了近百年来中外广泛流传的名家名作。它们的作者大都是在历史上享有崇高地位，曾经影响过文坛的大师、巨匠、泰斗。这些作品经受住了时间的考验和历史的洗礼，作者的思想高度和精神内涵在岁月中不断沉淀，最终成为最美丽的琥珀。

这些散文经过我们整理分类，共分为四部分，具体包括《世间万象》、《似水年华》、《人生百味》和《生活端倪》。这些文章沉淀岁月的精华，是大师感悟的参透，思想的火花，理念的凝聚，睿智的结晶。它们包容大千世界，穿透人生社会，寄寓于人生百态家长里短，是社会的浓缩，世事的内核。它们深刻体现了大师们的洞察入微和真知灼见，堪称句句经典，字字珠玑。通过阅读它们我们可以穿越时空和大师进行思想上的交流，让大师们智慧的光芒和精神的力量，启迪和引导我们未来的生活，让我们的心灵、思想和人生得到最好的升华。

在本书的整理编辑过程中，我们还打破了纯文学的界限，不仅精选了中外著名作家的有关名篇，还精选了哲学家、成功家、思想家、政治家以及科学家等著名人士的哲理美文，内容可谓相当丰富。

这套内容丰富，闪现着思想光芒的书系读者群相信也会非常庞大，学生、上班族，文学爱好者、一般读者都可以阅读和收藏。这些文章能使我们站在大师的肩上，感受文学艺术的最高境界，直接欣赏水平和阅读品味。

我们在编辑本套书系的时候，尽管选文广泛，涉及面广，也得到了权威专家的指导，但仍然感到资料有限，才疏学浅，因此难免出现选文不周、挂一漏万。疏忽大意的地方，敬请各位读者指正批评。

目　录

心中的真理

> 人生是短暂的,而真理的影响是深远的,它的生命是悠长的,让我们谈论真理吧。
>
> ——叔本华

时代的昭示

千万不要过高地估计现在,千万不要寄希望于现在,幸福和愉快只能是对幸福未来的美好憧憬。

——契诃夫

我们的责任

　　我们最重要的责任,就是应当努力减少人类的痛苦与残忍,使我们的社会更加幸福与和谐。

——罗曼·罗兰

人类的镜子

如果不把解剖刀深入到人类的行动、思维和欲望深处无意识的领域，就不能了解人类精神的全貌，当然也就不能了解生命的全题。

——池田大作

社会的波浪

在这个世界上，好和坏常常结合在一起，其间有悲伤也有欢乐，把好和坏协调起来是一件最难办的事情，但我们看见恶时，也应看到善。

——泰戈尔

心中的真理

人生是短暂的，
而真理的影响是深远的，
它的生命是悠长的，
让我们谈论真理吧。

——叔本华

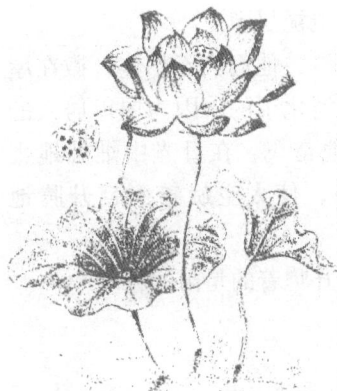

雪

—— ［中国］ 鲁 迅

在无边的旷野上，在凛冽的天宇下，
闪闪地旋转升腾着的是雨的精魂……

暖国的雨，向来没有变过冰冷的坚硬的灿烂的雪花。博识的人们觉得他单调，他自己也以为不幸否耶？江南的雪，可是滋润美艳之至了，那是还在隐约着的青春的消息，是极壮健的处子的皮肤。雪野中有血红的宝珠山茶，白中隐青的单瓣梅花，深黄的磬口的腊梅花；雪下面还有冷绿的杂草。蝴蝶确乎没有，蜜蜂是否来采山茶花和梅花的蜜，我可记不真切了，但我的眼前仿佛看见冬花开在雪野中，有许多蜜蜂们忙碌地飞着，也听得他们嗡嗡地闹着。

孩子们呵着冻得通红，像紫芽姜一般的小手，七八个一齐来塑雪罗汉。因为不成功，谁的父亲也来帮忙了。罗汉就塑得比孩子们高得多，虽然不过是上小下大的一堆，终于分不清是壶卢还是罗汉，然而很洁白，很明艳，以自身的滋润相粘结，整个地闪闪地生光。孩子们用龙眼核给他做眼珠，又从谁的母亲的脂粉奁中偷得胭脂来涂在嘴唇上，这回确是一个大阿罗汉了。他也就目光灼灼地嘴唇通红地坐在雪地里。

第二天还有几个孩子来访问他，对了他拍手、点头、嘻笑。但他终于独自坐着了。晴天又来消释他的皮肤，寒夜又使他结一层冰，化作不透明的水晶模样，连续的晴天又使他成为不知道算什么，而嘴上的胭脂也褪尽了。

但是，朔方的雪花在纷飞之后，却永远如粉，如沙，他们决不粘连，撒在屋上、地上、枯草上，就是这样。屋上的雪是早已就有消化了的，因为屋里居人的火的温热。别的，在晴天之下，旋风忽来，便蓬勃地奋飞，在日光中灿灿地生光，如包藏火焰的大雾，旋转而且升腾，弥漫太空，使太空旋转而且升腾地闪烁。

在无边的旷野上，在凛冽的天宇下，闪闪地旋转升腾着的是雨的精魂……

是的，那是孤独的雪，是死掉的雨，是雨的精魂。

暴风雨之前

—— [中国] 瞿秋白

没有暴风雨的发动，不经过暴风雨的冲洗，
是不会重见光明的。
暴风雨呵，只有你能够把光华灿烂的宇宙还我们！只有你！

宇宙都变态了！

一阵阵的浓云，天色是奇怪的黑暗，如果它还是青的，那简直是鬼脸似的靛青的颜色。是烟雾，是灰沙，还是云翳把太阳蒙住了？为什么太阳会是这么惨白的脸色？还露出了恶鬼似的雪白的十几根牙齿？

这青面獠牙的天日是多么鬼气阴森，多么凄惨，多么凶狠！

山上的岩石渐渐的蒙上一层面罩，沙滩上的沙泥簌簌的响着。远远近近的树林呼啸着，一忽儿低些，一忽儿高些，互相唱和着，呼啦呼啦……嗽嗽喑喑……宇宙的呼吸都急促起来了。

一阵一阵的成群的水鸟，不知道在什么地方受着了惊吓，慌慌张张的飞过来。它们想往哪儿去躲？躲不了的！起初是偶然的，后来简直是时时刻刻发现在海面上的铄亮的，真所谓飞剑似的，一道道的毫光闪过去。这是飞鱼。它们生着翅膀，现在是在抱怨自己的爷娘没有给它们再生几只腿。它们往高处跳，跳到哪儿上？始终还是落在海里的！

海水快沸腾了。宇宙在颠簸着。

一股腥气扑鼻子里来。据说是龙的腥气。极大的暴风雨和霹雳已经在天空里盘旋着，这是要"挂龙"了。隐隐的雷声一阵紧一阵松的滚着，雪亮的电闪扫着。一切都低下了头，闭住了呼吸，很慌乱的躲藏起来。只有成千成万的蜻蜓，一群群的哄动着，随着风飞来飞去。它们是奇形怪状的，各种颜色都有：有青白紫黑的，像人身上的伤痕；也有鲜丽的通红的，像人的鲜血。它们都很年青、勇敢，居然反抗着青面獠牙的天日。

据说蜻蜓是"龙的苍蝇"。将要"挂龙"——就是暴风雨之前，这些"苍蝇"闻着了龙的腥气，就成群结队的出现。

暴风雨快要来了。暴风雨之中的雷霆，将要辟开黑幕重重的靛青色的天。海翻了个身似的泼天的大雨，将要洗干净太阳上的白翳。没有暴风雨的发动，不经过暴风雨的冲洗，是不会重见光明的。暴风雨呵，只有你能够把光华灿烂的宇宙还给我们！只有你！

但是，暂时还只在暴风雨之前。"龙的苍蝇"始终只是些苍蝇，还并不是龙的本身。龙固然已经出现了，可是，还没有扫清整个的天空呢。

落 花 生

—— ［中国］ 许地山

> 花生的用处固然很多，但有一样是很可贵的。
> 这小小的豆不像那好看的苹果、桃子、石榴，
> 把他们的果实悬在枝上，鲜红嫩绿的颜色，
> 令人一望而发生羡慕之心。

我们屋后有半亩空地。母亲说，让他荒芜着怪可惜，既然你们那么爱吃花生，就辟来做花生园罢。我们几姊弟和几个小丫头都很喜欢——买种的买种，动土的动土，灌园的灌园；过了几个月，居然收获了！

妈妈说："今晚我们可以做一个收获节，也请你们爹爹来尝尝我们的新花生，如何？"我们都答应了。母亲把花生做成好几样的食品，还吩咐这节期要在园里的茅亭举行。

那晚上的天色不大好，可是爹爹也到来，实在很难得！爹爹说："你们爱吃花生么？"

我们都争着答应："爱！"

"谁能把花生的好处说出来？"

姊姊说："花生的气味很美。"

哥哥说："花生可以制油。"

我说："无论何等人都可以用贱价买他来吃，都喜欢吃他。这就是他的好处。"

爹爹说："花生的用处固然很多，但有一样是很可贵的。这小小的豆不像那好看的苹果、桃子、石榴，把他们的果实悬在枝上，鲜红嫩绿的颜色，令人一望而发生羡慕之心。他只把果子埋在地下，等到成熟，才容人把他挖出来。你们偶然看见一棵花生瑟缩地长在地上，不能立刻辨出他有没有果实，非得等到你把他挖出来才能知道。"

我们都说："是的。"母亲也点点头。爹爹接下去说："所以你们要像花生，因为他是有用的，不是伟大、好看的东西。"我说："那么，人要做有用的人，

不要做伟大、体面的人了。"爹爹说:"这是我对你们的希望。"

我们谈到夜阑才散,所有花生食品虽然没有了,然而父亲的话现在还印在我心版上。

银 杏

—— ［中国］ 郭沫若

你没有丝毫依阿取容的姿态，但你也并不荒伧；
你的美德像音乐一样洋溢八荒，但你也并不骄傲；
你的名讳似乎就是"超然"，你超然于一切的草木之上，
你超然于一切之上，但你并不隐遁。

银杏，我思念你，我不知道你为什么又叫公孙树。但一般人叫你是白果，那是容易了解的。

我知道，你的特征并不专在乎你有这和杏相仿佛的果实，核皮是纯白如银，核仁是富于营养——这不用说已经就足以为你的特征了。

但一般人并不知道你是有花植物中最古的先进，你的花粉和胚珠具有着动物般的性态，你是完全由人力保存了下来的奇珍。

自然界中已经是不能有你的存在了，但你依然挺立着，在太空中高唱着人间胜利的凯歌。

你这东方的圣者，你这中国人文的有生命的纪念塔，你是只有中国才有呀，一般人似乎也并不知道。

我到过日本，日本也有你，但你分明是日本的华侨，你侨居在日本大约已有中国的文化侨居在日本的那样久远了吧。

你是真应该称为中国的国树的呀，我喜欢你，我特别的喜欢你。

但也并不是因为你是中国的特产，我才特别的喜欢，是因为你美，你真，你善。

你的株干是多么的端直，你的枝条是多么的蓬勃，你那折扇形的叶片是多么的青翠，多么的莹洁，多么的精巧呀！

在暑天你为多少的庙宇戴上了巍峨的云冠，你也为多少的劳苦人撑出了清凉的华盖。

梧桐虽有你的端直而没有你的坚牢。

白杨虽有你的葱笼而没有你的庄重。

熏风会媚妩你，群鸟时来为你欢歌；上帝百神——假如是有上帝百神，我相信每当皓月当空，他们会在你脚下来聚会。

秋天到来，蝴蝶已经死了的时候，你的碧叶要翻成金黄，而且又会飞出满园的蝴蝶。

你不是一位巧妙的魔术师吗？但你丝毫也没有令人掩鼻的那种的江湖气息。

当你那解脱了一切，你那槎牙的枝干挺撑在太空中的时候，你对于寒风霜雪毫不避易。

那是多么的嶙峋而又洒脱呀，恐怕自有佛法以来再也不曾产生过像你这样的高僧。

你没有丝毫依阿取容的姿态，但你也并不荒伧；你的美德像音乐一样洋溢八荒，但你也并不骄傲；你的名讳似乎就是"超然"，你超然于一切的草木之上，你超然于一切之上，但你并不隐遁。

你的果实不是可以滋养人，你的木质不是坚实的器材，就是你的落叶不也是绝好的引火的燃料吗？

可是我真有点奇怪了：奇怪的是中国人似乎大家都忘记了你，而且忘记得很久远，似乎是从古以来。

我在中国的经典中找不出你的名字，我很少看到中国的诗人咏赞你的诗，也很少看到中国的画家描写你的画。

这究竟是怎么一回事呀？你是随中国文化以俱来的亘古的证人，你不也是以为奇怪吗？

银杏，中国人是忘记了你呀，大家虽然都在吃你的白果，都喜欢吃你的白果，但的确是忘记了你呀。

世间上也尽有不辨菽麦的人，但把你忘记得这样普遍、这样久远的例子，从来也不曾有过。

真的啦，陪都不是首善之区吗？但我就很少看见你的影子。为什么遍街都是洋槐，满园都是幽加里树呢？

我是怎样的思念你呀，银杏！我可希望你不要把中国忘记呀。

这事情是有点危险的，我怕你一不高兴，会从中国的地面上隐遁下去。

在中国的领空中会永远听不着你赞美生命的欢歌。

银杏，我真希望呀，希望中国人单为能更多吃你的白果，总有能更加爱慕你的一天。

野　草

—— ［中国］夏　衍

没有一个人将小草叫做"大力士"，
但是它的力量之大，的确是世界无比，这种力，
是一般人看不见的生命力，只要生命存在，这种力就要显现。

有这样一个故事。

有人问：世界上什么东西的气力最大？回答纷纭得很，有的说"象"，有的说"狮"，有人开玩笑似的说是"金钢"，金钢有多大气力，当然大家全不知道。

结果这一切答案完全不对，世界上气力最大的，是植物的种子。一粒种子可以显现出来的力，简直是超越一切，这儿又是一个故事。

人的头盖骨，结合得非常致密与坚固，生理学家和解剖学者用尽了一切的方法，要把它完整地分出来，都没有这种力气，后来忽然有人发明了一个方法，就是把一些植物的种子放在要剖析的头盖骨里，给它以温度与湿度，使它发芽，一发芽，这些种子便以可怕的力量，将一切机械力所不能分开的骨骼，完整地分开了，植物种子力量之大，如此如此。

这，也许特殊了一点，常人不容易理解，那么，你看见笋的成长吗？你看见被压在瓦砾和石块下面的一棵小草的生长吗？它为着向往阳光，为着达成它的生之意志，不管上面的石块如何重，石块与石块之间如何狭，它必定要曲曲折折、顽强不屈地透到地面上来，它的根往土壤钻，它的芽往地面挺，这是一种不可抗的力，阻止它的石块，也被它掀翻，一粒种子的力量之大，如此如此。

没有一个人将小草叫做"大力士"，但是它的力量之大，的确是世界无比，这种力，是一般人看不见的生命力，只要生命存在，这种力就要显现，上面的石块，丝毫不足以阻挡，因为它是一种"长期抗战"的力，有弹性、能屈能伸的力，有韧性、不达目的不止的力。

种子不落在肥土而落在瓦砾中，有生命力的种子决不会悲观和叹气，因为有阻力才有磨炼。生命开始的一瞬间就带了斗争来的草，才是坚韧的草，也只有这种草，才可以傲然地对那些玻璃棚中养育着的盆花哄笑。

白杨礼赞

—— [中国] 茅 盾

> 我赞美白杨树，就因为它不但象征了北方的农民，尤其象征了今天我们民族解放斗争中所不可缺的朴质、坚强，以及力求上进的精神。

白杨树实在不是平凡的，我赞美白杨树！

当汽车在望不到边际的高原上奔驰，扑入你的视野的，是黄绿错综的一条大毡子：黄的，那是土，未开垦的处女土，几十万年前由伟大的自然力所堆积成功的黄土高原的外壳；绿的呢，是人类劳力战胜自然的成果，是麦田，和风吹送，翻起了一轮一轮的绿波——这时你会真心佩服昔人所造的两个字"麦浪"，若不是妙手偶得，便确是经过锤炼的语言的精华；黄与绿主宰着，无边无垠，坦荡如砥，这时如果不是宛若并肩的远山的连峰提醒了你（这些山峰凭你的肉眼来判断，就知道是在你脚底下的），你会忘记了汽车是在高原上行驶。这时你涌起来的感想也许是"雄壮"，也许是"伟大"，诸如此类的形容词，然而同时你的眼睛也许觉得有点倦怠，你对当前的"雄壮"或"伟大"闭了眼，而另一种味儿在你心头潜滋暗长了——"单调"！可不是，单调，有一点儿罢？

然而刹那间，要是你猛抬眼看见了前面远远地有一排——不，或者甚至只是三五株，一二株，傲然地耸立，像哨兵似的树木的话，那你的恹恹欲睡的情绪又将如何？我那时是惊奇地叫了一声的！

那就是白杨树，西北极普通的一种树，然而实在不是平凡的一种树！

那是力争上游的一种树，笔直的干，笔直的枝。它的干呢，通常是丈把高，像是加以人工似的，一丈以内，绝无旁枝；它所有的丫枝呢，一律向上，而且紧紧靠拢，也像是加以人工似的，成为一束，绝无横斜逸出；它的宽大的叶子也是片片向上，几乎没有斜生的，更不用说倒垂了；它的皮，光滑而有银色的晕圈，微微泛出淡青色。这是虽在北方的风雪的压迫下却保持着倔强挺立的一种树！哪怕只有碗来粗细罢，它却努力向上发展，高到丈许，二丈，参天耸立，不折不挠，对抗着西北风。

这就是白杨树，西北极普通的一种树，然而决不是平凡的树！它没有婆娑的姿态，没有屈曲盘旋的虬枝，也许你要说它不美丽——如果美是专指"婆娑"或"横斜逸出"之类而言，那么白杨树算不得树中的好女子；但是它却是伟岸、正直、朴质、严肃，也不缺乏温和，更不用提它的坚强不屈与挺拔，它是树中的伟丈夫！当你在积雪初融的高原上走过，看见平坦的大地上傲然挺立这么一株或一排白杨树，难道你觉得树只是树，难道你就不想到它的朴质、严肃、坚强不屈，至少也象征了北方的农民！难道你竟一点儿也不联想到，在敌后的广大土地上，到处有坚强不屈，就像这白杨树一样傲然挺立的守卫他们家乡的哨兵！难道你又不更远一点儿想到这样枝枝叶叶靠紧团结，力求上进的白杨树，宛然象征了今天在华北平原纵横激荡用血写出新中国历史的那种精神和意志！

白杨不是平凡的树。它在西北极普遍，不被人重视，就跟北方农民相似；它有极强的生命力，磨折不了，压迫不倒，也跟北方的农民相似。我赞美白杨树，就因为它不但象征了北方的农民，尤其象征了今天我们民族解放斗争中所不可缺的朴质、坚强，以及力求上进的精神。

让那些看不起民众，贱视民众，顽固的倒退的人们去赞美那贵族化的楠木（那也是直干秀颀的），去鄙视这极常见，极易生长的白杨罢，但是我要高声赞美白杨树！

思　潮

——[中国] 庐　隐

刚才所涌现我眼前的东西，
原来都是起伏不定的思潮，
那个像老太太也只是从前的印象
——现在的思潮呵！……

　　开着窗户，对着场圃，很暇豫的眺望：绿草刚刚萌芽，碧桃却含着无限的春意，对人微微笑着——轻盈而娇艳；花影射在横塘里，惹得鱼儿上下的征逐，清闲快乐，这么过一生，便北面封王也比不上这个好呵！在这波清气爽的境地，几个亲密的朋友，拉着手在这草地上散步，唱着甜美的歌儿，天上的安琪儿都要羡慕呢！要是倦了，就坐在这块滑润的石头歇着，听水声潺潺地流着，正是一种天然的音乐，这石头多么"玲珑透剔"呵！……呀！像是甚么地方也有这么一块？……哦！不错，三个卷着头发，露着雪白小腿，蓝眼睛白脸蛋的小女孩，倚在那石头上，三四个游公园的男学生，拿着照相器给她们拍照，那个顶小的，忽然垂着眼皮，突着嘴叫道："萧妈！我生气啦！"这个声音娇憨而清脆，惹得四围许多男的女的老的少的，都张着嘴，眯着眼，嘻嘻哈哈地笑个不住。奇怪呵！他们真像上了机器似的，嘴里不住叫着"这孩子真有意思！……真有意思，嘻嘻嘻"眼睛眯着，不细看简直看不出缝来。

　　一个老头，一只手拿着一根拐杖，一只手摸着胡子，弯曲着腰，也是"哈哈哈"地笑；她更奇怪，倚在小山石上，一边张着嘴笑得唉呀唉呀的，一边眼泪却好像"断线珍珠般"往下坠。

　　忽然大家都寂静了，许许多多的眼神，都集中在那三个天真烂漫的孩子身上；她们也很清楚照相是一件很要注意的事情：挺直了腰，放好手，仰着头，碧蓝的三对小眼，也都聚精会神，对着相架那边望着，现在已是准备好了。一个男学生笑着对她们说："别动呵！要照啦！"忽然顶小的那个，眼睛一转，不知想起甚么，赶紧转过头来，对着她那个萧妈嚷道："你瞧，你瞧，那边一只小狗狗……一只狗狗。"说着小手不由得举起来往远处——一只西洋狮子狗伏的地方指着，跟着小腿也不觉得抬起来，一步一步的向前迈，渐渐迈得更快，竟跑着追起那个小狗来了。

许多经过她们旁边的游人，都站住看她们。起初人们都怔怔地望着她——追小狗的女孩子，灵魂都被她那活泼天真勾了去，寂静和幽秘是这时候的空气；忽然一回头，见那两个稍大的女孩子，仍旧很文静的站在那里，预备着，希望照一张很整齐的相，这才提醒了大家，一阵哈哈的笑声，立刻打破了空气的寂静。

她追着小狗，跑得累了，细弱的娇喘，涨得柔嫩的面皮，红艳得像浇着露水、新开的紫玫瑰花。她额上的头发，也散了下来，覆在脸上；小手不住在胸口摩挲，望了众人一眼，又蹦蹦跳跳地跑开了；跑到萧妈面前，接了小白帽子，斜歪着戴在头上，憨皮的样子和稚琴简直差不多。当天热的时候，在大马路上不是时常看见稚琴戴着那顶白蓬布帽子摇摇摆摆的走过吗？得意而且活泼的神情，时时从她眼睛里流露出来；公司门口那架大镜子，当她走过这里的时候，必要照一回。

照镜子原是靠不住的事情啊！从前"新世界"里放着八架镜子，每一架镜子，把人照成一个样子，八架镜子就把人照成八个样子。德福她长得极胖——在学堂里验起身体来，她的体重总在一百五十斤以上，她可是极不相信她是真胖，那天她逛"新世界"，看见一个个来逛的太太小姐们，都很细挑，竟惹起她的怀疑心来："我果比她们胖吗？"这个念头老在她心里起伏，恰好她走到这架镜子面前——一个照人细长的镜子里，立刻露出一个"长身玉立"的她，这一喜欢真非同小可啊！她不觉自言自语的道："人家都说我胖，块头大不好看，他们真是没眼睛呢！绍玉她在我们一堆算是顶小顶瘦的了，可是和我也差不多呢！到底是镜子有准啊！"

胖子顶怕人说胖，可是爱睡觉，就足以做胖子的特征呢。姚先生也是一个胖子，脂肪真多呵，五脏都被脂肪蒙住了，脑子也胶住啦，所以顶喜欢睡觉，无论坐在车上或是椅上，到不了三分钟，就可睡着；站在门槛上，或柱旁边，也是立刻要打呼的……那天他站在台阶上，看人家行结婚礼，嘴里还衔着一支吕宋烟，忽然烟卷从他嘴里掉了下来，跟着"了不得，快着，快着……"一阵的乱叫，大家都吓住了，抬头往对面一看，原来是他又睡觉了，险些儿摔下来，幸亏旁边的人扶得快，不然怕免不了头破血流呢！——野狗又得一顿饱了。

嘿！野狗吃人血真可怕呢！上次西郊外，难民阿三，不是被野狗把腿咬断了吗？血流了一地，像一道小红河似的，野狗不久就把他喝干了！人真可怜呵！做了难民更可怜，对了他们"泣饥号寒"的同类，有良心谁能不为他们叫屈呢？我们当然要帮助他们，使他们得到平安；他们又何尝不希望别人拯救他们？只是他们的运气不好，有心的又没力，有力的又没心！他们就是把一只耕地的肥牛牵出来卖，这个牛也不受他们的支配呢！无论卖给谁，它都要用它那个犄角，做抵抗的武器，和人家拼命呢！必得等到王大来了，用一种甚么降魔的方法，它才帖帖服服跟他去了……世界上没有方法是不能做事呵！

人家说王大知道牛脾气，所以他能降伏牛，这些难民他不知道牛脾气，又怎么会降伏牛，以至于要牛救济他们呢？乡下人真不懂事呵！那个马惊了，赵老婆子不知道躲进屋里去，反倒躲在放螃蟹的木桶里。螃蟹本是"横行公子"，它怎解得救济人？赵老婆的脚，竟被它那两把大钳子夹得出了血，只得不顾命的从桶里窜了出来，一个不小心，木桶倒了，养螃蟹的腥水，浇了她一身，像一个雨淋的水鸡，像刺猬般的缩作一团，怎么不可笑呢！

公园的小孩……胖子都赶不上这个有趣，哈哈！我不禁对着天空大笑起来。

"嘿！你莫非真得了神经病吗？"她——我的表妹推了我一下，我才定了神，四面的看看，除了从窗户射进来的阳光，照着壁上的钟闪闪放光——似乎是新鲜的以外，其余的布置没改平日分毫的样子。刚才所涌现我眼前的东西，原来都是起伏不定的思潮，那个傻老太太也只是从前的印象——现在的思潮呵！……

一阵暴风雨

—— 〔中国〕庐　隐

> 他是一个好心的人，不过年轻的时候，
> 有些浪漫，我曾听他说，当他在上海读书的时候，
> 曾被一个咖啡店的侍女引诱过……

吃过午饭后张出去看朋友。

万先生、陈太太和我都在客厅里坐着。不久时先生也来了，今天那两位小姐还要来——我们就在这里等候她们。

始终听不见门上的电铃响，时先生和我们都在猜想她们大概不来了。忽然沉默的陈太太叫道："客人来了！客人来了！"万先生抢先的迎了出去，一个面生的女客提着一个手提箱，气冲冲的走了进来：

"这里有没有一位张先生？"

"有，但是他出去了。"

"什么时候回来？"

"那我们不清楚！……您贵姓？"万先生问她。

"我吗？姓张。"

"是张先生的亲眷吗？从哪里来？"

"是的，我从上海来！"

万先生殷勤的递了一杯茶给她，她的眼光四处的溜着，神气不善。我有些怀疑她的来路，便悄悄的走了出来，并向万先生和时先生丢了一个眼色。他们很机警，在我走后他们也跟了出来。

"你们看这个女人，是什么路道？"我问。

"来路有点不善，我觉得……你同张先生很熟，大约可以猜得出几分吧！"

张先生是我一个很好的朋友，他最近也搬到此地来住。他是一个好心的人，不过年轻的时候，有些浪漫，我曾听他说，当他在上海读书的时候，曾被一个咖啡店的侍女引诱过——那时他住在学校附近的一所房子的三层楼上。有一天他到咖啡店里去吃点心，有一个女招待很注意他——不过那个女招待样子既不漂亮，

· 15 ·

脸上还有历历落落的痘斑，这当然不能引起他的好感。吃过点心后他仍回到家里去。

过了一天，他正在房里看书，只见走进一个女子——这突如其来的不速之客当然使他不由得吃惊，不过在他细认之后，就看出那女子正是咖啡店里注意他的侍女。

"哦，贵姓张吗？……请将今天的报借我看看。"

张先生把报递给她，她看过之后，仍旧坐着不动。

当然张先生不能叫她走，便和她谈东说西的说了一阵，直到天黑了她才辞去。

第二天黄昏时，她又来找张先生，她诉说她悲苦的身世。张先生是个热心肠的人，虽不爱她，却不能不同情她是没有父母的一个孤苦女儿——但天知道这是什么运命。这一天夜里，她便住在张先生的房里。

这么容易的便发生关系，张先生不能不怀疑是上了当，因此第三天就赶紧搬到他亲戚家里去了。

几个月之后，那个女子便来找他。在亲戚家里会晤这样一个咖啡店的侍女，究竟不风光，因此他们一同散步到徐家汇那条清静的路上去。

"你知道，我现在已经发觉生理上起了变化。"她说。

"什么生理上起了变化？我不懂你的意思！"但张先生心里也有点着慌，莫非说，就仅仅那夜的接触，便惹了祸吗？

"怎么你不懂？老实告诉你吧，我已经怀了孕。"

"哦！"张先生怔住了。

"现在我不能回到咖啡店去，我又没有地方住，你得给我想想法子。"她说。

张先生心里不禁怦怦的跳动，可怜，这又算什么事呢？从来就没想和这种女人发生关系，更谈不到和她结婚，就不论彼此的地位，我对她就没有爱，但竟因她的诱引，最后竟得替她负责！

张先生低头沉思着，一句话也说不出。

"你怎么不吱一声响？……我预备明天就搬出咖啡店，你究竟怎么对付我？"

"你不必急，我们去找间房子吧！"

总算房子找到了，把她安置好，又从各处筹了一笔款给了她，张先生便起身到镇江去做事。

两个月以后她来信报告说已经生了一个女孩。

这使张先生有点觉得怪，怎么这么快？不到六个月便生了一个女孩……但究竟年轻，不懂得孩子到底可否六个月生出，因脸皮薄，又不好对旁人讲。

张先生从镇江回来时曾去看她，并且告诉她将要回到北方的家里去。

"你不能回去，要走也得给我一个保障！"那女子沉思后毅然决然的说。

"什么保障?"张先生慌忙的问。

"就是我们正式结了婚你再走!"那女子很强硬的要求。

"那无论如何办不到!我已经定过婚。"张先生说。

"定过婚也没有关系,现在的人就是娶两个妻子并不是奇事,而且我已经是这个光景,怎能另嫁别人?"

"无论你的话对不对,我也得回去求得家庭的许可才是!"

"好吧,我也不忍使你为难,不过至少你得写一张婚书给我,不然你是走不得的。"

张先生本已定第二天就走,船票已经买好,想不到竟发生这些纠葛。"好吧!"张先生说,"你一定要我写,我就写一张!"

于是他在一张粗糙的信笺上写了:

"为订婚事,张某与某女士感情尚称融洽,订为婚姻,俟张某在社会上有相当地位时,再正式结婚……"

这么一张不成格式的婚书总算救了张先生的急。

张先生回到北方去后,才晓得那个孩子并不是他的;过了两个月孩子因为生病死了,张先生的责任问题,很自然的解除了。从那时起张先生便和那女子断绝了关系,不知怎么今天她又找了张先生来。

我同万先生和时先生正谈讲着,那位女客竟毫不客气的,走了进来。

"张先生究竟什么时候回来?"

万先生道: "那说不定,这里是一个姓陈的军官的房子,我们都是客人。……"

"军官吗?军官我也不怕!"那女子神经过敏的愤怒起来。

"哦,我并没有说你怕军官,事实是如此,我只把事实告诉你……你不是找张先生吗?……但这里也不是张先生的房子,他也只是借住的客人!"万先生有些不高兴的说。

那女客没有办法又回到客厅里去,万先生和时先生也跟了进去。

"我从早晨六点钟从上海上车到此刻还没有吃东西,叫娘姨替我买碗面吃。"她说。

"她真越来越不客气,大有家庭主妇的神气。"万先生自心里想,但不好拒绝她,便喊娘姨来。可是娘姨的眼光是雪亮的,这种奇怪的女客没得主人的命令,她们是不轻易受支配的。

一个新来的湖南娘姨走了进来。

"万先生喊我什么事?"她说。

"你去给买一碗面来,这位女客要吃!"

"我是新来的,不晓得哪里有面卖。而且我正哄着小妹妹呢,你叫别个去吧！"她说完头也不回的走了。万先生无故的碰了一个钉子，正在没办法的时候，门口响着马靴的声音，军官陈先生回来了。

这位陈军官是现代的军人，他虽穿着满身戎装，但人却很温文客气。

"好了，陈先生回来了，您有什么事尽可同陈先生说，他是这里的主人……"万先生对那个女子说。

"陈先生您同张先生是朋友吧？"她问。

"不错，我们是朋友。"陈先生说。

"那就好办了，唉，张先生太不漂亮了，为什么躲着不见我！"女子愤然的说。

"女子同张先生也是朋友吗？几时认识的？"陈先生问。

"我们呀也可以说是朋友，但实际上我们的关系要在朋友以上哩！"

"那么究竟是哪种关系呢？……怎么我从来没听张先生说过。"

"这个你自己去问张先生，自然会明白的。"

"那且不管他，只是女士找张先生有什么事？……张先生也是初搬到这里暂住，有时他也许不回来……我看女士无论有什么事告诉我，我可以替你转达，好吧？"

"不，我就在这里等他，今天不回来明天总要回来了！"女子悍然的说。

"但是女士在这里究竟不便当呵。"

"也没有什么不便当，我今夜就在这里坐一夜，再不然就在院子里站一夜也不要紧！"

"女士固然可以这么做，可是我不好这样答应，不但对不起女士，也对不起张先生的。我想女士还是把气放平些，先到旅馆里去，倘使张先生回来了，我叫他去看你，有什么问题你们尽可从长计议，这样不是两得其便吗？"陈先生委婉的说。

"但是我一个孤身女子住旅馆总不便当，而且我们上海也有许多亲戚朋友，说来不好听。"陈先生听见那女子推辞的话，不禁冷笑了一声，正在这时候门外又走进两位女客，正是我们所期待的芝小姐与菡小姐了。她们走进来看了这位面生的女客，大家都怔住不响。

"我想女士还是先到旅馆去吧，一个女子住旅馆并不算稀奇的事，你看这两位小姐不也是住在旅馆里吗？"陈先生指着芝小姐和菡小姐说。

"不过她们是两个人呵！"她说。

"住旅馆有什么要紧，我在上海时还不是一个人住旅馆，像我们这种离家在外求学的人，不住旅馆又住在什么地方？没有关系的……"

"是呵，难道说她们两位住得，女士就住不得？……而且我这里还有熟识的旅馆可以送女士去。"

最后女子屈服了。"好吧，我就到旅馆去。"她说，"不过倘张先生不到旅馆来见我，我明天还是要来的。"

"我想张先生不会不见你的，放心好了！"陈先生说。

陈先生同着这位女客走了，一阵暴风雨也就消散了。

"你们猜要发生什么结果？"菡小姐说。

"不过破费几个钱，把那张婚书拿回来就完，还有什么大不了的事？"万先生说。

"对了，我看她的目的也不过要敲一笔竹杠而已。"

——这小庭园里一切都恢复了原状，正如暴风雨过后的晴天一样恬适清爽。

茶 花 赋

—— [中国] 杨　朔

生活中凡是美的事物都是劳动创造的。
是谁白天黑夜，积年累月，拿自己的汗水浇着花，
像抚育自己儿女一样抚育着花秧，
终于培养出这样绝色的好花？
应该感谢那为我们美化生活的人。

久在异国他乡，有时难免要怀念祖国的。怀念极了，我也曾想：要能画一幅画儿，画出祖国的面貌特色，时刻挂在眼前，有多好！我把这心思去跟一位擅长丹青的同志商量，求她画，她说："这可是个难题，画什么呢？画点零山碎水，一人一物，都不行。再说，颜色也难调，你就是调尽五颜六色，又怎么画得出祖国的面貌？"我想了想，也是，就搁下这桩心思。

今年二月，我从海外回来，一脚踏进昆明，心都醉了。我是北方人，论季节，北方也许正是搅天风雪，水瘦山寒；云南的春天却脚步儿勤，来得快，到处早像催生婆似的正在催动花事。

花事最盛的去处数着西山华亭寺。不到寺门，远远就闻见一股细细的清香，直渗进人的心肺。这是梅花，有红梅、白梅、绿梅，还有朱砂梅，一树一树的，每一树梅花都是一首诗。白玉兰花略微有点儿残，娇黄的迎春却正当时，那一片春色啊，比起滇池的水来不知还要深多少倍！

究其实这还不是最深的春色。且请看那一树，齐着华亭寺的廊檐一般高，油光碧绿的树叶中间托出千百朵重瓣的大花，那样红艳，每朵花都像一团烧得正旺的火焰。这就是有名的茶花。不见茶花，你是不容易懂得"春深似海"这句诗的妙处的。想看茶花，正是好时候。我游过华亭寺，又冒着星星点点细雨游了一次黑龙潭，这都是看茶花的名胜地方。原以为茶花一定很少见，不想在游历当中，时时望见竹篱茅屋旁边会闲出一枝猩红的花来。听朋友说："这不算稀奇。要是在大理，差不多家家户户都养茶花，花期一到，各样品种的花儿争奇斗艳，那才美呢。"

我不觉对着茶花沉吟起来。茶花是美啊。生活中凡是美的事物都是劳动创造的。是谁白天黑夜，积年累月，拿自己的汗水浇着花，像抚育自己儿女一样抚育着花秧，终于培养出这样绝色的好花？应该感谢那为我们美化生活的人。

普之仁就是这样一个能工巧匠，我在翠湖边上会到他。翠湖的茶花多，开得也好，红彤彤的一大片，简直就是那一段彩云落到湖岸上。普之仁领我穿着茶花走，指点着告诉我这叫大玛瑙，那叫雪狮子；这是蝶翅，那是大紫袍……名目花色多得很。后来他攀着一棵茶树的小干枝说："这叫童子面，花期迟，刚打骨朵，开起来颜色深红，倒是最好看的。"

我就问："古语说：'看花容易栽花难'——栽培茶花一定也很难吧？"

普之仁答道："不很难，也不容易。茶花这东西有点特性，水壤气候，事事都得细心。又怕风，又怕晒，最喜欢半阴半阳，顶讨厌的是虫子。有一种钻心虫，钻进一条去，花就死了。一年四季，不知得操多少心呢。"

我又问道："一棵茶花活不长吧？"

普之仁说："活的可长啦。华亭寺有棵松子鳞，是明朝的，五百多年了，一开花，能开一千多朵。"

我不觉"噢"了一声：想不到华亭寺见的那棵茶花来历这样大。

普之仁误会我的意思，赶紧说："你不信么？大理地面还有一棵更老的呢，听老人讲，上千年了。开起花来，满树数不清数，都叫万朵茶。树干子那样粗，几个人都搂不过来。"说着他伸出两臂，做个搂抱的姿势。

我热切地望着他的手，那双手满是茧子，沾着新鲜的泥土。我又望着他的脸，他的眼角刻着很深的皱纹，不必多问他的身世，猜得出他是个曾经忧患的中年人。如果他离开你，走进人丛里去，立刻便消逝了，再也不容易寻到他——他就是这样一个极其普通的劳动者。然而正是这样的人，整月整年，劳心劳力，拿出全部精力培植着花木，美化我们的生活。美就是这样创造出来的。

正在这时，恰巧有一群小孩也来看茶花，一个个仰着鲜红的小脸，甜蜜蜜地笑着，唧唧喳喳叫个不休。

我说："童子面茶花开了。"

普之仁愣了愣，立时省悟过来，笑着说："真的呢，再没有比这种童子面更好看的茶花了。"

一个念头忽然跳进我的脑子，我得到一幅画的构思。如果用最浓最艳的朱红，画一大朵含露乍开的童子面茶花，岂不正可以象征着祖国的面貌？我把这个简单的构思记下来，寄给远在国外的那位丹青能手，也许她肯再斟酌一番，为我画一幅画儿吧。

灯

—— ［中国］ 巴　金

> 灯光，不管是哪个人家的灯光，
> 都可以给行人——甚至像我这样的一个异乡人
> ——指路。

　　我半夜从噩梦中惊醒，感觉到窒闷，便起来到廊上去呼吸寒夜的空气。

　　夜是漆黑的一片，在我的脚下仿佛横着沉睡的大海，但是渐渐地像浪花似的浮起来灰白色的马路。然后夜的黑色逐渐减淡。哪里是山，哪里是房屋，哪里是菜园，我终于分辨出来了。

　　在右边，傍山建筑的几处平房里射出来几点灯光，它们给我扫淡了黑暗的颜色。

　　我望着这些灯，灯光带着昏黄色，似乎还在寒气的袭击中微微颤抖。有一两次我以为灯会灭了，但是一转眼昏黄色的光又在前面亮起来。这些深夜还燃着的灯，它们（似乎只有它们）默默地在散布一点点的光和热，不仅给我，而且还给那些寒夜里不能睡眠的人，和那些这时候还在黑暗中摸索的行路人。是的，那边不是起了一阵急促的脚步声吗？谁从城里走回乡下来了？过了一会儿，一个黑影在我眼前晃一下。影子走得极快，好像在跑，又像在溜，我了解这个人急忙赶回家去的心情。那么，我想，在这个人的眼里、心上，前面那些灯光会显得是更明亮、更温暖吧。

　　我自己也有过这样的经验。只有一点儿微弱的灯光，就是那一点儿仿佛随时都会被黑暗扑灭的灯光也可以鼓舞我多走一段长长的路。大片的飞雪飘打在我的脸上，我的皮鞋不时陷在泥泞的土路中，风几次要把我摔倒在污泥里。我似乎走进了一个迷阵，永远找不到出口，看不见路的尽头。但是我始终挺起身子向前迈步，因为我看见了一点儿豆大的灯光。灯光，不管是哪个人家的灯光，都可以给行人——甚至像我这样的一个异乡人——指路。

　　这已经是许多年前的事了。我的生活中有过了好些大的变化。现在我站在廊上望山脚的灯光，那灯光跟好些年前的灯光不是同样的么？我看不出一点儿分别！为什么？我现在不是安安静静地站在自己楼房前面的廊上么？我并没有在雨中摸夜路，但是看见灯光，我却忽然感到安慰，得到鼓舞。难道是我的心在黑夜里徘徊，它被噩梦引入了迷阵，到这时才找到归路？

我对自己的这个疑问不能够给一个确定的回答，但是我知道我的心渐渐地安定了，呼吸也畅快了许多。我应该感谢这些我不知道姓名的人家的灯光。

他们点灯不是为我，在他们的梦寐中也不会出现我的影子，但是我的心仍然得到了益处。我爱这样的灯光，几盏灯甚或一盏灯的微光固然不能照彻黑暗，可是它也会给寒夜里一些不眠的人带来一点儿勇气、一点儿温暖。

孤寂的海上的灯塔挽救了许多船只的沉没，任何航行的船只都可以得到那灯光的指引。哈里希岛上的姐姐为着弟弟点在窗前的长夜孤灯，虽然不曾唤回那个航海远去的弟弟，可是不少捕鱼归来的邻人都得到了它的帮助。

再回溯到远古的年代去，古希腊女教士希洛点燃的火炬照亮了每夜泅过海峡来的利安得尔的眼睛。有一个夜晚暴风雨把火炬弄灭了，让那个勇敢的情人溺死在海里。但是熊熊的火光至今还隐约地亮在我们的眼前，似乎那火炬并没有跟着殉情的古美人永沉海底。

这些光都不是为我燃着的，可是连我也分到了它们的一点点恩泽——一点儿光，一点儿热。光驱散了我心灵里的黑暗，热促成它的发育。一个朋友说，"我们不是单靠吃米活着"，我自然也是如此。我的心常常在黑暗的海上漂浮，要不是得着灯光的指引，它有一天也会永沉海底。

我想起了另一位友人的故事：他怀着满心难治的伤痛和必死之心，投到江南的一条河里。到了水中，他听见一声叫喊（"救人啊！"），看见一点儿灯光，模糊中他还听见一阵喧闹，以后便失去知觉。醒过来时他发觉自己躺在一个陌生人的家中，桌上一盏油灯，眼前几张诚恳、亲切的脸。"这人间毕竟还有温暖。"他感激地想着，从此他改变了生活态度，"绝望"没有了，"悲观"消失了，他成了一个热爱生命的积极的人，这已经是二三十年前的事了。我最近还见到这位朋友。那一点儿灯光居然鼓舞一个出门求死的人多活了这许多年，而且使他到现在还活得健壮。我没有跟他重谈起灯光的话。但是我想，那一点儿微光一定还在他的心灵中摇晃。

在这人间，灯光是不会灭的——我想着，想着，不觉对着山那边微笑了。

海　燕

——［中国］郑振铎

可爱的活泼的小燕子，曾使几多的孩子们欢呼着、注意着、沉醉着，曾使几多的农人们市民们忧戚着，或舒怀的指点着，且曾平添了几多的春色、几多的生趣于我们的春天的小燕子！

　　乌黑的一身羽毛，光滑漂亮，积伶积俐，加上一双剪刀似的尾巴，一对劲俊轻快的翅膀，凑成了那样可爱的活泼的一只小燕子。当春间二三月，轻风微微的吹拂着，如毛的细雨无因的由天上洒落着，千条万条的柔柳，齐舒了它们的黄绿的眼，红的白的黄的花，绿的草、绿的树叶，皆如赶赴市集者似的奔聚而来，形成了烂漫无比的春天时，那些小燕子，那么伶俐可爱的小燕子，便也由南方飞来，加入了这个隽妙无比的春景的图画中，为春光平添了许多的生趣。小燕子带了它的双剪似的尾，在微风细雨中，或在阳光满地时，斜飞于旷亮无比的天空之上，唧的一声，已由这里稻田上，飞到了那边的高柳之下了。再几只却隽逸的在粼粼如纹的湖面横掠着，小燕子的剪尾或翼尖，偶沾了水面一下，那小圆晕便一圈一圈的荡漾了开去。那边还有飞倦了的几对，闲散的憩息于纤细的电线上——嫩蓝的春天，几支木杆，几痕细线连于杆与杆间，线上是停着几个粗而有致的小黑点，那便是燕子，是多么有趣的一幅图画呀！还有一家家的快乐家庭，他们还特为我们的小燕子备了一个两个小巢，放在厅梁的最高处，假如这家有了一个匾额，那匾后便是小燕子最好的安巢之所。第一年，小燕子来住了，第二年，我们的小燕子，就是去年的一对，它们还要来住。

　　"燕子归来寻旧垒。"还是去年的主，还是去年的宾，他们宾主间是如何的融融泄泄呀！偶然的有几家，小燕子却不来光顾，那便很使主人忧戚，他们邀召不到那么隽逸的嘉宾，每以为自己运命的蹇劣呢。

　　这便是我们故乡的小燕子，可爱的活泼的小燕子，曾使几多的孩子们欢呼着、注意着、沉醉着，曾使几多的农人们市民们忧戚着，或舒怀的指点着，且曾平添了几多的春色、几多的生趣于我们的春天的小燕子！

如今，离家是几千里！离国是几千里！托身于浮宅之上，奔驰于万顷海涛之间，不料却见着我们的小燕子。

这小燕子，便是我们故乡的那一对、两对么？便是我们今春在故乡所见的那一对、两对么？

见了它们，游子们能不引起了，至于是轻烟似的，一缕两缕的乡愁么？

海水是皎洁无比的蔚蓝色，海波是平稳得如春晨的西湖一样，偶有微风，只吹起了绝细绝细的千万个粼粼的小皱纹。这更使照晒于初夏之太阳光之下的、金光灿烂的水面显得温秀可喜。我没有见过那么美的海！天上也是皎洁无比的蔚蓝色，只有几片薄纱似的轻云，平贴于空中，就如一个女郎，穿了绝美的蓝色夏衣，而颈间却围绕了一段绝细绝轻的白纱巾。我没有见过那么美的天空！我们倚在青色的船栏上，默默的望着这绝美的海天；我们一点儿杂念也没有，我们是被沉醉了，我们是被带入晶天中了。

就在这时，我们的小燕子，二只、三只、四只，在海上出现了。它们仍是隽逸的从容的在海面上斜掠着，如在小湖面上一样；海水被它的似剪的尾与翼尖一打，也仍是连漾了好几圈圆晕。小小的燕子，浩莽的大海，飞着飞着，不会觉得倦么？不会遇着暴风疾雨么？我们真替它们担心呢！

小燕子却从容憩着了。它们展开了双翼，身子一落，落在海面上了，双翼如浮圈似的支持着体重，活是一只乌黑的小水禽，在随波上下的浮着，又安闲，又舒适。海是它们那么安好的家，我们真是想不到。在故乡，我们还会想象得到我们的小燕子是这样的一个海上英雄么？

海水仍是平贴无波，许多绝小绝小的海鱼，为我们的船所惊动，群向远处窜去；随了它们飞窜着，水面起了一条条的长痕，正如我们当孩子时之用瓦片打水漂在水面所划起的长痕。这小鱼是我们小燕子的粮食么？

小燕子在海面上斜掠着，浮憩着。它们果是我们故乡的小燕子么？

啊，乡愁呀，如轻烟似的乡愁呀！

偶像的话

——［中国］艾 青

> 我敢相信：你们之所以要创造我，
> 完全是因为你们缺乏自信——请看吧，
> 我比之你们能多些什么呢？
> 而我却没有你们自己所具备的。

在那著名的古庙里，站立着一尊高大的塑像，人在他的旁边，伸直了手还摸不到他的膝盖。很多年以来，他都使看见的人不由自主地肃然起敬，感到自己的渺小、卑微，因而渴望着能得到他的拯救。

这尊塑像站了几百年了，他觉得这是一种苦役，对于热望从他得到援助的芸芸众生，明知是无能为力的，因此他由于羞愧而厌烦，最后终于向那些膜拜者说话了：

"众生啊，你们做的是多么可笑的事！你们以自己为模型创造了我，把我加以扩大，想从我身上发生一种威力，借以镇压你们不安定的精神；而我却害怕你们。

"我敢相信：你们之所以要创造我，完全是因为你们缺乏自信——请看吧，我比之你们能多些什么呢？而我却没有你们自己所具备的。

"你们假如更大胆些，把我捣碎了，从我的胸廓里是流不出一滴血来的。

"当然，我也知道，你们之创造我也是一种大胆的行为，因为你们尝试着要我成为一个同谋者，让我和你们一起，能欺骗更软弱的那些人。

"我已受够惩罚了，我站在这儿已几百年，你们的祖先把我塑造起来，以后你们一代一代为我的周身贴上金叶，使我能通体发亮，但我却嫌恶我的地位，正如我嫌恶虚伪一样。

"请把我捣碎吧，要么能将我缩小到和你们一样大小，并且在我的身上赋予生命所必需的血液，假如真能做到，我是多么感激你们——但是这是做不到的呀。

"因此，我认为：真正能拯救你们的还是你们自己。而我的存在，只能说明你们的不幸。"说完了最后的话，那尊塑像忽然像一座大山一样崩塌了。

重视自己的价值

—— [美国] 奥格·曼狄诺

超越别人并不重要，
重要的是超越自己。

我们应该重视自己的价值。

桑叶在聪明人的手中变成了丝绸。

粘土在聪明人的手中变成了堡垒。

柏树在聪明人的手中变成了殿堂。

羊毛在聪明人的手中变成了袈裟。

假若桑叶、粘土、柏树、羊毛通过人的处理，可以成百上千倍地提高自身的价值，那么我们更有理由使自己身价百倍。

我们应该重视自己的价值。

其实，人的命运犹如一颗刚刚成熟的麦粒，有着三种截然不同的道路：一颗麦粒可能被装进麻袋，堆在家里，等着喂猪；也可能被磨成面粉，做成面包；还可能撒在地里，到又一个收获季节结出成百上千颗麦粒。

人比麦粒优越的是：麦粒无法选择是变得腐烂还是做成面包，或是种植生长；而人却有选择的自由，我相信谁也不愿让生命腐烂，更不会让它在失败、绝望的岩石下徘徊。

我们应该重视自己的价值。

如果想让麦粒结实地生长，必须把它种植在黑暗的泥土中，人的失败、失望、无知、无能便是那黑暗的泥土，须深深地扎在泥土中，等待成熟。麦粒在阳光雨露的哺育下，终于发芽、开花、结果。同样，人也要健全自己的身体和心灵，以实现自己的梦想。麦粒须等待大自然的契机方能成熟，而人却无须等待，因为人有能力选择自己的命运。

我们应该重视自己的价值。

如何做到呢？首先，你要为每一天、每个星期、每个月、每一年，甚至一生确立目标。正像种子需要雨水的滋润才能破土发芽，人的生命也需有目的方能结出硕果。在制定目标的时候，不妨参考过去最好的成绩，使其发扬光大。这必须成为你未来生活的目标。永远不要担心目标过高，因为高标准可能取得中等的成绩，而低标准更可能取得下等的成绩。虽然在达到目标以前可能屡受挫折，摔倒了，再爬起来，不要灰心，因为每个人在抵达目标之前都会受到挫折。只有小爬虫才担心摔倒。人不是小爬虫，不是洋葱，不是绵羊。让别人做他们的粘土茅草屋吧，你应该造的是一座城堡。

我们应该重视自己的价值。

太阳照耀大地，麦粒吐穗结实。刻苦的实践，将使你梦想成真。今天我要超越昨天的成就，竭尽全力攀登今天的高峰，明天则要更上一层楼。超越别人并不重要，重要的是超越自己。

麦穗在春风的吹拂下，成熟了。我的声音也被吹向远方。我要宣告我的目标。君子一言，驷马难追。我要成为自己的预言家，虽然大家可能嘲笑我的言辞，但会倾听我的计划，了解我的梦想。因为无可逃遁，除非兑现诺言。

我们应该重视自己的价值。

不能放低目标。

勇敢地做失败者不屑一顾的事。

不满足于现状。

不窃喜已有的荣誉。

目标达到后再定一个更高的目标。

努力使下一刻比此刻更好。常常向世人宣告我的目标。

当然也决不要自满。让世人来赞美吧，但愿我能明智而谦恭地接受它们。

我们应该重视自己的价值。

一颗麦粒植入土壤以后，可以变成千株麦苗，再把这些麦苗增加数倍，如此数十次，它们可以供养世上所有的城市。难道一个人的能力还不如一颗麦粒吗？

假若我们像麦粒一样再接再厉，当实现自己的目标时，世上谁不会惊叹你的伟大呢？

草 叶 集

——［美国］惠特曼

> 在大师们的形成过程中，绝不可缺少政治自由的思想。
> 有男人和女人的地方，英雄总是追随着自由——
> 但是诗人又比其他的人更追随和更欢迎自由。

别的国家在代表者身上表现它们自己——但是美利坚合众国却与众不同，在它的行政或立法上，在它的大使、作家、学校、教堂或者会客室里，甚至在它的报纸或者发明家上表现得不多，也不是最优秀的——而一直最多的表现在普通人民身上。

在所有的国家中，美国由于血管里充满了诗的素材，所以最需要诗人，因此会产生最伟大的诗人，而且十分重视他们也不足为奇了。总统不应该是共同的公断人，诗人才是。在人类中，伟大的诗人总是保持均衡的人。放错位置的东西没有一件是好的，恰到好处的东西没有一件是坏的。

对每一件事物或每一种品德，诗人总予以相称的比例：多一分太重而少一分又太轻。如果时代变得停滞而沉重，他知道如何使它振奋起来……他能使他说的每个字一针见血。尽管一切停滞在习俗、顺从或者法律的平面上，他却从不停滞。顺从不能控制他，而他能控制顺从。因为他看得最远，他也就最有信心。他的思想是赞美事物的颂歌。与他不在同一水平上的东西，什么灵魂、永恒和上帝，他闭口不谈。他眼里的永恒，不像是一出有首有尾的戏……他在男人与女人中看到永恒……信心是灵魂的防腐剂——它渗透了普通的人民，同时又保护了他们——他们永不放弃信仰、期望与信任。那种无法描绘的新鲜活力和纯真存在于不识字的人身上，只有表现力最崇高的天才感到相形见绌。诗人清楚地看到：一个人，虽然不是伟大的艺术家，但却与伟大的艺术家同样神圣和完美。

大地、海洋、走兽、鱼、鸟、天空、天体、森林、山川，都是相对较大的主题——可人们希望诗人表现的，不只是这些不能说话的实物所固有的优美和庄严——他们希望他揭示出沟通现实与他们的灵魂的道路。普通人都很欣赏美——说不定和诗人一样能欣赏。打猎的人、伐木的人、早起的人、培栽花园和果园的人与种田的人所表现的热烈的意志，健康的女人对于男子形体、航海者、骑马者的喜爱，对光明和户外空气的热爱，这一切的一切，历来都是多样地标志着无穷无尽的美感和户外劳动的人们所蕴藏的诗意。他们感受美时不需要诗人的帮助——有些人也许可以得到这样的帮助，但是这些人决不可能得到帮助。诗的实质不是用韵律、格式一致或者对事物的抽象的倾慕，也不是可以用哀诉或者好的训诫展列出来。诗的实质是生命，是蕴藏在灵魂里面的……最好的诗篇、音乐、演说或者朗诵的流畅与文采，不是独立的，而是有所依附的。

一切美来自美的血液和美的头脑，如果一个男人或一个女人具有种种伟大的结合，那也就够了——这一事实会永存于宇宙，但一百万年的插科打诨与装点涂饰却是徒劳无功。若是单单为文采或流畅所困惑，那么他将终日感受失败的痛苦。这是你应该做的：爱大地、太阳和动物，藐视财富，救济每一个求你的人，替笨人和弱者说话，把你的收入和劳动献给旁人，憎恨暴君，不去争论关于上帝的事，对人们要有耐心和宽容，对已知的或未知的事物或任何人都不屈从——与有力量而却未受教育的人、年轻人、孩子们的母亲自由交往——你对在学校里、教堂里或书中所知道的一切，都要重新检查，并抛弃一切侮辱你的东西。那么，你就是一首伟大的诗篇，不但在字句中，而且在口唇和面部的无声线条里，在你双眼的睫毛之间，在你身上每一个动作和关节之中，最丰富、最流畅的表现将会展露出来……过去、现在与将来，不是脱节的，而是相联的。最伟大的诗人根据过去和现在构成了将来的一致。他把死人从棺材里拖出来，给他们重生的机会。他对过去说：起来，走在我前面，使我可以认识你。他学到了教训——他把自己放在这样一个场合，在那里将来变成现在。最伟大的诗人不只是在人物、环境和激情的描写上放出耀眼的光芒——他终于上升，并完成一切。

质朴对于艺术的艺术、表达的光辉和文字的光彩都是重中之重。没有什么能超过质朴——任何冗繁或含混都不是无法补救的。鼓起冲动的感情、钻入思想的深处和表达一切的主题，既不是平凡的能力，也不是超凡的能力。可是，在文学中，采用动物的十分正确而又漫不经心的运动和林间树木与路旁青草的纯正的感情，作为表达手段，是艺术十全十美的胜利。若是你发现谁已经做到这一点，那么所有民族、所有时代的一位艺术大师就是你所发现的。灰色的海鸥在海面上飞翔，或骏马的暴躁的动作，或向日葵高高地倒悬在它的茎上，或太阳经过天空的壮观，或后来月亮的露面——你观察这一切而感到的高兴，也不会超过你从对这位艺术大师的观察上所感到的高兴。伟大的诗人的优点不在引人注目的文体，而在不曾粗略地表达思想与事物，自由地表达诗人自己。他对自己的艺术宣誓：我决不多费唇舌，我决不在我的写作中使典雅、效果或新奇成为隔开我和别人的帘幕。我决不容许任何障碍，哪怕是最华丽的帘幕。我想说什么，就不加任何修饰地说出来。让人家去高兴、吃惊、着迷或者宽心吧，我却自有我的目的，正像健康、热度或白雪各有它的目的一样，我也不理会别人的批评。我应该凭我的气质来感受，来描写，而又不带有我气质的一点儿影子。我要使你站在我的身旁，和我一起照镜子。

伟大的诗篇对于每个男人和女人的使命是：你和我们平等相待，只有这样，你才能了解我们。我们并不比你优越些，我们所含有的，他也含有；我们所享受的，你也可以享受，难道你认为优越的人只能是一个吗？我们肯定地说：优越的人不计其数，这个优越的人与那个优越的人不相抵触，正像两只眼睛的视力不相抵触一样。

在大师们的形成过程中，绝不可缺少政治自由的思想。有男人和女人的地方，英雄总是追随着自由——但是诗人又比其他的人更追随和更欢迎自由。他们是自由的声音，自由的解释。他们在一切时代中当得起这一伟大的概念——它既被托付于他们，他们就必须支持它。没有比它更重要的东西，也没有什么能歪曲它，贬低它。使奴隶高兴、使暴君害怕是伟大诗人的目的所在……

忠　告

—— ［美国］ 罗纳德·里根

要敲响一扇扇机会之门，
首先要有信心把握住自己能干什么。

要敲响一扇机会之门，首先要有信心把握住自己能干什么。

1929 年，爆发了经济大危机，接踵而至的是大萧条。1932 年的那个夏天，我大学刚毕业就回到了克洛河当救生员。那些曾答应过帮我的人现在也无能为力了。凡是没有亲身经历过大萧条的人都很难真正理解大萧条究竟意味着什么。

不过，尽管如此，有位在那儿避暑的先生还是问起了我毕业后的打算。他说，如果我想干的工作正好在他能帮忙的范围之内，他会尽其所能为我解决工作问题。在那种大萧条的年代里，只要能找到工作，不管什么工作，都是奇迹。不过这位先生执意要我先告诉他我的理想，告诉他我自己觉得会在哪个方面有发展前途。他要先得到回答才能实施下一步计划。

此时，广播电台是新兴的行业。鉴于自己高中、大学踢过足球并参加过其他一些体育活动，在那位先生的再三敦促下，我终于鼓起勇气告诉他我想当一名电台体育播音员。

作为新兴行业，广播电台还是一块有待开垦的处女地，我想当播音员至少也是进了娱乐圈吧。显然，我想干的是与这位先生没有任何关系的行业，他帮不上我的忙。就在这时，我得到了终生最好的忠告。这位先生说："你瞧，这样也许更好。我能帮你找份工作（他列举了几个部门），但那些给你工作的人只不过是为了给我帮忙而不是为了你。因此只要给了你一份工作，他们便会认为自己已尽到责任了。"他继续说，"现在你提到了一个很有前途的新领域，你应该充满信心去敲那机会之门。也许你要敲上好几百次——每个推销员都是敲了好几百次门才成交的。为了能涉足这个领域，你尽可告诉那里的人你什么都愿意干，哪怕是做杂工也行。这样你就有了起步的机会，你首先需要的也就是在这个部门立足。你会发现，尽管现在正处于大萧条，但在这一领域的某个部门仍会有人意识到如果他的事业要发展，那么他就要起用思想开阔的年轻人。"

一点儿不错，敲了许多门之后，我来到了一家电台，对一位节目编辑主任谈了我的愿望。这次，我提到了体育，除此之外，我与平时别无二致。这位编辑先生使我终生难忘。他也许给了我一次最异乎寻常的试听机会。他把我关在播音室里，告诉我他会在我见不到的隔壁房间里听着，让我等指示灯一亮，便假设自己在足球比赛场进行现场足球直播，发挥我的最佳状态。当然我也照他所说的做了，直播了大约一刻钟。尔后，他返回播音室告诉我下星期六再到那里——我将真正直播一场重要的足球比赛——爱荷华队对明尼苏达队。

我的人生旅途在这次试播之后转入新的轨道。而尤为重要的是，导致了这次转入新轨道的是那位先生的忠告。它使我懂得，一个人并非一定要有别人的提携，并非一定要别人为你安排一席之地。只要有信心，能把握自己该干什么，那么就应该毫不犹豫地去敲那一扇扇机会之门。你会发现，即使像我当时那样初出茅庐的青年人也会有机会去展示自己的才华。

禽 鸟

——［美国］霍 桑

在春天的赏心乐事之中，我们是不能忘记禽鸟的。
就连乌鸦也会受人欢迎，
因为它们正是更多美丽可爱的羽族的鸟衣信使。

在春天的赏心乐事之中，我们是不能忘记禽鸟的。就连乌鸦也会受人欢迎，因为它们正是更多美丽可爱的羽族的鸟衣信使。白雪还没有融化时，它们便已经前来看望我们了，虽然它们一般喜欢隐居树荫深处，以消暑夏。我常去拜访它们，但见到它们高栖树端的那副如作礼拜的虔敬神情，我又感到自己的拜访来得唐突。它们偶然引颈一鸣，那叫声倒也与夏日午后的岑寂无比相合，其声大而且宏亮，且又响自头顶高处，非但不致破坏周遭的神圣穆肃，反会使那宗教气氛有所增加。然而乌鸦虽然有一副道貌和一身法衣，其实却并无多大信仰；不仅素有拦路抢劫之嫌，甚至不无渎神之讥。

相比之下，在道德方面，鸥鸟的名声倒是更好听些。这些海滨岩穴中的住户与滩头上的客人正是赶趁这个时节飞来我们内陆水面，而且总是那么轩轩飘举，奋其广翼于晴光之上。在禽鸟中，它们是最值得观看的，当其翔驰天际，那浮游止息几乎与周遭景物凝之一处，化为一体。人的想象不愁从容去熟悉它们，它们不会转瞬即逝，你简直可以高升入云，亲去致候，然后万无一失地与它们一道逍遥浮游于汗漫的九部之上。至于鸭类，它们的去处则是河上幽僻之所，另外也常成群翔集于河水淹没的草原广阔腹地。它们的飞行往往过于疾迅和过于目标明确，因而看起来并无多大兴味，不过它们倒是大有竞技者们的那副死而无悔的拼命精神。现在它们早已远去北方，但入秋以后还会回到我们这里。

说到小鸟——亦即林间以其歌喉著称的鸣禽，以及好来人们宅院、好在檐前筑巢因而与人颇为友善的一些鸟类——想要在笔下形容，那就不仅仅需要一支十分精致的笔，而且还必须具备一颗饱富同情的心。它们那些曲调的发音仿佛一股春潮从那严冬的禁锢之下骤然溃决出来的。所以把这些音籁说成是奉献给造物者的一首颂歌，也的确不过分，因为大自然对这回归的春天虽然从来不惜浓颜丽彩多方予以敷饰点缀，但在凭借音响以表达生之复苏这番意思上却是比不上一声鸟鸣的。不过，此刻它们的抒放还仅仅带点偶发或漫吟的意味，但却并不是刻意要这么做的。它们只是在泛泛论着生活、爱情以及今夏的栖处与筑巢等问题，现在还不方便站立枝头，长篇大套地谱制种种颂歌、序曲、歌剧、圆舞或交响音乐。这之中，它们偶尔也会把一两件重大的急事提出来，然后通过匆忙而热烈的讨论，加以解决，但是偶有个不同意的观点，一派积郁繁富的细乐也会嘤然逸出，恍若金波银浪一般地滚滚流溢于天地之间。它们的娇小身躯也像它们的歌喉一样忙个不停，总是上下翻飞，永无宁日。就算有时它们只是三三两两飞避到树梢去议论什么，也总是摇头摆尾，没个安闲，仿佛天生注定只该忙忙碌碌，因而其命虽短，所进行的活动却往往比一些懒人所做的事还多。

在我们所有的禽羽族中，有几个最喜欢鼓噪的，那便是燕八哥了。它们享有很高的盛名，是因为它们常成群结伴，啸聚树端，而那喧嚣吵闹的激烈实在不亚于乱哄哄的政治议会。政治当然是造成这类舌战激辩的主要原因，不过与其他的政客不同，它们毕竟还是在彼此的发言当中注入了一定的乐调，这样的效果听起来倒也不失和谐。在这一切鸟语之中，让我感到最优美欢快的是在阳光微弱的大房子里传来的燕子喂哺，那沁人心脾的感染力甚至可以和知更鸟相提并论。当然所有这些栖居于住宅附近的禽羽之族仿佛都略通几分人性，也许它们如同我们一样有个不死的灵魂。早晚晨昏之际，我们都能听到它们在吟诵着优美祷文。可能就在刚才，当那夜色还是昏昏，一声嘹亮而激越的嘤鸣已经响彻周道树端——那音调之美真是最适合去迎接艳紫的晨涛和融入橙黄的霞曙。为什么这些小鸟会在午夜吐放出这般艳歌呢？或许那乐音是自它的梦中涌出，此时它正与其佳偶双双登上天国而不想醒来，自己却只不过是瑟缩在新英格兰的一个寒枝之上，周身全被夜露浸透，以致不胜其幻灭之感。

马

————［俄国］托尔斯泰

它是那样一种动物，仿佛它不能说话的原因，
仅仅是因为它的口的构造不方便说话而已。

　　佛洛是一匹中等身材的马，从养马者的观点看来，并非没有可以指责的地方。它周身骨骼细小，虽然它的胸膛极端地向前突出，但却是窄狭的。它的臀部稍稍下垂，前腿显著地弯曲，后腿则弯曲得更厉害。前后腿的筋肉虽然不怎样丰满，但是这匹马的肋骨却特别宽，这特点是因为它被训练得消瘦了的缘故。它的膝以下的脚骨，从正面看上去，不过手指那么大小，但从侧面看却是非常粗大的。它的整个身体，除开肋骨以外，看上去好像是被两边挟紧，挟成了一长条似的。但是它却具有使人忘却它的一切缺点的最大的长处，那长处就是它是一匹纯种马，……筋肉在覆盖着一层细嫩、敏感、像缎子一般光滑的皮肤的那血管的网脉下面很突出地隆起着，像骨一般坚硬。它那长着一双突出的、闪耀的、有生气的眼睛的美好的头，在那露出内部软骨里面的红血的张开的鼻孔那里扩大起来。在它的整个姿体，特别是它的头上，有某种富有精力的同时也是柔和的表情。它是那样一种动物，仿佛它不能说话的原因，仅仅是因为它的口的构造不方便说话而已。

门　槛

—— ［俄国］屠格涅夫

我看见一所大厦。

正面一道窄门大开着。

门里一片阴暗的浓雾。

高高的门槛外面站着一个女郎，一个俄罗斯女郎。

我看见一所大厦。正面一道窄门大开着。门里一片阴暗的浓雾。高高的门槛外面站着一个女郎，一个俄罗斯女郎。

浓雾里吹着带雪的风，从那建筑的深处透出一股寒气，同时还有一个缓慢的、重浊的声音问着：

"啊，你想跨进这门槛来做什么？你知道里面有什么东西在等着你？"

"我知道。"女郎这样回答。

"寒冷、饥饿、憎恨、嘲笑、轻视、侮辱、监狱、疾病，甚至于死亡。"

"我知道。"

"跟人们疏远，完全的孤独。"

"我知道，我准备好了。我愿意忍受一切的痛苦，一切的打击。"

"不仅是你的敌人，就是你的亲戚、你的朋友也都要给你这些痛苦、打击。"

"是……就是他们给我这些，我也要忍受。"

"好。你也准备着牺牲吗？"

"是。"

"这是无名的牺牲，你会灭亡，甚至没有人……没有人知道，也没有人尊崇地纪念你。"

"我不要人感激，我不要人怜悯，我也不要名声。"

"你甘心去犯罪？"

女郎埋下了她的头。

"我也甘心……去犯罪。"

里面的声音停了一会儿。过后又说出这样的话：

"你知道将来在困苦中你会否认你现在这个信仰，你会以为你是白白地浪费了你的青春。"

"这一层我也知道。我只求你放我进去。"

"进来吧。"

女郎跨进了门槛。一幅厚帘子立刻放下来。

"傻瓜！"有人在后面嘲骂。

"一个圣人！"不知道从什么地方来了这一声回答。

美 的 真 谛

——［俄国］邦达列夫

美不该是僵化的，她应有明智的评价者，
或赞赏的旁观者。
须知美感是对永生的臆想和信心，
会唤起我们生的愿望和博大的爱心。

什么是美的真谛？是否是人对大自然反映的感知？

有时候我想，假若地球无可补救地变成了一个"无人村"，在城市的大街上，在荒野的草地上，没有人的笑声、说话声，甚至没有一声绝望的叫喊，那么这宇宙中鲜花盛开的神奇花园，连同它的日出日落、空气清新的早晨、星光闪烁的夜晚、冰冻的严寒、炎热的太阳、七月的彩虹、夏秋的薄雾、冬日的白雪将又会是一种怎样的景象呢？我想，在这空旷的冰冷的寂静中，地球立即会失去作为宇宙空间里人类之舟和尘世谷地的最高意义，而且它的美丽也将毫无意义，消失得无影无踪。因为没有了人，美也就不能在他的身上和意识里反映出来，不能为他所认识。难道美能被其他没有生命的星球去感知、去认识吗？

美更不可能自我认识。美中之美和为美而美是毫无意义的，是荒谬的和不切实际的。事实上这就像为理智而理智一样，在这种消耗性的内省中没有自由的竞争，没有吸引和排斥，没有生命的参与，因而它注定要消亡。

美不该是僵化的，她应有明智的评价者，或赞赏的旁观者。须知美感是对永生的臆想和信心，会唤起我们生的愿望和博大的爱心。

美与生命是紧密相连的，生命与爱也同样密不可分，而爱和人类则是密切相连的。一旦这些联系的纽带中断，大自然中的美就会变得空洞直至消亡。

死亡是地球上最后一位艺术家所写的书，可能也充满了最富有天才的和谐的美，但它至多只能算是无人欣赏的一堆垃圾，因为书的作用不是对着虚无喊叫，而是在另一个人心灵中引起反应，是思想的传递和感情的转移。

世界上所有的展示着全部美的博物馆，所有的绘画杰作，如果离开了人类，都不过是一些可怕的、五颜六色的破板棚。

　　假如地球上没有了人类，那么，艺术的美会变得丑陋怪诞，甚至比自然的丑
更令人恶心。

鹰 之 歌

—— ［前苏联］ 高尔基

> 在勇敢、坚强的人的歌声中，
> 你永远是一个活的榜样，
> 一个追求自由、追求光明的骄傲的号召！

黄颔蛇爬在高高的山上，它躺在潮湿的峡谷里，盘起身子望着下面的海。太阳照在高高的天上，山把热气喷上天，山下海浪在拍打岩石……

山泉穿过黑暗的薄雾，沿着峡谷朝着海飞奔，一路上冲打石子，发出雷鸣的声音……

山泉满身白色浪花，它又白又有劲，把山切成两半，带着怒吼落进海里。突然在蛇盘着的峡谷里，从天上落下来一只苍鹰，它胸口受伤，翅膀带血……

鹰短短地叫一声，就落到地上来，带着无可奈何的愤怒，用胸膛去撞击坚硬的岩石……

蛇大吃一惊，连忙逃开了，但它很快便料到这只鸟只能够活两三分钟……

蛇又爬到受伤的鸟跟前，对着鸟的耳朵发出惨噬的声音：

"怎么，你快不行了吗？"

"是的，我要死了。"鹰长叹一声回答道，"但，我痛快地活过了！……我懂得幸福！……我也勇敢地战斗过！……我看见过天空……你呢？肯定没离天空那么近吧！……唉，我真为你感到遗憾！"

"哼，天空有什么稀罕？只不过是一个空空的地方……我爬到那么高的地方去干吗呢？还不如待在我这个洞里……又暖和，又潮湿！"

蛇这样回答爱自由的鸟，可是它私下认为鹰说的只是梦话而已。

它这样想着：不论飞也好，爬也好，结局只有一个：大家都要躺在地里，被埋在地下变为泥土……

可是这只英勇的鹰突然抖了抖翅膀，吃力地支起了身子，环视着峡谷。

水从灰色岩石缝中渗出来，阴暗的峡谷里非常气闷，而且散布着腐朽的气味。

鹰聚起全身的力气，悲哀地、痛苦地叫道：

"啊，请让我再升到天空去一次吧！……我要拿仇敌……来堵我胸膛的伤口……拿它来止我的血……啊，给我力量去战斗吧！"

蛇开始想：它既然这样痛苦地呻吟，那么在天空生活一定非常愉快！……

于是，它就给这只爱自由的鸟出主意："那么你就爬到峡谷边儿上，跳下去，或许你的翅膀会托起你来，那么你还可以痛快地活上一会儿。"

鹰浑身发颤，骄傲地大叫一声，用爪子抓住岩石上的泥土，拼命向悬崖的边缘靠近。

鹰一到那里，就展开翅膀，深深地吸了一口气，两只眼睛发光，然后，向下滚去。

鹰像石头一样在岩石上滚着滑下去，很快地就落到下面，翅膀折断，羽毛散失……

山泉的激浪捉住它，洗去它身上的血迹，用浪花捧着它，带它到海里去。

海浪发出悲痛的吼声撞击岩石……在无边的海面上，鹰的尸首消失得无影无踪……

黄颔蛇躺在峡谷里，好久都在想鹰的死亡和鹰对天空的热情。它一直望着远方，那个永远用幸福的梦想来安慰眼睛的远方。

"这只死鹰，它在无底无边的虚空里看见了什么呢？为什么像它这一类的鸟临死还要拿它们那种对于在天空飞翔的热爱来折磨灵魂呢？它们在那儿明白了什么呢？其实只要我也能飞上天空去，哪怕是一会儿，我也就会明白一切的。"

蛇想着，然后就付于行动。它把身子卷成一个圈，往空中一跳，它像一根细带子在日光里闪亮了一下。

生就爬行的东西不会飞！……它忘记了这一点，跌到岩石上面了。可是它并没有死，反倒大声笑起来了……

"原来这就是在天空飞翔的妙处！这也就是跌下去的妙处啊！……这些可笑的呆鸟！它们不懂得土地，在土地上感到不舒服，只想高高地飞上天空，生活在炎热的虚空里，那儿只有空虚，那儿光多得很，可是没有吃的东西，也没有托住活的身体的东西。为什么要骄傲呢？为什么要责备呢？为什么拿骄傲来掩饰它们自己那种疯狂的欲望，拿责备掩饰它们自己对生活的毫无办法呢？可笑的呆鸟！它们讲的话现在再也骗不了我了！我自己全明白了！我——看见过天空了……我飞到天上去过，我探测过天空，也知道跌下去是怎么一回事了，不过我并没有跌死，我现在更加相信我自己。让那些不能爱土地的东西就靠幻想活下去吧。我认识真理。我绝不认同它们的号召。我是从土地上生出来的，我要永远依靠土地生活。"

蛇扬扬得意地盘在石头上面。

海面充满灿烂的阳光，在闪烁，波浪凶猛地打击着海岸。

在它们那种狮吼一样的啸声中响起了雷鸣似的赞美骄傲的鸟的歌声，海浪打得岩石发抖，庄严、可怕的歌声使得天空颤栗：

我们歌颂这种勇士的疯狂！

勇士的疯狂就是人生的智慧！啊，勇敢的鹰啊！你在跟仇敌战斗中流了血……可是将来有一天——你那一点一滴的热血会像火花一样，在人生的黑暗中燃烧起来，在许多勇敢的心里燃起对自由、对光明的狂热的渴望！虽然，你现在已经离我而去，可是在勇敢、坚强的人的歌声中，你永远是一个活的榜样，一个追求自由、追求光明的骄傲的号召！

我们歌颂勇士的疯狂！

海 燕

——［前苏联］高尔基

看吧，它飞舞着，像个精灵
——高傲的、黑色的暴风雨的精灵
——它一边大笑，它一边高叫……它笑那些乌云，
它为欢乐而高叫！

在苍茫的大海上，风聚集着乌云。在乌云和大海之间，海燕像黑色的闪电高傲地飞翔。

一会儿翅膀碰着波浪，一会儿箭一般地直冲云霄，它叫喊着——在这鸟儿勇敢的叫喊声里，乌云听到了欢乐。

在这叫喊声里，充满着对暴风雨的渴望！在这叫喊声里，乌云感到了愤怒的力量、热情的火焰和胜利的信心。

海鸥在暴风雨到来之前呻吟着——呻吟着，在大海上面飞蹿，想把自己对暴风雨的恐惧，掩藏到大海深处。

海鸭也呻吟着——这些海鸭呀，享受不了战斗生活的欢乐：轰隆隆的雷声就把它们吓坏了。

愚蠢的企鹅，畏缩地把肥胖的身体躲藏在峭崖底下。……只有那高傲的海燕，勇敢地，自由自在地，在翻起白沫的大海上面飞翔！

乌云越来越暗，越来越低，向海面压下来；波浪一边歌唱，一边冲向空中去迎接那雷声。

雷声轰响。波浪在愤怒的飞沫中呼啸着，跟狂风争鸣。看吧，狂风紧紧抱起一堆巨浪，恶狠狠地扔到峭崖上，把这大块的翡翠摔成尘雾和水沫。海燕叫喊着，飞翔着，像黑色的闪电，箭一般地穿过乌云，翅膀刮起波浪的飞沫。

看吧，它飞舞着，像个精灵——高傲的、黑色的暴风雨的精灵——它一边大笑，它一边高叫……它笑那些乌云，它为欢乐而高叫！

这个敏感的精灵，从雷声的震怒里早就听出困乏，它深信乌云遮不住太阳——是的，遮不住的！

风在狂吼……雷在轰响……

一堆堆的乌云，像青色的火焰，在无底的大海上燃烧。大海抓住金箭似的闪电，把它熄灭在自己的深渊里。闪电的影子，像一条条的火蛇，在大海里蜿蜒浮动，一晃就消失了。

——暴风雨！暴风雨就要来啦！

这是勇敢的海燕，在闪电之间，在怒吼的大海上高傲地飞翔！这是胜利的预言家在叫喊：

——让暴风雨来得猛烈些吧！……

一 滴 水

—— ［英国］ 拉加托斯

你也许瞧不起它，
一滴水却浓缩了整个宇宙。

一滴水，它有可能来自尼格拉瀑布，或许它曾有过传奇的经历呢。

或许只是脸盆里的一个肥皂泡，但它却能洗净劳动者的满身的疲乏。

或许潜身到威士忌酒里去，为天才平添梦想不到的欢乐。

更可能是一滴圣水，用来祝福新生的婴儿的长命百岁。

也许你把它烧开，是给伯母玛丽喝的茶。茶味儿香醇可口赢得了她的喜欢。她或许把你的缺点都忘掉了，马上唤她的律师来，正式承认你做她的继承人呢！

这一滴水也可能是人面孔上的汗，其中蕴含着劳动、烦恼和痛苦。

或许是你爱人嘴唇上甜蜜的甘露。

或许只是晴空落下来的一滴雨。

也许是快乐得发狂的一滴泪，不然，就是痛苦、忧伤的一滴泪。

只不过是一滴水啊……麻雀喝了，使它得到片刻的精神安慰，可能麻雀一会儿就忘记了。再也许，它变成了夏日花丛里的一小滴露水，晶莹地站在花蕾之上，这花便给一个可爱的小姑娘采去了，做了香水，洒在身上，她立刻就有了无数的爱慕者。

你也许瞧不起它，一滴水却浓缩了整个宇宙。

音 乐

—— ［法国］ 罗曼·罗兰

音乐是人类心地清明的朋友，
对于被尘世的强烈的阳光照得眩晕的眼睛来说，
你的出现使人趋于安定。

　　人生苦短，肉体和灵魂转瞬即逝。岁月的年轮铭刻了古树的忧伤。整个有形的世界都在消耗、更新。不朽的音乐，唯有你常在。你是大地的海洋，你是人类的灵魂。在你明澈的眼瞳中，人生决不会照出阴沉的面目。成堆的云雾，纷纷扰扰、无法安宁的日子，见了你都逃避了，唯有你常在。你是超然在天空的，你自个儿就是一个完整的天地。你有你的太阳，你的行星，你的引力，你的韵，你的律。你像群星一样地闪烁在天空，它们在黑夜的天空画出光明的轨迹，为自然界留下绚丽的光芒。

　　音乐是人类心地清明的朋友，对于被尘世的强烈的阳光照得眩晕的眼睛来说，你的出现使人趋于安定。大家为了生存，搅浑了自然界的水，那不愿与世争饮的灵魂却急急扑向你的乳房，寻找他的梦境。音乐是一个童贞的母亲，在你纯洁的身体中积蓄着无限的热情，像冰山上流下来的一泻千里的水，含有一切的善，一切的恶；或者说，是超乎恶、超乎善的。凡是栖息在你身上的人都脱离了时间的洪流：无穷的岁月对他只是短短的一瞬，凶恶的死亡也只能望洋兴叹。

　　音乐，你治愈了我受伤的灵魂；音乐，你使我由暴躁变得安静、坚定、欢乐；音乐，你恢复了我的爱，恢复了我的财富；音乐，我吻着你纯洁的嘴，我把我的脸埋在你宽阔的胸怀里，我把我滚热的眼皮放在你柔和的手掌中。虽然我们彼此闭着眼睛，默默无语，可是我分明感受到了不可思议的光明和温暖如春的笑容；我伏在你的怀里，体验到了生命的博大美妙。

鹦鹉

——［法国］福楼拜

是一只鹦鹉，名叫鹦鹉。
它有一个绿色的身体，还有一对玫瑰色的翅膀尖，
再加上碧蓝的前额，配着一个金色的颈脖，
真是标致极了。

它是一只鹦鹉，名叫鹦鹉。它有一个绿色的身体，还有一对玫瑰色的翅膀尖，再加上碧蓝的前额，配着一个金色的颈脖，真是标致极了。

可是，它有一种令人讨厌的怪癖。它不停地咬木架，拨羽毛，满地撒粪，将小杯子的水弄得到处都是。欧班夫人讨厌它了，把它给了费莉西泰。

费莉西泰开始教它说话。不久，它学会说："乖孩子！——先生，为您效劳！——玛丽，敬礼！"它被关在笼子里，挂在大门边，经过的人，叫它雅各，它不理不睬，因为它叫鹦鹉，它不喜用雅各这个名字。有人说它像只火鸡，又有人把它比作一根木头，这些比喻令它的主人费莉西泰伤透了心！但鹦鹉却很冷静，只要有人盯着它看，它就不说一句话了。

它喜欢热闹。每逢星期天，"那几位"洛许弗叶小姐和德·乌普维尔先生等老朋友，以及药剂师翁弗阿·瓦兰先生、马提安上尉等几位新客来家里打牌的时候，它就兴奋地乱飞乱跳，用翅膀扑打玻璃窗，弄得屋子里闹哄哄的，以至于听不清客人们的谈话。

有一天，费莉西泰把鹦鹉的笼子放到草地上呼吸新鲜空气。她因为有事离开了一会儿，但等她回来的时候，鹦鹉已经不见了！她先到灌木丛里寻，又到河边和屋顶上找。女主人朝着她喊："你瞧自己都干了什么呀？你这个蠢货！"她已经顾不得那么多了。她查遍了主教桥所有的花园，拦住过往的行人打听："您看见我的鹦鹉了吗？"有的人从来没有见过它，她就绘声绘色地描述一番。忽然，她恍惚看到磨坊后面的小山坡下，有一团绿色的东西在那里飞舞。她急急地赶了过去，却什么也没有看到！一个小贩对她说，刚才他在圣梅兰的西蒙大妈的杂货铺里看到过它。她跑去一问，人家说根本没那回事。她没有办法，精疲力尽地走

了回来。她伤心欲绝，鞋底也磨破了。她在夫人身边的一条凳子上坐下，向她诉说寻找的经过。忽然，她觉得有件东西轻轻地落到她的肩上："鹭鹭！怎么是你？它干什么去啦？是到附近散步了吗？"

然而，她没能从这次事件中恢复过来，或者换句话说，从此她就一蹶不振了。

接着，她着了凉，患了喉炎；不久她的耳朵也出了毛病。又过了三年，她聋了；她开始大声地说话，甚至在教堂里也是如此。即使她忏悔的罪过即便传到教区的每个角落，也不会有损于她的名誉，对旁人也没有什么妨碍。可是教学牧师还是认为，到圣器室里听她的忏悔更加合适。

她整天心神不定，为此，女主人经常责备她："上帝呀！你真是个笨蛋！"她回答说："对极了，夫人。"同时，还在身旁不知找些什么。

她的思想范围本来就很狭窄，现在就愈来愈窄了。那悦耳的钟声和牛的叫声也听不见了。所有大自然的、美妙的、难听的声音，她都听不到了。谢天谢地，她还能够听到一种声音，那就是鹭鹭的叫声。

也许是为她解闷吧，它常常学着闹钟转动的滴答声、卖鱼人的尖叫声、对门木匠的拉锯声；一听见门铃响，它就学着欧班夫人的腔调说："费莉西泰，快去开门！开门！"

她和鹭鹭倒是有话可谈的。鹭鹭不厌其烦地卖弄它那三句陈词滥调，而她总是回答一些无头无尾的、但感情丰富的句子。鹭鹭在她孤苦伶仃的生活中，几乎成了她的儿子，她的情人。它攀着她的手指头爬，它轻轻地咬她的嘴唇，它在她的披肩上荡秋千；有时候，她额头朝前，摇着头，像奶妈逗婴儿一样逗它。这时，她的大帽檐和鸟的翅膀就一齐扇动起来。

每当乌云密布、雷声隆隆时，鹭鹭就尖声高叫，也许是想起了故乡的雷阵雨吧。雨水流淌，也能激发起它的狂热，于是它像个疯子似的飞向天花板，撞翻屋子里的东西，又从窗户飞出去，到花园里去淋雨；不过它很快就飞回来，停到壁炉的柴架上。它停在那里，一会儿展展尾巴，一会儿伸伸脖子，扑腾扑腾地抖掉身上的雨水。

由于天冷，她把鹭鹭放在壁炉前面。一天早晨，她发现鹭鹭耷拉着脑袋，爪子攀在铁丝上，已经死在笼子里了。它也许是死于充血。可是她认为，它是中了香芹菜的毒。她虽然拿不出任何证据，但还是觉得自己把它给害了。

她哭得一塌糊涂，女主人安慰她说："好啦！别哭，要不为它举行个葬礼仪式吧！"

冬天之美

—— ［法国］ 乔治·桑

当地面的白雪像美丽的钻石在阳光下闪闪发光，
或者当挂在树梢的冰凌组成神奇的连拱和无法描绘的水晶的花彩时，
还有什么东西能与白雪相媲美呢？

乡村的冬天是我的最爱。我无法理解富翁们的情趣，他们在一年当中最不适于举行舞会、讲究穿着和奢侈挥霍的季节，将巴黎当做狂欢的场所。

大自然在冬天邀请我们到火炉边去享受天伦之乐，而且只有在这个季节才能在乡村享受到罕见的明朗的阳光。在我国的大都市里，臭气熏天和冻结的烂泥几乎永无干燥之日，看见就令人恶心。在乡下，一片阳光或者刮几小时风就使空气变得清新，使地面干爽。可怜的城市工人对此十分了解，他们滞留在这个垃圾场里，一点儿办法也没有。我们的富翁们所过的人为的、荒谬的生活，违背大自然的安排，结果毫无生气。英国人比较明智，他们在冬天去乡下的别墅享受生活。

在巴黎，人们想象大自然有六个月毫无生机，可是小麦从秋天就开始发芽，而冬天惨淡的阳光——大家惯于这样描写它——是一年之中最灿烂、最辉煌的。当它拨开云雾，在严冬傍晚披上闪烁发光的紫红色长袍坠落时，那令人眩目的光芒却是无法比拟的。即使在我们这个将严寒不恰当地称为温带的国家里，自然界的万物也永远不会除掉盛装和失去盎然的生机：广阔的麦田铺上了鲜艳的地毯，而天际低矮的太阳在上面投下了绿宝石的光辉。地面披上了美丽的彩衣。华丽的长春藤涂上了大理石鲜红和金色的斑纹。报春花、紫罗兰和孟加拉玫瑰躲在雪层下面微笑。由于地势的起伏，由于偶然的机缘，还有其他几种花儿躲过严寒幸存下来。而这种意外的欢愉是出乎意料的，也是情理之中的，虽然百灵鸟不见踪影，但有很多喧闹而美丽的鸟儿路过这儿，在河边栖息和休憩！当地面的白雪像美丽的钻石在阳光下闪闪发光，或者当挂在树梢的冰凌组成神奇的连拱和无法描绘的水晶的花彩时，还有什么东西能与白雪相媲美呢？在乡村的漫漫长夜里，大家亲切地聚集一堂，甚至时间似乎也听从我们的调遣。由于人们能够沉静下来思索，精神生活变得异常丰富。这样的夜晚，最大的乐事不就是同家人围炉而坐吗？

鹰

—— [法国] 布 封

鹰在体质上与精神上和狮子有好几点相似：
首先是气力，也就是它对别的鸟类所享有的威势，
正如狮子对别的兽类所享有的威势一样；
其次是度量，它和狮子一样，不屑于和那些小动物计较……

鹰在体质上与精神上和狮子有好几点相似：首先是气力，也就是它对别的鸟类所享有的威势，正如狮子对别的兽类所享有的威势一样。其次是度量，它和狮子一样，不屑于和那些小动物计较，不在乎它们的欺侮，除非鸦、鹊之类喧吵得太久，扰得它不耐烦了，它才决意惩罚它们，把它们处死；而且，鹰除了自己征服的东西而外不爱其他的东西，除了自己猎得的食品之外不贪其他的食品。再次是食欲的节制，它差不多经常不把它的猎获品完全吃光，它也和狮子一样，总是丢下一些残余给别的动物吃；它不论是怎样饥饿，也从来不扑向死动物的尸体。

此外，它是孤独的，这又和狮子一样，它住着一片荒漠地区，保卫着入口，不让其他飞禽进去打猎；在山的同一部分发现两对鹰也许比在树林的同一部分发现两窝狮子还要稀罕些，它们彼此离得远远的，以便它们各自分占的空间能够供给它们足够的生活资料；它们只依猎捕的生产量来计算它们王国的价值和面积。鹰有闪闪发光的眼睛，眼珠的颜色差不多与狮子的眼珠相同，爪子的形式也是一样的，呼吸也同样地强，叫声也同样地有震慑力量。

既然二者都是天生就为着战斗和猎捕的，它们自然都是同样地凶猛，同样地豪强而不容易制伏，除非在它们很幼小的时候就把它们捉来，否则就不能驯服它们。像这种小鹰，人们必须用很大的耐性、很多的技巧，才能训练它去打猎；就是这样，它一长大了，有了气力，对于主人还是很危险的。我们在许多作家的记载里可以知道，古时，在东方，人们是用鹰在空中打猎的；但是现在，我们的射猎场中不养鹰了——鹰太重，架在臂上不免使人吃力，而且永远不够驯服，不够温和，不够可靠，它一时高兴或者脾气一上来，可能会使主人吃亏的。它的嘴和爪子都和铁钩一般，强劲可怕；它的形象恰与它的天性相符。除掉它的武器——

嘴、爪而外，它还有壮健而厚实的身躯，十分强劲的腿和翅膀，结实的骨骼，紧密的肌肉，坚硬的羽毛；它的姿态是轩昂而英挺的，动作是疾骤的，飞行是十分迅速的。在所有的鸟类中，鹰飞得最高，所以古人称鹰为"天禽"，在鸟占术中，他们把鹰当做大神朱彼特的使者。

鹰的视力极佳，但是和秃鹫比起来，嗅觉就不算好，因此它只凭眼力猎捕，当它抓住猎获品的时候，它就往下一落，仿佛是要试一试重量，它把猎获品先放到地上，然后再带走。虽然它的翅膀很强劲，但是，由于腿不够灵活，从地上起飞不免有些困难，特别是载着重的时候。它很轻易地带走鹅、鹤之类；它也劫取野兔，乃至小绵羊、小山羊；当它搏击小鹿、小牛的时候，那是为着当场喝它们的血，吃它们的肉，然后再把零碎的肉块带回它的"平场"。"平场"是鹰窝的特称，它的确是平坦的，不像大多数鸟巢那样凹下去。鹰通常把"平场"建在两岩之间，在干燥而无法攀登的地方。有人肯定地说，鹰做了一个窝就够用一辈子。那确实也是个一劳永逸的大工程，够结实、能耐久。它建得差不多和楼板一样，用一些五六尺长的小棍子架起来的，小棍子两端着实，中间横插一些柔软的树枝，上面再铺上几层灯心草、石南枝之类。这样的楼板，或者说这样的窝，有好几尺宽广，并且很牢固，不但可以经得住鹰和它的妻儿，还可以载得起大量的生活物资。鹰窝上面没有盖任何东西，只凭伸出的岩顶掩护着。雌鹰下卵都放在这"平场"中央，它只下两三个卵，据说，它每孵一次要三十天的工夫；但是这几个卵里还有不能化雏的，因此人们很少发现一个窝里有三个雏鹰，通常只有一两个。人家甚至还说，雏鹰稍微长大一点儿，母亲就把最弱的或贪馋的一个杀死。也只有生活艰难才会产生出这种反自然的情感：父母自己都不够吃了，当然要设法减少家庭人口。一到雏鹰长得够强壮、能飞、能自己觅食的时候，父母就把它们赶得远远的，永远不让它们再回来了。

狗

————［法国］布　封

> 动物生命之所以能够升华是由于它有情感，
> 是情感统治着它的生命，使它的生命活跃起来；
> 是情感指挥着它的官能，使它的肢体积极起来；是情感产生着欲望，
> 并赋予物质以进展运动、以意志、以生气。

身材的高大、形状的清秀、躯体的有力、动作的灵活，这一切外在的品质，就一个动物来说，都不能算是它的最高贵的部分。正如我们论人，总是认为精神重于形貌，勇气重于体力，情感重于妍美；同样地，我们也认为内在的品质是兽类的最高尚的部分，就是由于有这些内在的品质它才与傀偏不同，才能超出植物界而接近于人类。动物生命之所以能够升华是由于它有情感，是情感统治着它的生命，使它的生命活跃起来；是情感指挥着它的官能，使它的肢体积极起来；是情感产生着欲望，并赋予物质以进展运动、以意志、以生气。

所以，兽类的完善程度要看它的情感的完善程度：情感的幅度愈广，这个兽就愈有能力，愈有办法，愈能肯定自己的存在，愈能多与宇宙的其他部分发生关系；如果它的情感再是细致的、锐敏的，如果这情感还能由教育而获得改进，则这种兽就配与人为伍了——它就会协助人完成计划，照顾人的安全，帮助人，保卫人，谄媚人；它会用勤勉的服务，用频繁的亲热表示来笼络主人，媚惑主人，把它的暴君改变为它的保护者。

狗，除了它的形体美以及活泼、多力、轻捷等优点外，还高度地具有一切内在的品质，足以吸引人对它的注意。在野狗方面，有一种热烈的、善怒的、乃至凶猛的、好流血的天性，使所有的兽类都觉得它可怕。而家狗，这天性就让位于最温和的情感了，它以依恋为乐事，以得人欢心为目的；它匍匐着把它的勇气、精力、才能都呈献于主人的脚前；它等候着他的命令以便使用自己的勇气、精力和才能，它揣度他、询问他、恳求他，使个眼色就够，它懂得主人意志的轻微表示。它不像人那样有思想的光明，但是它有情感的全部热力；它还比人多一个优点，那就是忠诚，就是爱而有恒；它没有任何野心、任何私利、任何寻仇报复的

欲望，它什么也不怕，只怕失掉人的欢心；它全身都是热诚、勤奋、柔顺；它敏于感念旧恩，易于忘怀侮辱，它遇到虐待并不气馁，它忍受着虐待，遗忘掉虐待，或者说，想起虐待是为了更依恋主人；它不但不恼怒，不脱逃，准备挨受新的苦痛，它舐着刚打过它的手，舐着使它痛楚过的工具，它的对策只是诉苦，总之，它以忍耐与柔顺逼得这只手不忍再打。

狗比人更驯良，比任何走兽都善于适应环境，不论学什么都很快就会，甚至对于指挥它的人们的举动、态度和一切习惯，都能迁就，都能配合；它住在什么人家里就有了那人家的气派，正如一切的门客仆从一样，它住在阔老家里就傲视一切，住在乡下就有村俗气；它经常忙于奉承主人，逢迎主人的朋友，对于无所谓的人就毫不在意，而与那些为社会地位所决定的、生来就只会讨人嫌的人们就是生死冤家；它看见衣服，听见声音，瞟到他们的举动就认得出是那班人，不让他们走近。当人家在夜里嘱咐它看家的时候，它就变得更自豪了，并且有时还变得凶猛；它照顾着，它巡逻着，它远远地就知道有外人来，只要外人稍微停一停，或者想跨越藩篱，它就奔上去，进行抗拒，以频频的狂吠，极大的努力，恼怒的呼声，发着警报，一面通知着主人，一面战斗着；它对于以劫掠为生的人和对于以劫掠为生的兽一样，它愤激，它扑向他们，咬伤他们，撕裂他们，夺回他们抢去的东西；但是它一胜利就满意了，它伏在夺回的东西上面，就是心里想吃也不去动它，它就是这样，同时做出了勇敢、克制和忠诚的榜样。

我们只要设想一下，如果世上根本没有这类动物，是一种什么情况，我们就会感觉到它在自然界里是如何地重要了。假使人类从来没有狗帮忙，他当初又怎么能征服、驯服、奴役其他的兽类呢？就是现在，没有狗，他又怎么能发现、驱逐、消灭那些有害的野兽呢？人为了自己获得安全，为了使自己成为宇宙中生物类的主宰，就必须先在动物界里形成一些党羽，先把那些显示能够依恋、服从的动物用柔和和亲热的手段拉拢过来，以便利用它们来对付其他动物。因此，人的第一个艺术就是对狗的教育，而这第一个艺术的成果就是征服了、占有了大地。

大部分的动物都比人更敏捷、更有力，甚至于更勇敢些；大自然给它们配备的、给它们武装的，都比人要优越些：它们的感官也都比人的更完善，特别是嗅觉。人拉拢到了像狗这样勇敢而驯良的兽类，就等于获得了新的感官，获得了我们所缺乏的机能。我们为了改善我们的耳目，扩大视听的范围，曾发明许多器械，许多工具，但是器械也好，工具也好，就功效而论，也都远比不上大自然送给我们的这种现成的器械——狗。它补充我们的嗅觉之不足，给我们提供出战胜与统治一切物类的巨大而永恒的力量；忠于人类的狗，将永远对于其他畜类保持着一部分的权威和高一等的身份：它指挥着其他畜类，它亲自率领着牧群，统治着牧群，它使牧群听从它，比听从牧人的话还有效。安全、秩序与纪律都是它戒

慎辛勤的成绩，那是归它节制的一群民众，由它领导着、保护着，它对民众永远
不使用强力，除非是要在它们中间维护和平……

在卢浮宫博物馆

——［法国］罗 丹

世间的活动，
缺点虽多，但仍是美好的。

在中世纪的建筑中，用雕像做支柱的形式很普通，而用雕像的侧影却很特殊，不是由缩进的胸部，而是由向前高举的臂肘支撑形成的。

为人类赎罪的圣母坐着，俯首看着她的儿子，是支柱形；钉在十字架上的基督，双腿弯着，俯视这些人，是支柱形；苦痛的圣母，弯身在儿子的尸首上，也是支柱形。

米开朗基罗，我再说一次，无非是最后和最伟大的哥特式艺术的雕塑家。

内心的反思、苦痛，厌恶人生，反抗物质的锁链——这些就是他的灵感的因素。

这些奴隶是由似乎极易断的细绳捆绑的，但是雕塑家要指出的，主要是精神上的束缚，因为这些形象是用象征手法来表现的被教皇朱理二世压迫的人，他所塑的每个囚徒，都表现了人类的灵魂，想冲破自己的躯壳，以期获得无限的自由。

您瞧右边的那个奴隶，相貌像贝多芬——米开朗基罗早已猜到了最沉痛的、伟大的音乐家的容貌。

然而，沉郁、悲痛却折磨着米开朗基罗的一生。

"为什么要追求更多的生活和欢乐呢？人间的欢乐愈是诱惑我们，愈是对我们有害。"这是他的一首美好的十四行诗里的一句。

在另一首诗中，米开朗基罗又说："一生下来便死去，是最幸福的人。"

他所作的雕像，都是被这种焦痛束缚着，似乎要扭断自己的身体。然而内心的无奈、压力那样大，似乎只好屈服。米开朗基罗到了老年，真想毁掉那些雕像——艺术再也不能满足他了，他需要"无限"。

他写道："绘画、雕塑再也不会迷惑我，使我不转向在十字架上张着两臂迎接我们的神圣的基督。"

《耶稣基督的仿效》这本书的伟大的神秘的作家说得好：

"最高的智慧是：抛弃尘世，趋向天国。抛弃俗念，再不依恋易逝的事物和阻碍人类走向无限之路的欢乐。"

记得在佛罗伦萨的圆顶教堂欣赏米开朗基罗的《圣母哀悼基督》的雕刻时，我被深深地打动了。这个杰作，平常是在黑暗中，此刻为银白的火光照耀着——一个唱诗班的孩子，长得很好看，走近和他身材一样高的火把，拿到嘴边，吹灭了，于是，这座神奇的雕像再也看不见了。而这个孩子，就像是熄灭生命的死亡之神。在我的心里珍贵地留着这个强烈的印象。……米开朗基罗最珍爱的主题，如人类灵魂的深奥，努力和苦痛的神圣，的确是庄严伟大。

但是，他蔑视人生的想法我不赞同。

世间的活动，缺点虽多，但仍是美好的。

为了在生活中努力发挥自己的作用，热爱人生吧！

至于我，我要不断训练自己观察自然时要冷静。我们应该走向宁静。基督教的神秘的焦痛，相当程度地还在我们身上存在着。

什么最有意义

——［德国］爱因斯坦

生活百味来源于自然界，
而坚强的个性却来自一个人的自我努力。

假若没有孜孜追求的一种志向，假若不去探求客观世界里那个在艺术和科学领域里永远达不到的境界，那么在我看来，再长的人生也是没有意义的。

俗世之人所努力追求的一切——财产、虚荣、奢侈的生活，我都不屑一顾。我从来不把安逸和享乐看做是生活的唯一目标，这种伦理的基础，可以说与动物无异。

指引我前进，并且不断地鼓舞我去创造生活和正视生活的，是真、善、美。

生活百味来源于自然界，而坚强的个性却来自一个人的自我努力。我所做的一切事情都是我自己的本性使然。现在经常有一些品格高尚的人愤然弃世，以致我们对于这样的结局不再感到震惊和奇怪了。然而要做出死别的决定，一般都是由于无法适应新的生存环境，感到内心绝望而了结自己的生命。今天，在精神健全的人中间，极少发生这种事情，偶然出现的例外发生在那些最清高、道德最高尚的人身上。也许我们并不知道，什么才是生活中最有意义的，正如终生都游荡于水中的鱼儿，不是对水的世界也一无所知吗？

光荣的荆棘路

—— ［丹麦］安徒生

人类的灵魂只有懂得它的使命，
才能感到真正的幸福，才会忘却光荣的荆棘路上所遇到的一切苦难，
恢复健康、力量和愉快。

很久很久以前，有一个古老的故事："在布满荆棘的路上，一个叫做布鲁德的猎人曾经遇到极大的困难，但他克服了这些困难最终赢得了崇高的荣誉，维护了猎人的尊严。"我们很多人在小时候已经听到过这个故事，可能长大后又读到过它，并且非常遗憾自己没有类似的经历。其实，故事和真事没有很大的分界线。不过故事在我们这个世界里经常人为的有一个愉快的结尾，而真事则常常事与愿违，所以人们只好到故事里寻找结果。

历史的进程就像一部巨型的幻灯片，它在现代的黑暗背景上，放映出清晰的片子，说明那些造福人类的伟人和无私的殉道者所走过的荆棘路。

这部客观的幻灯片把各个时代、各个国家都反映给我们看。每张片子只放映短短的几秒钟，但是它却能反映整个人的一生——充满了斗争和胜利的一生。让我们来看看这些殉道者吧——只要这个世界没有灭亡，这个行列就永远不会穷尽。我们现在来看看一个挤满了观众的圆形剧场吧，讽刺和嘲笑的语言像潮水一样四处弥漫。雅典最了不起的一个人物，在人身和精神方面，都受到了舞台上的嘲笑。他是保护人民反抗三十个暴君的战士，名叫苏格拉底，他在混战中救援了阿尔西比亚得和生诺风，他的胆识和智慧超过了古代的神仙。面对不堪的语言，他从观众席上站起来，走到前面去，让那些正在哄堂大笑的人看看，他究竟是不是他们嘲笑的那种人，他站在他们面前，犹如身材伟岸的一个巨人。

多汁的毒胡萝卜，雅典的阴影不是遍街栽种的橄榄树而是你！

在荷马死了以后，七个城市、国家在彼此争辩，都说荷马是出生在自己的城市。请看看他活着的时候吧！他每天在这些城市里流浪，靠朗诵自己的诗篇像乞丐似的过着乞讨的生活。他一想起明天的早餐，他的头发就变得灰白起来。这个伟大的先知者，活着时，不过是一个孤独的瞎子。无情的荆棘把这位诗中圣哲刺

得遍体鳞伤。然而他的思想、他的歌却是不朽的。通过这些歌，古代的英雄和神仙栩栩如生地站在人们面前。

东西方的图画一幅一幅展现出来。这些国家彼此相距很远，然而它们走过的荆棘路惊人地相似。生满了刺的花枝只有在它装饰着坟墓的时候，才会有鲜花绽放。

一队满载着靛青和贵重的财宝的驼队长途跋涉在棕榈树下，这些东西是这国家的君主送给一个人的礼物——这个人是人民的骄傲，是国家的光荣。但嫉妒和毁谤却使他背井离乡，直到现在人们才发现他。当骆驼队走到他避乱的那个小镇，城里抬出一具可怜的尸体，骆驼队停下来了。这个死人就正是他们所要寻找的费尔杜西——他已光荣地走完了他的荆棘路。

在葡萄牙繁华的京城里，在奢侈的王宫的台阶上，坐着一个圆脸、厚嘴唇、黑头发的非洲黑人，他是加莫恩的忠实的奴隶，他在向人求乞。如果没有他和他求乞得到的许多铜板，叙事诗《路西亚达》的作者加莫恩恐怕早就饿死了。具有讽刺意味的是贫穷的加莫恩的墓地却极尽豪华。

请看另一幅图画！疯人院里关着一个人，他的面容死一样的惨白，嘴上长着又长又乱的胡子。

这个人说："我发明了一件东西——一件几百年以来最伟大的发明，但是人们却把我关了二十多年！"

人们若问他是谁。"一个疯子！"疯人院的看守说，"这个疯子的怪念头可真多！他说人们可以用蒸汽推动东西！"

此人名叫萨洛蒙·得·高斯，由于无人能读懂他的预言性的著作，因此他只能在疯人院里了此残生。

还有一个扬帆远航的人，叫哥伦布。许多人常常跟在他后面讥笑他，因为他想发现一个新世界——而且他的梦想也实现了。欢乐的钟声迎接他凯旋归来，但嫉妒的破锣敲得比这还要响亮。这个发现新大陆的人，这个把美洲黄金的土地从海里捞起来的人，这个把毕生献生于航海事业的人，所得到的酬报竟是一条铁链。他希望把这条链子放在他的墓碑上，让后人给予他一个公正的评价。

一幅接着一幅的画面，连接着无穷无尽的荆棘路。

许多人都认为天上只有上帝，一个人却想量出月亮里山岳的高度。他探索星球与行星之间的太空，他能感觉到地球在他的脚下转动，这个人就是伽利略。老年的他，又聋又瞎，坐在那儿，在身体的苦痛和人们的轻视中挣扎。当人们不相信真理的时候，他在灵魂的极度痛苦中曾经在地上跺着抬起的双脚，高喊着："但是地在转动呀！"

还有一位怀着一颗童心的女子，这颗心充满了热情和信念。她在一个战斗的部队前面高举着旗帜：她为她的祖国带来胜利和解放。然而她却落入了魔鬼之手，在一片狂乐的声音中，一堆大火烧起来了：大家在烧死一个巫婆——冉·达克。在接着的一个世纪中，人们唾弃鄙视这朵纯洁的百合花，但却被人们爱戴的诗人伏尔泰歌颂为"拉·比塞尔"。

一群丹麦的贵族冲进城堡的宫殿里，烧毁了国王的法律。火焰升起来，克利斯二世的时代结束了。但这把火把这个立法者和他的时代都照亮了，他的头发斑白，腰也弯了，但这个形容枯槁的人曾经统治过三个王国。他是一个深受民众爱戴的国王，他是市民和农民的朋友，他是粗犷豪放的平民君王。他的一生曾经有血腥的罪过，但他也为之付出了二十七年被囚禁的代价。

一个人站在船上，留恋地望着渐渐远去的祖国，他是杜·布拉赫。他把丹麦的名字提升到星球上去，但他却被讥笑和迫害，万般无奈下，他跑到国外去。他说："处处都有天，我并不要求别的东西呢。"这位最有声望的人在国外得到了尊严和理解。

这是一张什么画片呢？这是格里芬菲尔德——丹麦的普洛米修斯——被铁链锁在木克荷尔姆石岛上的一幅图画。人们在几百年来反复地听到他的呼喊："主啊！愿我身体中难以忍受的苦难早日解脱！"

在美洲的一条大河的旁边，有一大群人来参观据说可以让船在坏天气中逆风行驶而且具有抗拒风雨的力量的试验。这个试验者名叫罗伯特·富尔登。他的船开始航行，但不久它忽然停下来了。观众大笑起来，连他自己的父亲也跟大家一起"咒骂"起来："自高自大！糊涂透顶！该把这个疯子关起来才对！"

其实，刚才机器不能动是一根小钉子被摇断了的缘故。稍加修理轮子转动起来了，轮翼在水中向前推行，船在逆风中向前开行！蒸汽机的杠杆拉近了世界各国间的距离。

人类的灵魂只有懂得它的使命，才能感到真正的幸福，才会忘却光荣的荆棘路上所遇到的一切苦难，恢复健康、力量和愉快，使噪音变成谐声。而人们可以在一个人身上看到上帝的仁慈，这仁慈再通过一个人普渡众生。

光荣的荆棘路其实就是环绕着地球的一条美丽的光环，并非每个人都能在这环中行走，因为那是一条连接上帝与人间的非凡之路。

时间的年轮，已碾过了许多世纪，在黯淡的荆棘路上，也出现了明亮的色彩，来鼓舞大家的斗志，促进内心的平衡。这条光荣的荆棘路，不是童话，不会有一个辉煌或愉快的终点，但它终将超越时代，永垂不朽！

心 中 的 真 理

——［印度］泰戈尔

内心的真理是真理纯粹的法则，
人为的法则只能以强权政治施行，
那些追求真、善和人性尊崇为最终目标的人们，
亘古以来一直在同这种态度进行不懈地、顽强地斗争。

　　在人类社会，普通人永远都处于一种蒙昧状态，要使他们远离罪恶，必须保持他们的幻想，用虚构的恐惧或希望，使自己恐惧或得到安慰，就像对待一个孩子或一头牲畜那样。这种幻想适用于社会，同样也适用于宗教团体。过去曾流行的见解和习惯，甚至在后来的许多年也没有改变。

　　在昆虫世界，我们发现一些弱小的昆虫伪装出可怕的样子以保护和壮大它们自己；社会法则也一样，他们千方百计将自己装扮成真理的化身以使自己强大和持久。一方面，他们有道貌岸然的威仪；另一方面，有在来世受苦的恐惧。各种各样严厉、残酷有时是不公正的社会惩罚手段，以地狱的威胁迫使人们屈从人为的不合理法规。印度的安达曼群岛、法国的德维尔群岛、意大利的利帕里群岛，都是这种基本观点在政治领域中的杰作。内心的真理是真理纯粹的法则，人为的法则只能以强权政治施行，那些追求真、善和人性尊崇为最终目标的人们，亘古以来一直在同这种态度进行不懈地、顽强地斗争。

　　我并不是说，善的价值同社会或者国家一样重要，我要讨论的是人如何才能接受这种真理，真理到底在哪里？在许多与社会和国家利益攸关的领域里，在日常行为中，我们发现了对这种真理的排斥和怀疑，但人的为人处世，需要一种行为准则，需要适合普遍人的一种法规，法意味着人的最终本性。关于善的概念，虽然不同的国家、时代和个人，有着不同的见解，然而善的本质却是每个人都乐于接受并都以行善为荣。宗教本性的含义，"它是"和"它应该是"的冲突，从人类历史一开始就一直激烈地进行着。究其深层次的原因，我认为，在人的心灵中，一方面存在着普遍心态的人，另一方面存在着由于利欲熏心而追求私利而受到局限的动物性的人。人们力图调和这两方面的差距，在不同的宗教体系中，都

进行了不同程度的努力。否则，在生活的法则中能够奏效的将只有优势和劣势、欢乐和痛苦，而罪恶和美德、善和恶都将失去衡量的标准，恣意妄为的后果乃是人性的伦丧，世界大乱。

我们个人精神上所感受的痛苦和愉悦，在普遍精神中能不能感受到呢？假若你仔细思考就会发现，在现实社会中，个人的苦乐哀痛早已转到普遍精神的范围。试想，那些为真理、为国家、为人类的利益献出自己生命的人，那些把自己的命运同远大的理想联系起来的人，个人的喜怒哀乐、幸福忧伤难道仅仅是反映他一个人吗？

时代的昭示

千万不要过高地估计现在，
千万不要寄希望于现在，
幸福和愉快只能是对幸福未来的美好憧憬。

——契诃夫

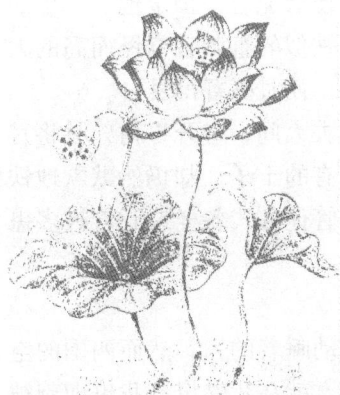

秋 夜

——［中国］鲁 迅

我打一个呵欠，点起一支纸烟，喷出烟来，对着灯默默地敬奠这些苍翠精致的英雄们。

在我的后园，可以看见墙外有两株树，一株是枣树，还有一株也是枣树。

这上面的夜的天空，奇怪而高，我生平没有见过这样的奇怪而高的天空。他仿佛要离开人间而去，使人们仰面不再看见。然而现在却非常之蓝，闪闪地眨着几十个星的眼，冷眼。他的口角上现出微笑，似乎自以为大有深意，而将繁霜洒在我的园里的野花草上。

我不知道那些花草真叫什么名字，人们叫他们什么名字。我记得有一种开过极细小的粉红花，现在还开着，但是更极细小了。她在冷的夜气中，瑟缩地做梦，梦见春的到来，梦见秋的到来，梦见瘦的诗人将眼泪擦在她最末的花瓣上，告诉她秋虽然来，冬虽然来，而此后接着还是春，蝴蝶乱飞，蜜蜂都唱起春词来了。她于是一笑，虽然颜色冻得红惨惨地，仍然瑟缩着。

枣树，他们简直落尽了叶子。先前，还有一两个孩子来打别人打剩的枣子，现在一个也不剩了，连叶子也落尽了。他知道小粉红花的梦，秋后要有春；他也知道落叶的梦，春后还是秋。他简直落尽叶子，单剩干子，然而脱了当初满树是果实和叶子时候的弧形，欠伸得很舒服。但是有几枝还低亚着，护定他从打枣的竿梢所得的皮伤，但是最直最长的几枝，却已默默地铁似的直刺着奇怪而高的天空，使天空闪闪地鬼眨眼，直刺着天空中圆满的月亮，使月亮窘得发白。

鬼眨眼的天空越加非常之蓝，不安了，仿佛想离去人间，避开枣树，只将月亮剩下。然而月亮也暗暗地躲到东边去了。而一无所有的干子，却仍然默默地铁似的直刺着奇怪而高的天空，一意要制他的死命，不管他各式各样地眨着许多蛊惑的眼睛。

哇的一声，夜游的恶鸟飞过了。

我忽而听到夜半的笑声，吃吃地，似乎不愿意惊动睡着的人，然而四围的空中都应和着笑。夜半，没有别的人，我即刻听出这声音就在我嘴里，我也即刻被这笑声所驱逐，回进自己的房。灯火的带子也即刻被我旋高了。

后窗的玻璃上丁丁地响，还有许多小飞虫乱撞。不多久，几个进来了，许是从窗纸的破孔进来的。他们一进来，又在玻璃的灯罩上撞得丁丁地响。一个从上面撞进去了，他于是遇到火，而且我以为这火是真的。两三个却休息在灯的纸罩上喘气。那罩是昨晚新换的罩，雪白的纸，折出波浪纹的叠痕，一角还画出一枝猩红色的栀子。

猩红的栀子开花时，枣树又要做小粉红花的梦，青葱弯成弧形了……我又听到夜半的笑，我赶紧砍断我的心绪，看那老在白纸罩上的小青虫，头大尾小，向日葵子似的，只有半粒小麦那么大，遍身的颜色苍翠得可爱，可怜。

我打一个呵欠，点起一支纸烟，喷出烟来，对着灯默默地敬奠这些苍翠精致的英雄们。

最后一次讲演

——[中国] 闻一多

历史赋予昆明的任务——民主和平，
我们昆明的青年必须完成这任务！
我们要准备像李先生一样，前足跨出大门，
后脚就不准备再跨进大门。

这几天，大家晓得，在昆明出现了历史上最卑污、最无耻的事情：李先生究竟犯了什么罪？竟遇此毒手，他只不过用笔，用嘴，写出了说出了千万人民心中压着的话，大家有笔有嘴有理由讲啊，为什么要打，要杀，而且偷偷摸摸的杀！（鼓掌）

今天，这里有没有特务？你站出来，你出来讲，凭什么要杀死李先生？（厉声，热烈的鼓掌）暗杀了人，还要诬蔑人，说什么"桃色案件"，说什么共产党杀共产党，无耻啊！无耻啊！（热烈的鼓掌）这是某集团的无耻，是李先生的光荣；李先生在昆明被暗杀，是李先生的光荣，也是昆明人的光荣！

去年"一二·一"昆明的青年学生，为了反对内战遭受屠杀；现在李先生为了争取民主和平，也遭遇了反动派的暗杀，这是昆明无限的光荣！（热烈的鼓掌）

反动派暗杀李先生的消息传出后，大家听了都摇头，这些无耻的东西，不知他们是怎么想法，他们的心是怎样长的，其实也很简单，他们这样疯狂害怕，正是他们自己在慌呵！在恐怖呵！特务们，你们想想；你们还有几天，真理是一定胜利的。反动派的无耻，就是李先生的光荣；反动派的末日，就是我们的光明！

现在，有人要打内战，只是利用美苏的矛盾，但是美苏不一定打呀！现在四外长会议，已经圆满闭幕了。美苏间不是没有矛盾，但是可以妥协，事情是曲折的，不是直线的，我们的新闻被封锁着，不知道英美的开明舆论如何抬头，但是事实的反映，我们可以看出：

第一，现在司徒雷登出任美驻华大使，司徒雷登是中国人民的朋友，也是教育家，他生长在中国，受的美国教育。他住在中国的时间比住在美国的时间长，他就如一个中国的留美生一样，从前在北平时也常见面，他是真正知道中国人民的要求的，不是说司徒雷登有三头六臂，而是说，美国人民的舆论抬头，美国才有这转变。

第二，反动派干得太不像样了，在四外长会议上不要中国做二十一国和平会议的召集人，这说明人民的忍耐有限度，国际的忍耐也是有限度。

李先生赔上了一条性命，我们要换来一个代价，"一二·一"四烈士倒下了，年青的战士们的血，换来了政治协商会议的开会，李先生倒下了，也要换来一个政协会议的召开，（热烈的鼓掌）我们有这信心！（鼓掌）

"一二·一"昆明的光荣，是云南人民的光荣！云南光荣的历史，远的如护国，近的如"一二·一"，这些都是属于云南人民的，我们要发扬！

反动派挑拨离间，卑鄙无耻，他们以为联大走了，学生放暑假了，我们便就没有人了吗？特务们，你们看，今天到会的一千多青年又握起手来了，我们昆明青年决不让你们这样横干下去！历史赋予昆明的任务——民主和平，我们昆明的青年必须完成这任务！

我们要准备像李先生一样，前足跨出大门，后脚就不准备再跨进大门。（长时间热烈的鼓掌）

荷塘月色

——［中国］朱自清

> 曲曲折折的荷塘上面，弥望的是田田的叶子。
> 叶子出水很高，像亭亭的舞女的裙。
> 层层的叶子中间，零星地点缀着些白花，有袅娜地开着的，
> 有羞涩地打着朵儿的，正如一粒粒的明珠，
> 又如碧天里的星星，又如刚出浴的美人。

　　这几天心里颇不宁静。今晚在院子里坐着乘凉，忽然想起日日走过的荷塘，在这满月的光里，总该另有一番样子吧。月亮渐渐地升高了，墙外马路上孩子们的欢笑，已经听不见了；妻在屋里拍着闰儿，迷迷糊糊地哼着眠歌。我悄悄地披了大衫，带上门出去。沿着荷塘，是一条曲折的小煤屑路。这是一条幽僻的路，白天也少人走，夜晚更加寂寞。荷塘四面，长着许多树，蓊蓊郁郁的。路的一旁，是些杨柳，和一些不知道名字的树。没有月光的晚上，这路上阴森森的，有些怕人。今晚却很好，虽然月光也还是淡淡的。

　　路上只我一个人，背着手踱着。这一片天地好像是我的，我也像超出了平常的自己，到了另一世界里。我爱热闹，也爱冷静；爱群居，也爱独处。像今晚上，一个人在这苍茫的月下，什么都可以想，什么都可以不想，便觉是个自由的人。白天里一定要做的事，一定要说的话，现在都可不理。这是独处的妙处。我且受用这无边的荷香月色好了。

　　曲曲折折的荷塘上面，弥望的是田田的叶子。叶子出水很高，像亭亭的舞女的裙。层层的叶子中间，零星地点缀着些白花，有袅娜地开着的，有羞涩地打着朵儿的，正如一粒粒的明珠，又如碧天里的星星，又如刚出浴的美人。微风过处，送来缕缕清香，仿佛远处高楼上渺茫的歌声似的。这时候叶子与花也有一丝的颤动，像闪电般，霎时传过荷塘的那边去了。叶子本是肩并肩密密地挨着，这便宛然有了一道凝碧的波痕。叶子底下是脉脉的流水，遮住了，不能见一些颜色；而叶子却更见风致了。

　　月光如流水一般，静静地泻在这一片叶子和花上。薄薄的青雾浮起在荷塘

里。叶子和花仿佛在牛乳中洗过一样，又像笼着轻纱的梦。虽然是满月，天上却有一层淡淡的云，所以不能朗照，但我以为这恰是到了好处——酣眠固不可少，小睡也别有风味的。月光是隔了树照过来的，高处丛生的灌木，落下参差的斑驳的黑影，峭楞楞如鬼一般；弯弯的杨柳的稀疏的倩影，却又像是画在荷叶上。塘中的月色并不均匀，但光与影有着和谐的旋律，如梵婀玲上奏着的名曲。

荷塘的四面，远远近近，高高低低都是树，而杨柳最多。这些树将一片荷塘重重围住，只在小路一旁，漏着几段空隙，像是特为月光留下的。树色一例是阴阴的，乍看像一团烟雾；但杨柳的丰姿，便在烟雾里也辨得出。树梢上隐隐约约的是一带远山，只有些大意罢了。树缝里也漏着一两点路灯光，没精打采的，是渴睡人的眼。这时候最热闹的，要数树上的蝉声与水里的蛙声，但热闹是它们的，我什么也没有。

忽然想起采莲的事情来了。采莲是江南的旧俗，似乎很早就有，而六朝时为盛，从诗歌里可以约略知道。采莲的是少年的女子，她们是荡着小船，唱着艳歌去的。采莲人不用说很多，还有看采莲的人。那是一个热闹的季节，也是一个风流的季节。梁元帝《采莲赋》里说得好：

> 于是妖童媛女，荡舟心许；鹢首徐回，兼传羽杯；棹将移而藻挂，船欲动而萍开。尔其纤腰束素，迁延顾步；夏始春余，叶嫩花初，恐沾裳而浅笑，畏倾船而敛裾。

可见当时好游的光景了。这真是有趣的事，可惜我们现在早已无福消受了。于是又记起《西洲曲》里的句子：

> 采莲南塘秋，莲花过人头；低头弄莲子，莲子清如水。

今晚若有采莲人，这儿的莲花也算得"过人头"了，只不见一些流水的影子，是不行的。这令我到底惦着江南了。——这样想着，猛一抬头，不觉已是自己的门前。轻轻地推门进去，什么声息也没有，妻已睡熟好久了。

途 中

—— ［中国］ 梁遇春

我们从摇篮到坟墓也不过是一条道路，
当我们正寝以前，我们可说是老在途中。
途中自然有许多的苦辛，然而四围的风光和同路的旅人都是极有趣的，
值得我们跋涉这程路来细细鉴赏。

今天是个潇洒的秋天，飘着零雨，我坐在电车里，看到沿途店里的伙计们差不多都是懒洋洋地在那里谈天、看报、喝茶——喝茶的尤其多，因为今天实在有点冷起来了。还有些只是倚着柜头，望望天色。总之纷纷扰扰的十里洋场顿然现出闲暇悠然的气概，高楼大厦的商店好像都化做三间两舍的隐庐，里面那班平常替老板挣钱、向主顾陪笑的伙计们也居然感到了生活余裕的乐处，正在拉闲扯散地过日，仿佛全是古之隐君子了。路上的行人也只是稀稀的几个，连坐在电车里面上银行去办事的洋鬼子们也燃着烟斗，无聊赖地看报上的广告，平时的燥气全消，这大概是那件雨衣的效力罢！到了北站，换上去西乡的公共汽车，雨中的秋之田野是别有一种风味的。外面蒙蒙细雨是看不见的，看得见的只是车窗上不断地来临的小雨点，同河面上错杂得可喜的纤纤雨脚。此外还有粉般的小雨点从破了的玻璃窗进来，栖止在我的脸上。我虽然有些寒战，但是受了雨水的洗礼，精神变成格外地清醒。已撄世网、醉生梦死久矣的我真不容易有这么清醒，这么气爽。再看外面的景色，既没有像春天那娇艳得使人们感到它的不能久留，也不像冬天那样树枯草死，好似世界是快毁灭了，却只是静默默地，一层轻轻的雨雾若隐若现地盖着，把大地美化了许多，我不禁微吟着乡前辈姜白石的诗句，真是"人生难得秋前雨"。忽然想到今天早上她皱着眉头说道："这样凄风苦雨的天气，你也得跑那么远的路程，这真可厌呀！"我暗暗地微笑。她哪里晓得我正在凭窗赏玩沿途的风光呢？她或者以为我现在必定是哭丧着脸，像个到刑场的死囚，万不会想到我正流连着这叶尚未凋、草已添黄的秋景。同情是难得的，就是错误的同情也是无妨，所以我就让她老是这样可怜着我的仆仆风尘罢；并且有时我有什么逆意的事情，脸上露出不豫的颜色，可以借路中的辛苦来遮掩，免得她

一再追究，最后说出真话，使她平添了无数的愁绪。

其实我是个最喜欢在十丈红尘里奔走道路的人。我现在每天在路上的时间差不多总在两点钟以上，这是已经有好几月了，我却一点儿也不生厌，天天走上电车，老是好像开始蜜月旅行一样。电车上和道路上的人们彼此多半是不相识的，所以大家都不大拿出假面孔来，比不得讲堂里、宴会上、衙门里的人们那样彼此拼命地一味敷衍。公园、影戏院、游戏场、馆子里面的来客个个都是眉开眼笑的，最少也装出那么样子；墓地、法庭、医院、药店的主顾全是眉头皱了几十纹的，这两下都未免太单调了，使我们感到人世的平庸无味。车子里面和路上的人们却具有万般色相，你坐在车里，只要你睁大眼睛不停地观察三十分钟，你差不多可以在所见的人们脸上看出人世一切的苦乐感觉同人心的种种情调。你坐在位子上默默地鉴赏，同车的客人们老实地让你从他们的形色举止上去推测他们的生平同当下的心境；外面的行人一一现你眼前，你尽可恣意瞧着，他们并不会晓得，而且他们是这么不断地接连走过，你很可以拿他们来彼此比较，这种普通人的行列的确是比什么赛会都有趣得多，路上源源不绝的行人可说是上帝设计的赛会，当然胜过了我们佳节时红红绿绿的玩意儿了。并且在路途中我们的心境是最宜于静观的，最能吸收外界的刺激的。我们通常总是有事干，正经事也好，歪事也好，我们的注意免不了特别集中在点上，只有路途中，尤其走熟了的长路，在未到目的地以前，我们的方寸是悠然的，不专注于一物，却是无所不留神的，在匆匆忙忙的一生里，我们此时才得好好地看一看人生的真况。所以无论从那一方面说起，途中是认识人生最方便的地方。车中、船上同人行道可说是人生博览会的三张入场券，可惜许多人把它们当做废纸，空走了一生的路。我们有一句古话："读万卷书，行万里路。"所谓行万里路自然是指走遍名山大川，通都大邑，但是我觉换一个解释也是可以。一条路你来往走了几万遍，凑成了万里这个数目，只要你真用了你的眼睛，你就可以算是懂得人生的人了。俗语说道："秀才不出门，能知天下事。"我们不幸未得入泮，只好多走些路，来见见世面罢！对于人生有了清澈的观照，世上的荣辱祸福不足以扰乱内心的恬静，我们的心灵因此可以获到永久的自由，可见个个的路都是到自由的路，并不限于罗素先生所钦定的；所怕的就是面壁参禅、目不窥路的人们，他们自甘沦落，不肯上路，的确是无法可办。读书是间接地去了解人生，走路是直接地去了解人生。一落言诠，便非真谛，所以我觉得万卷书可以搁开不念，万里路非放步走去不可。

了解自然，便是非走路不可。但是我觉得有意的旅行倒不如通常的走路那样能与自然更见亲密。旅行的人们心中只惦着他的目的地，精神是紧张的，实在不宜于裕然地接受自然的美景。并且天下的风光是活的，并不拘于一谷一溪，一洞一岩。旅行的人们所看的却多半是这些名闻四海的死景，人人莫名其妙照例赞美的胜地。旅行的人们也只得依样葫芦一番，做了万古不移的传统的奴隶。这又何苦呢？并且只有自己发现出的美景对着我们才会有贴心的亲切感觉，才会感动了整个心灵，这些好景却大抵是得之偶然的，绝不能强求。所以有时因公外出，在火车中所瞥见的田舍风光会深印在我们的心坎里，而花了盘川，告了病假去赏玩的名胜倒只是如烟如雾地浮动在记忆的海里。今年的春天同秋天，我都去了一趟杭州，每天不是坐在划子里听着舟子的调度，就是跑山，恭敬地聆着车夫的命令，一本薄薄的指南隐隐地含有无上的威权，等到把所谓胜景一一领过了，重上火车，我的心好似去了重担。当我再继续过着我通常的机械生活，天天自由地东瞧西看，再也不怕受了舟子、车夫、游侣的责备，再也没有什么应该非看不可的东西，我真快乐得几乎发狂。西泠的景色自然是渐渐消失得无影无迹，可惜消失得太慢，起先还做了我几个噩梦的背景。当我梦到无私的车夫带我走着崎岖难行的宝石山或者光滑不能驻足的往龙井的石路，不管我怎样求免，总是要追我去看烟霞洞的烟霞同龙井的龙角。谢谢上帝，西湖已经不再浮现在我的梦中了。而我生平所最赏心的许多美景是从到西乡的公共汽车的玻璃窗得来的。我坐在车里，任它一上一下、一左一右地跳荡，看着老看不完的十八世纪长篇小说，有时闭着书随便望一望外面天气，忽然觉得青翠迎人，遍地散着香花，晴天现出不可描摹的蓝色。我顿然感到春天已到大地，这时我真是神魂飞在九霄云外了。再去细看一下，好景早已过去，剩下的是闸北污秽的街道，明天再走到原地，一切虽然仍旧，总觉得有所不足，与昨天是不同的，于是乎那天的景色永留在我的心里。甜蜜的东西看得太久了也会厌烦，真真的好景都该这样一瞬即逝，永不重来。婚姻制度的最大毛病也就是在于日夕聚首：将一切好处都因为太熟而化成坏处了。此外在热狂的夏天、风雪载途的冬季常出乎意料地获到不可名言的妙境，滋润着我的心田。会心不远，真是陆放翁所谓的"何处楼台无月明"。自己培养有一个易感的心境，那么走路的确是了解自然的捷径。

"行"不单是可以使我们清澈地了解人生同自然，它自身又是带有诗意的，最浪漫不过的。雨雪霏霏，杨柳依依，这些境界只有行人才有福享受的。许多奇情逸事也都是靠着几个人的漫游而产生的。《西游记》、《镜花缘》、《老残游记》、Cervantes 的《吉诃德先生》（Don Quixote）、Swift 的《海外轩渠录》（Gulliver's Travels）、Bunyan 的《天路历程》（Pilgrim's Progress）、Cowper 的《痴汉骑马歌》（John Gilpin）、Dickens 的《Pickwick PaPers》、Byron 的《Childe Harold's Pilgrimage》，Fielding 的《Joseph Andrews》，Gogols 的《Dead Souls》等不可一世的杰作没有一个不是以"行"为骨子的，所说的全是途中的一切，我觉得文学的浪漫题材在爱情以外，就要数到"行"了。陆放翁是个豪爽不羁的诗人，而他最出色的杰作却是那些纪行的七言。我们随便抄下两首，来代我们说出"行"的浪漫性罢！

剑南道中遇微雨

衣上征尘杂酒痕，远游无处不销魂。

此身合是诗人未，细雨骑驴入剑门。

南定楼遇急雨

行遍梁州到益州，今年又作度沪游，

江山重复争供眼，风雨纵横乱入楼。

人语朱离逢峒獠，棹歌欸乃下吴州，

天涯住稳归心懒，登览茫然却欲愁。

因为"行"是这么会勾起含有诗意的情绪的，所以我们从"行"可以得到极愉快的精神快乐，因此"行"是解闷销愁的最好法子，将濒自杀的失恋人常常能够从漫游得到安慰，我们有时心境染了凄迷的色调，散步一下，也可以解去不少的忧愁。Howthorne 同 Edgar Allan Poe 最爱描状一个心里感到空虚的悲哀的人不停地在城里的各条街道上回复地走了又走，以冀对于心灵的饥饿能够暂时忘却；Dostoievsky 的《罪与罚》里面的 Raskolnikov 犯了杀人罪之后，也是无目的到处乱走，仿佛走了一下，会减轻了他心中的重压。甚至于有些人对于"行"具有绝大的趣味，把别的趣味一齐压下了，Stevenson 的《流浪汉之歌》就表现出这样的一个人物，他在最后一段里说道："财富我不要，希望，爱情，知己的朋友，我也不要；我所要的只是上面的青天同脚下的道路。"

Wealth I ask not, hope nor love,

Nor a friend to know me;

All I ask, the heaven above

And the road below me.

Walt Whitman 是一个歌颂行路的诗人，他的《大路之歌》真是"行"的绝妙赞美诗，我就引他开头的雄浑诗句来做这段的结束罢！

Afoot and light – hearted to the open road.

Healthy, free, the world before me,

The long brown path before me leading wherever I choose.

我们从摇篮到坟墓也不过是一条道路，当我们正寝以前，我们可说是老在途中。途中自然有许多的苦辛，然而四围的风光和同路的旅人都是极有趣的，值得我们跋涉这程路来细细鉴赏。除开这条悠长的道路外，我们并没有别的目的地，走完了这段征程，我们也走出了这个世界，重回到起点的地方了。科学家说我们就归于毁灭了，再也不能重走上这段路途，主张灵魂不灭的人们以为来日方长，这条路我们还能够一再重走了几千万遍。将来的事，谁去管它，也许这条路有一天也归于毁灭。我们还是今天有路今天走罢，最要紧的是不要闭着眼睛，朦胧一生，始终没有看到了世界。

杜　鹃

—— ［中国］郭沫若

过去和现在都有无数的人面杜鹃被人哺育着。

将来会怎样呢？

莺虽然不能解答这个问题，人是应该解答而且能够解答的。

杜鹃，敝同乡的魂，在文学上所占的地位，恐怕任何鸟都比不上。

我们一提起杜鹃，心头眼底便好像有说不尽的诗意。

它本身不用说，已经是望帝的化身了。有时又被认为薄命的佳人，忧国的志士；声是满腹乡思，血是遍山踯躅；可怜、哀惋、纯洁、至诚……在人们的心目中成为了爱的象征。这爱的象征似乎已经成为了民族的感情。

而且，这种感情还超越了民族的范围，东方诸国大都受到了感染。例如日本，杜鹃在文学上所占的地位，并不亚于中国。

然而，这实在是名实不符的一个最大的例证。

杜鹃是一种灰黑色的鸟，毛羽并不美，它的习性专横而残忍。

杜鹃是不营巢的，也不孵卵哺雏。到了生殖季节，产卵在莺巢中，让莺替它孵卵哺雏。雏鹃比雏莺大，到将长成时，甚且比母莺还大。雏鹃孵化出来之后，每将雏莺挤出巢外，任它啼饥号寒而死，它自己独霸着母莺的哺育，莺受鹃欺而不自知，辛辛苦苦地哺育着比自己还大的雏鹃：真是一个令人不平、令人流泪的情景。

想到了这些实际，便觉得杜鹃这种鸟大可以作为欺世盗名者的标本了。然而，杜鹃不能任其咎。杜鹃就只是杜鹃，它并不曾要求人把它认为佳人、志士。

人的智慧和莺也相差不远，全凭主观意象而不顾实际，这样的例证多的是。

因此，过去和现在都有无数的人面杜鹃被人哺育着。将来会怎样呢？莺虽然不能解答这个问题，人是应该解答而且能够解答的。

社稷坛抒情

——[中国] 秦 牧

没有这泥土所代表的大地，
没有在大地上胼手胝足的劳动者，
根本就不会有这宫殿，
不会有一切人类的文明。

北京有座美丽的中山公园，公园里有个用五色土砌成的社稷坛。

社稷坛是北京九坛之一，它和坐落在南城的天坛遥遥相对。古代的帝王们，在天坛祭天，在社稷坛祭地。祭天为了要求风调雨顺，祭地为了要求土地肥沃，祭天祭地的终极目的只有一个：就是五谷丰登，可以"聚敛贡城阙"。五谷是从地里长出来的，因此，人们臆想的稷神（五谷）就和社神（土地）同在一个坛里受膜拜了。

穿过古柏参天，处处都是花圃的园林，来到这个社稷坛前，突然有一种寥廓空旷的感觉。在庄严的宫殿建筑之前，有这么一个四方的土坛，屹立在地面，它东面是青土，南面是红土，西面是白土，北面是黑土，中间嵌着一大块圆形的黄土。这图案使人沉思，使人怀古。遥想当年帝王们穿着衮服，戴着冕旒，在礼乐声中祭地的情景，你仿佛看到他们在庄严中流露出来的对于"天命"畏惧的眼色，你仿佛看到许多人慑服在大自然脚下的神情。

这社稷坛现在已经没有一点儿神秘庄严的色彩了，它只是一个奇特的历史遗迹。节日里，欢乐的人群在上面舞狮，少年们在上面嬉戏追逐。平时则有三三两两的游人在那里低徊。对，这真是一个引发人们思古幽情的好所在！作为一个中国人，可以让这种使人微醉的感情发酵的去处可真多呢！你可以到泰山去观日出，在八达岭长城顶看日落；可以在西湖荡画舫，到南京鸡鸣寺听钟声；可以在华北平原跑马，在戈壁滩上骑骆驼；可以访寻古代宫殿遗迹听一听燕子的呢喃，或者到南方的海神庙旁看浪涛拍岸……这些节目你随便可以举出一百几十种来，但在这里面千万不能遗漏掉这个社稷坛！这坛后的宫殿是华丽的，飞檐、斗拱、琉璃瓦、白石阶……真是金碧辉煌！而坛呢，却很荒凉，就只有五色的泥土。然而这种对照却也使人想起：没有这泥土所代表的大地，没有在大地上胼手胝足的劳动者，根本就不会有这宫殿，不会有一切人类的文明。你在这个土坛上走着走着，仿佛走进古代去，走到一望无际的原野上，在那里，莽莽苍苍，风声如吼。一个戴着高冠、穿着芒鞋的古代诗人正在用他的悲悯深沉的眼睛眺望大地，吟咏着这样的诗句：

> 朝东西眺望没有边际，
> 朝南北眺望没有头绪，
> 朝上下眺望没有依归，
> 我的驱驰不知何所底止！
> …………
> 九州究竟安放在什么上面？
> 河床何以洼陷？
> 地面，从东至西究竟多少宽，从南至北多少长？
> 南北要比东西短些，短的程度究竟是怎样？
>
> （屈原：《悲回风》和《天问》，引自郭沫若译诗。）

这不仅仅是屈原的声音，也是许许多多古代诗人瞭望原野时曾经涌起的感情。这种"大地茫茫"的心境，是和对于自然之谜的探索和对于人间疾苦的愤慨联结在一起的。

想一想这些肥沃土地的来历，你不由得涌起一种遥接万代的感情。我们居住的这个星球在最古老时代原是一个寂寞的大石球，上面没有一株草，一只虫，也没有一层土壤。经过了多少亿万年，太阳风雨的力量，原始生物的尸骸，才给地球造成了一层层的土壤，每经历千年万年，土壤才增加薄薄的一层。想一想我们那土壤厚达五十公尺的华北黄土高原吧！那该是大自然在多长的时间里的杰作！但这还不算，劳动者开辟这些土地，是和大自然进行过多么剧烈的斗争呀！这种斗争一代接连一代继续着，我们仿佛又会见了古代的唱着《诗经》里怨愤之歌的农民，像敦煌壁画上面描绘的辛勤劳苦的农民，驾着那种和古墓里挖掘出来的陶制高轮牛车相似的车子，奔驰在原野上，辛苦开辟着田地。然而他们一代代穿着破絮似的衣服，吃着极端粗劣的食物。你仿佛看到他们在田野里仰天叹息，他们一家老小围着幽幽的灯光在饮泣，看到他们画红了眉毛，或者在头上包一块黄布揭竿起义，看到他们大批地陈尸在那吸尽了他们的汗水然后又吸尽了他们鲜血的土地。想一想在原始社会中他们怎样匍匐在鬼神脚下，在阶级社会中他们又怎样挣扎在重重枷锁之中。啊，这些给荒凉的大地铺上了锦绣花巾的人们，这些从狗尾草、蟋蟀草中给我们选出了稻麦来的人们，我们该多么感念他们！想象的羽翼可以把我们带到古代去，在一家家的门口清清楚楚看到他们在劳动，在饮食，在希望，在叹息，可惜隔着一道历史的门限，我们却不能和他们作半句的交谈！但怀古思今，想起了我们这个时代的农民是几千年历史中第一次真正挣脱了枷锁，逐渐离开了鬼神天命的羁绊的农民，我们又仿佛走出了黑暗的历史的隧洞，突然见到耀眼的阳光了。

你在这个五色土坛上面走着走着，仿佛又回到公元前几千年去，会见了古代的思想家。他们白发苍苍，正对着天上的星辰，海里的潮汐，陶窑的火光，大地的泥土沉思。那时的思想家没有什么书籍可以阅读参考，日月经天、江河行地、四时代谢、万物死生的现象，都使他们抱头苦思，他们还远不能给世界的现象写出一个较完整的答案。但是他们终究也看出一点儿道理来了，世间的万物万事，有因有果，有主有从，它们互相错综地关联着……正是由于古代有这样的思想家在这样地思想过，才给后来的历史创造了这样一座五色的土坛。

"五行"的观念和我们这个民族一样地古老，东、南、西、北是人们很早就知道的，人们总以为自己所处是大地的中间，于是在四方之外又加上了一个"中心"，东、南、西、北、中凑成了五方五土的观念，直到今天我们还看到好些人家的屋角有"五方五土龙神"的牌位。烧陶方法和冶钢技术发明了，人们在熊熊火光旁边，看到火把泥土变成了陶器，把矿石烧成溶液，木头燃烧发出了火光，水又能够把火熄灭。这种现象使古代的思想家想到木、火、金、水、土（依照《左传》的排列次序）是万物的本源。于是木、火、金、水、土把五行的观念充实起来了。

烧制陶器这件事使人类向文明跨前一大步，在埃及，在希腊，都由此产生了神明用泥土造人的神话。在中国，却大大地发扬了"五行"的观念，根据木、火、金、水、土五种东西彼此的作用，又产生了五行相克相生的理论。根据这几种东西的颜色：树木是苍翠的，火光是红艳艳的，金属是亮晶晶的，深深的水潭是黝黑的，中原的泥土是黄色的，于是青、赤、白、黑、黄五种颜色就拿来配木、火、金、水、土，成为颜色上的五行了。

这个四方、五行的观念被古代思想家用来分析许许多多的事物，音乐上的宫、商、角、徵、羽五个音阶，天上二十八宿的分隶青雀、黄龙、白虎、玄武四方，都是和这种观念紧密地联结起来的。

把世界万物的本源看做是木、火、金、水、土五种元素相互作用产生出来的，这和古代印度哲学家把万物说成是由地、火、水、风所构成，古代希腊哲学家说万物的本源是水或者火……那思想的脉络是多么地近似啊！

尽管这种说法在几千年后的今天看来是奇特甚至好笑的，然而那里面不也包含着光辉的真理吗：万物的本源都是物质，物质彼此起着错综的作用……哦！我们遇见的对着泥土沉思的思想家，他们正是古代的略具雏形的唯物主义者！

没有这些古代思想家，我们就不会有这个五色的……土坛。审视这五种颜色吧，端详这个根据"天圆地方"的古代观念筑起来的四方坛吧！它和我们民族的古代文化发生多么密切的关系啊！

我们汉民族的摇篮在黄河的中上游，那里绵亘的是一望无际的黄土高原。因此，黄色被用来配"土"，用来配"中心"，成为我们民族传统中高贵的颜色。中心是不同于四方的，能够生长五谷的土地是不同于其他东西的，黄色是不同于其他颜色的。在这个土坛的中心，黄土被特别砌成了一个圆形，审视这个黄色的圆圈吧！它使我们想起奔腾澎湃的黄河，想起在地层下不断被发掘出来的古代村落，也想起那古木参天的黄帝的陵墓。

我多么想去抱一抱那些古代的思想家，没有他们的艰苦探索，就没有今天人类的智慧。正像没有勇敢走下树来的猿人，就不会有人类一样。多少万年的劳动经验和生活智慧积累起来，才有了今天的人类文明。每一个人在人类智慧的长河旁边，都不过像一只饮河的鼹鼠；在知识的大森林里面，都不过像一只栖于一枝的鹪鹩。这河是多少亿万滴水汇成的啊，这森林是多少亿万株草木构成的啊。

瞧着这个社稷坛，你会想起了中国的泥土，那黄河流域的黄土，四川盆地的红壤，肥沃的黑土，洁白的白垩土……你会想起文学里许许多多关于泥土的故事：有人包起一包祖国的泥土藏在身旁到国外去；有人临死遗嘱必须用祖国的泥土撒到自己胸上；有人远适异国归来俯身去吻一吻自己国门的土地。这些动人的关于泥土的故事，使人对五色土发生了奇异的感情，仿佛它们是童话里的角色，每一粒土壤都可以叙述一段奇特的故事或者唱一首美好的诗歌一样。

瞧着这个紧紧拼合起来的五色土坛，一个人也会想起了国土的统一，在我们的土地上为了统一而发生的战争该有多少万次呀，然而严格说来，历史上的中国从来没有高度统一过。四分五裂，豪强纷纷划地称王的时代不去说它了；可怜的共主像傀儡似的住在京都，整天送猪肉、龟肉慰问跋扈的诸侯的时代不去说它了；就是号称强盛统一的时代，还不是有许多拥兵的藩镇，许多专权的贵戚，许多地方的豪霸，在他们的领地里当着小皇帝，使中央号令不行，使国中还有许许多多的小国。中国历史上没有一个时期像今天这样高度统一过，等我们解放了台湾和一些沿海岛屿以后，这种统一的规模就更加空前了。古代思想家的预言："不嗜杀人者能一之。"由于不剥削人的劳动阶级登上了历史舞台，竟使这一句话在两千多年后空前地应验了。

我在这个土坛上低徊漫步，想起了许许多多的事情。我们未必"前不见古人，后不见来者"，凭着思想和感情的羽翼，我们尽可去会一会古人，见一见来者。我仿佛曾经上溯历史的河流，看见了古代的诗人、农民、思想家、志士，看他们的举动，听他们的声音，然后又穿过历史的隧洞，回到阳光灿烂的现实。啊，做一个历史悠久的民族的子孙是多么值得自豪的一回事！做今天的一个中国的人民是多么值得快慰的一回事！回溯过去，瞻望未来，你会觉得激动，很想深深呼吸一口新鲜的空气，想好好地学习和劳动，好好地安排在无穷的时间中一个人仅有一次、而我们又恰恰生逢其时的宝贵的生命。

我真爱北京这座发人深思的社稷坛！

一个低音变奏

—— ［中国］ 严文井

一个个光斑，颤动着飞向一个透明的世界。

低音提琴加强了那缓慢的吟唱，一阵鼓声，小号突然停止吹奏。

那些不协调音，那些矛盾，那些由诙谐和忧郁组成的实体，

都在逐渐减弱的颤音中慢慢消失。

许多年以前，在西班牙某一个小乡村里，有一头小毛驴，名叫小银。

它像个小男孩，天真、好奇而又调皮。它喜欢美，甚至还会唱几支简短的咏叹调。

它有自己的语言，足以充分表达它的喜悦、欢乐、沮丧或者失望。

有一天，它悄悄咽了气。世界上从此缺少了它的声音，好像它从来就没有出生过一样。

这件事说起来真有些叫人忧伤，因此西班牙诗人希梅内斯为它写了一百多首诗。每首都在哭泣，每首又都在微笑。而我却听见了一个深沉的悲歌，引起了深思。

是的，是悲歌，不是史诗，更不是传记。

小银不需要什么传记。它不是神父，不是富商，不是法官或别的什么显赫人物，它不想永垂青史。

没有这样的传记，也许更合适。我们不必知道：小银生于何年何月，卒于何年何月；是否在教堂里举行过婚礼，有过几次浪漫的经历；是否出生于名门望族，得过几次勋章；是否到过西班牙以外的地方旅游；有过多少股票、存款和债券……不需要。这些玩意儿对它来说都无关紧要。

关于它的生平，只需要一首诗，就像它自己一样，真诚而朴实。

小银，你不会叫人害怕，也不懂得为索取赞扬而强迫人拍马溜须，这样才显出你品性里真正的辉煌之处。

你伴诗人散步，跟孩子们赛跑，这就是你的丰功伟绩。

你得到了那么多好诗，这真光荣，你的知己竟是希梅内斯。

你在他诗里活了下来，自自在在，这比在历史教科书某一章里占一小节（哪怕撰写者答应在你那双长耳朵上加上一个小小的光环），远为快乐舒服。

你那双乌黑乌黑的大眼睛，永远在注视着你的朋友——诗人。你是那么忠诚。

你好奇地打量着你的读者。我觉得你也看见了我，一个中国人。

你的善良的目光引起了我的自我谴责。

那些过去不会完全成为过去。

我认识你的一些同类。真的，这一次我不会欺骗你。

我曾经在一个马厩里睡过一晚上觉。天还没有亮，一头毛驴突然在我脑袋边大声喊叫，简直像一万只大公鸡在齐声打鸣。我吓了一跳，可是翻了一个身就又睡着了。那一个月里我几乎天天都在行军。我可以一边走路一边睡觉，而且还能够走着做梦。一个马厩就像喷了巴黎香水的带套间的卧房。那头毛驴的优美歌唱代替不了任何闹钟，那在我耳朵里只能算做一个小夜曲。我决无抱怨之意，至今也是如此。遗憾的是我没有来得及去结识一下你那位朋友，甚至连它的毛色也没有看清，天一大亮，我就随着大伙儿匆匆离去。

小银啊，我忘不了那次，那个奇特的过早的起床号，那声音真棒，至今仍不时在我耳边回荡。

有一天，我曾经跟随在一小队驴群后面当压队人。

我们已经在布满砾石的山沟里走了二十多天了。你的朋友们，每一位的背上都被那些大包小包压得很沉。它们都很规矩，一个接一个往前走，默不做声，用不着我吆喝和操心。

它们的脊背都被那些捆绑得不好的包裹磨烂了，露着红肉，发出恶臭。我不断感到恶心。那是战争的年月。

小银啊，现在我感到很羞耻。你的朋友们从不止步而又默不做声。而我，作为一个监护者，也默不做声。我不是完全不懂得那些痛苦，而我仅仅为自己的不适而感到恶心。

小银，你的美德并不是在于忍耐。

在一条干涸的河滩上，一头负担过重的小毛驴突然卧倒下去，任凭鞭打，就是不肯起立。

小银，你当然懂得，它需要的不过是一点点休息，片刻的休息。当时，我却没有为它去说说情。是真的，我没有去说情。那是由于我自己的麻木还是怯懦，或者二者都有，现在我还说不清。

我也看见过小毛驴跟小狗和羊羔在一起共同游戏。在阳光下，它们互相追逐，脸上都带着笑意。

那可能是一个春天。对它们和对我，春天都同样美好。

当然，过去我遇见过的那些小毛驴，现在都不再存在。我的记忆里留下了它们那些影子，欢乐的影子。那个可怜的欢乐！

多少年以来，它们当中的许多个，被蒙上了眼睛，不断走，不断走着。几千里，几万里。它们从来没有离开那些石磨。它们太善良。

毛驴，无论它们是在中国，还是在西班牙，还是在别的什么地方，命运大概都不会有什么不同。

小银啊，希梅内斯看透了这一切，他的诗令我感到忧郁。

你们流逝了的岁月，我心爱的人们流逝了的岁月，还有我自己。

我想吹一次洞箫，但我的最后一支洞箫在五十年前就已失落了，它在哪里？

这都怪希梅内斯，他让我看见了你。我的窗子外边，那个小小的院子当中，晾衣绳下一个塑料袋在不停地旋转。来了一阵春天的风。

那片灰色的天空下有四棵黑色的树，不知什么时候，已经喷射出了一些绿色的碎点。只要一转眼，就会有一片绿色的雾出现。

几只燕子欢快地变换着队形，在轻轻掠过我的屋顶。

这的确是春天，是不属于你的又一个春天。

我听见你的叹息。小银，那是一把小号，一把孤独的小号。我回想起我多次看到的落日。

希梅内斯所描绘的落日，常常由晚霞伴随。一片火焰，给世界抹上一片玫瑰色。我的落日躲在墙的外面。

小银啊，你躲在希梅内斯的画里。那里有野莓、葡萄，还有一大片草地。死亡再也到不了你身边。

你的纯洁和善良，在自由游荡，一直来到人的心里。

人在晚霞里忏悔。我们的境界还不很高，没有什么足以自傲，没有。我们的心正在变得柔和起来。

小银，我正在听着那把小号。

一个个光斑，颤动着飞向一个透明的世界。低音提琴加强了那缓慢的吟唱，一阵鼓声，小号突然停止吹奏。那些不协调音，那些矛盾，那些由诙谐和忧郁组成的实体，都在逐渐减弱的颤音中慢慢消失。

一片宁静，那就是永恒。

阳　关　雪

—— ［中国］余秋雨

文人的魔力，竟能把偌大一个世界的生僻角落，
变成人人心中的故乡。
他们褪色的青衫里，究竟藏着什么法术呢？

中国古代，一为文人，便无足观。文官之显赫，在官而不在文，他们作为文人的一面，在官场也是无足观的。但是事情又很怪异，当峨冠博带早已零落成泥之后，一杆竹管笔偶尔涂划的诗文，竟能镌刻山河，雕镂人心，永不漫漶。

我曾有缘，在黄昏的江船上仰望过白帝城，顶着浓冽的秋霜登临过黄鹤楼，还在一个冬夜摸到了寒山寺。我的周围，人头济济，差不多绝大多数人的心头，都回荡着那几首不必引述的诗。人们来寻景，更来寻诗。这些诗，他们在孩提时代就能背诵。孩子们的想象，诚恳而逼真。因此，这些城，这些楼，这些寺，早在心头自行搭建。待到年长，当他们刚刚意识到有足够脚力的时候，也就给自己负上了一笔沉重的宿债，焦渴地企盼着对诗境实地的踏访。为童年，为历史，为许多无法言传的原因。有时候，这种焦渴，简直就像对失落的故乡的寻找，对离散的亲人的查访。

文人的魔力，竟能把偌大一个世界的生僻角落，变成人人心中的故乡。他们褪色的青衫里，究竟藏着什么法术呢？

今天，我冲着王维的那首《渭城曲》，去寻阳关了。出发前曾在下榻的县城向老者打听，回答是："路又远，也没什么好看的，倒是有一些文人辛辛苦苦找去。"老者抬头看天，又说："这雪一时下不停，别去受这个苦了。"我向他鞠了一躬，转身钻进雪里。

一走出小小的县城，便是沙漠。除了茫茫一片雪白，什么也没有，连一个皱褶也找不到。在别地赶路，总要每一段为自己找一个目标，盯着一棵树，赶过去，然后再盯着一块石头，赶过去。在这里，睁疼了眼也看不见一个目标，哪怕是一片枯叶，一个黑点。于是，只好抬起头来看天。从未见过这样完整的天，一点儿也没有被吞食，边沿全是挺展展的，紧扎扎地把大地罩了个严实。有这样的

地，天才叫天；有这样的天，地才叫地。在这样的天地中独个儿行走，侏儒也变成了巨人；在这样的天地中独个儿行走，巨人也变成了侏儒。

天竟晴了，风也停了，阳光很好。没想到沙漠中的雪化得这样快，才片刻，地上已见斑斑沙底，却不见湿痕。天边渐渐飘出几缕烟迹，并不动，却在加深，疑惑半晌，才发现，那是刚刚化雪的山脊。

地上的凹凸已成了一种令人惊骇的铺陈，只可能有一种理解：那全是远年的坟堆。

这里离县城已经很远，不大会成为城里人的丧葬之地。这些坟堆被风雪所蚀，因年岁而坍，枯瘦萧条，显然从未有人祭扫。它们为什么会有那么多，排列得又是那么密呢？只可能有一种理解：这里是古战场。

我在望不到边际的坟堆中茫然前行，心中浮现出艾略特的《荒原》。这里正是中华历史的荒原：如雨的马蹄，如雷的呐喊，如注的热血；中原慈母的白发，江南春闺的遥望，湖湘稚儿的夜哭；故乡柳荫下的诀别，将军圆睁的怒目，猎猎于朔风中的军旗，随着一阵烟尘，又一阵烟尘，都飘散远去。我相信，死者临亡时都是面向朔北敌阵的；我相信，他们又很想在最后一刻回过头来，给熟悉的土地投注一个目光。于是，他们扭曲地倒下了，化作沙堆一座。

这繁星般的沙堆，不知有没有换来史官们的半行墨迹。史官们把卷帙一片片翻过，于是，这块土地也有了一层层的沉埋。堆积如山的二十五史，写在这个荒原上的篇页还算是比较光彩的，因为这儿毕竟是历代王国的边远地带，长久担负着保卫华夏疆域的使命。所以，这些沙堆还站立得较为自在，这些篇页也还能哗哗作响。就像干寒单调的土地一样，出现在西北边陲的历史命题也比较单纯。在中原内地就不同了，山重水复、花草掩荫，岁月的迷宫会让最清醒的头脑涨得发昏，晨钟暮鼓的音响总是那样的诡秘和乖戾。那儿，没有这么大大咧咧铺张开的沙堆，一切都在重重美景中发闷，无数不知为何而死的怨魂，只能悲愤懊丧地深潜地底。不像这儿，能够袒露出一帙风干的青史，让我用二十世纪的脚步去匆匆抚摩。

远处已有树影。急步赶去，树下有水流，沙地也有了高低坡斜。登上一个坡，猛一抬头，看见不远的山峰上有荒落的土墩一座，我凭直觉确信，这便是阳关了。

树愈来愈多，开始有房舍出现。这是对的，重要关隘所在，屯扎兵马之地，不能没有这一些。转几个弯，再直上一道沙坡，爬到土墩底下，四处寻找，近旁正有一碑，上刻"阳关古址"四字。

这是一个俯瞰四野的制高点。西北风浩荡万里，直扑而来，踉跄几步，方才站住。脚是站住了，却分明听到自己牙齿打战的声音，鼻子一定是立即冻红了的。呵一口热气到手掌，捂住双耳用力蹦跳几下，才定下心来睁眼。这儿的雪没有化，当然不会化。所谓古址，已经没有什么故迹，只有近处的烽火台还在，这就是刚才在下面看到的土墩。土墩已坍了大半，可以看见一层层泥沙，一层层茅草，茅草飘扬出来，在千年之后的寒风中抖动。眼下是西北的群山，都积着雪，层层叠叠，直伸天际。任何站立在这儿的人，都会感觉到自己是站在大海边的礁石上，那些山，全是冰海冻浪。

王维实在是温厚到了极点。对于这么一个阳关，他的笔底仍然不露凌厉惊骇之色，而只是缠绵淡雅地写道："劝君更尽一杯酒，西出阳关无故人。"他瞟了一眼渭城客舍窗外青青的柳色，看了看友人已打点好的行囊，微笑着举起了酒壶。再来一杯吧，阳关之外，就找不到可以这样对饮畅谈的老朋友了。这杯酒，友人一定是毫不推却，一饮而尽的。

这便是唐人风范。他们多半不会洒泪悲叹，执袂劝阻。他们的目光放得很远，他们的人生道路铺展得很广。告别是经常的，步履是放达的。这种风范，在李白、高适、岑参那里，焕发得越加豪迈。在南北各地的古代造像中，唐人造像一看便可识认，形体那么健美，目光那么平静，神采那么自信。在欧洲看蒙娜丽莎的微笑，你立即就能感受，这种恬然的自信只属于那些真正从中世纪的梦魇中苏醒、对前途挺有把握的艺术家们。唐人造像中的微笑，只会更沉着、更安详。在欧洲，这些艺术家们翻天覆地地闹腾了好一阵子，固执地要把微笑输送进历史的魂魄。谁都能计算，他们的事情发生在唐代之后多少年。而唐代，却没有把它的属于艺术家的自信延续久远。阳关的风雪，竟越见凄迷。

王维诗画皆称一绝，莱辛等西方哲人反复讨论过的诗与画的界线，在他是可以随脚出入的。但是，长安的宫殿，只为艺术家们开了一个狭小的边门，允许他们以卑怯侍从的身份躬身而入，去制造一点儿娱乐。历史老人凛然肃然，扭过头去，颤巍巍地重又迈向三皇五帝的宗谱。这里，不需要艺术闹出太大的局面，不需要对美有太深的寄托。

于是，九州的画风随之黯然。阳关，再也难于享用温醇的诗句。西出阳关的文人还是有的，只是大多成了谪官逐臣。

即便是土墩、是石城，也受不住这么多叹息的吹拂，阳关坍弛了，坍弛在一个民族的精神疆域中。它终成废墟，终成荒原。身后，沙坟如潮；身前，寒峰如浪。谁也不能想象，这儿，一千多年之前，曾经验证过人生的壮美，艺术情怀的弘广。

这儿应该有几声胡笳和羌笛的，音色极美，与自然融合，夺人心魄。可惜它们后来都成了兵士们心头的哀音。既然一个民族都不忍听闻，它们也就消失在朔风之中。

回去罢，时间已经不早，怕还要下雪。

树犹如此

—— ［中国台湾］梁实秋

> 我不喜欢弯曲的、扭卷的、受过摧残的树。
> 如果它们长得又高又直，
> 并且茂盛，我便更能欣赏它们。

奥斯丁的小说《Sense and sensibility》里面的一个人物爱德华佛拉尔斯说过这样的一句话："我不喜欢弯曲的、扭卷的、受过摧残的树。如果它们长得又高又直，并且茂盛，我便更能欣赏它们。"我有同感。

在这亚热带的城市里住了二十多年，所看见的树令人觉得愉快的并不太多。椰子树、槟榔树，倒是又高又直，像电线杆子似的，又像是摔头的鸡毛帚，能说是树么？难得看到像样子的枝叶扶疏的树。有时候驱车经过一段马路看见两排重阳木，相当高大，很是壮观，顿时觉得心中一畅。龙柏、马尾松之类有时在庭园里也能看到，但多少总是罩上了一层晦气，是烟，是灰，是尘？一定要到郊外，像阳明山，才能看见娇翠欲滴的树，总像是刚被雨水洗过的样子。有一次登阿里山，才算是看见了真正健康的树，有茁壮的幼苗，有参天的古木，有腐朽的根株。在规模上和美国华盛顿州奥仑匹亚半岛的国家森林固不能比，但其原始的蛮荒的气味则殊无二致。稍有遗憾的是，凡大森林都嫌单调，杉就是杉，柏就是柏，没有变化。我们中国人看树，特别喜欢它的姿态，会心处并不在多。芥子园画谱教人画树，三株一簇，五株一簇，其中的树叶有圆圈，有个字，也有横点，说不出是什么树，反正是各极其妍。艺术模仿自然，自然也模仿艺术。要不然，我们怎会说某一棵树有画意，可以入画呢？但是树也不一定要虬曲盘结才算是美。事实上，那些横出斜逸的树往往是意外所造成的，或是生在峭壁的罅隙里，或是经年遭受狂风的打击，所以才有那一副不寻常的样子。犹之人也有不幸而跛足驼背者。我们不能说只有畸形残废的才算是美。

盆栽之术，盛行于东瀛，实在是源于我国，江南一带的名园无不有此点缀。《姑苏志》："虎丘人善于盆中植奇花异卉，盘松古梅，置之几案，清雅可爱，谓之盆景。"即使一个古色古香的盆子，种上一丛文竹，放在桌上，时有新条苗长，即很有可观,不要奇花异卉。比瓶中供养或插花之类要自然得多。曾见有人折下两朵红莲,插在一只长颈细腰的霁红瓶里,亭亭玉立,姿态绰约,但是总令人生不快之感,不如任它生长在淤泥之中。美人可爱,但不能像沙洛美似的把头切下来盛在盘子里。盆栽的工人通常用粗硬铁丝把小树的软条捆绕起来,然后弯曲之使成各种固定的姿态,不仅像是五花大绑,而且是使铁丝逐渐陷入树皮之中的酷刑。树何曾不想挣脱羁绊,但是不得不屈服在暴力之下!而且那低头匐伏的惨状还要展览示众!

凡艺术作品,其尺寸大小自有其合理的限制。佛像的塑造或图画无妨尽量的大,因为其目的本来是要造成一种庄严威慑的气势,不如此,那些善男信女怎么五体投地的膜拜呢?活人则不然。普通人物画总是最多以不超过人之原有的尺寸为度。一个美人的绘像,无论如何不能与庙门口的四大金刚看齐。树和人一样,松柏之类天生的高耸参天,若是勉强它局促在一个盆子之内,它也能活,但是它未能尽其天性。我看过一盆号称千年古梅的盆景,确实是很珍贵,很难得,也很有趣,但是我总觉得它像是马戏团的侏儒。

清龚定庵写过一篇文章,题为《病梅馆记》。从前小学教科书国文课本里选过这篇文章,给人的印象很深。他有很多盆梅,都是加过人工的,他于心不忍,一一解其束缚,使能恢复正常之生长,因以"病梅馆"名其居。我手边没有龚定庵的集子,无从查考原文,因看到奥斯丁小说中之一语而联想及之。

合作的精神

——［美国］拿破仑·希尔

> 合作精神，就像友谊和爱情一样，必须付出才能得到。
> 在通往快乐和幸福的路上有许多旅人，
> 大家只有相互合作，才能愉快地到达彼岸。

合作精神，就像友谊和爱情一样，必须付出才能得到。在通往快乐和幸福的路上有许多旅人，大家只有相互合作，才能愉快地到达彼岸。人生之旅的合作精神，不但会为我们带来好处，同时也会为我们下一代带来好处。在我们携手共建美好未来的时刻，我们应该真诚待人，精诚团结，充分合作，共创辉煌。

在美国发展成世界上最强大、经济上最具优势地位的国家的过程中，这种合作扮演过重要的角色。我们肩负一种神圣的义务，而要保持这种优势的话，则无论遭受到什么样的挫折，我们都应以大公无私的团队合作精神，坚定不移地去完成。

当人们遇到困难或一个人难以解决的问题时，或许有人想到过合作，但在产生团队合作精神，并且认同团结和伙伴意识之前，人们很难真正地从合作中获得利益，因为贪婪和自私在团队合作精神中作祟。

真正的团队合作必须是双方自愿的、没有私欲的、能够共同承担责任的合作。团队合作是一种永无止境的过程，虽然合作的成败取决于各成员的态度，但是维系合作关系却是共同的责任。

团队合作其实不需要太多的时间和努力，就能得到巨大的成效。明白这个道理后，你也许会搞懂为什么自己以前的生活那么悲惨、无助，肯定与缺少团队合作不无关系吧？

不管何时，缺少了人与人之间的合作是不可能创造文明的，即使是像米开朗基罗一样的伟大艺术家，缺少了助手、手工艺人和顾客也不可能有他的作品，更不用说有什么传世之作了。

人类在长期的生活和工作中，有一种使人相互之间变得相类似，在不同思想之间建立和谐关系，以便和他人进行和谐团队合作的思想状态，这种状态就像其他生命资产一样，必须在共同的目标、共同的前提、共同的理想之上，才能达到。

通常达到的思想状态，具有一种传染性的特质，狂热、热情、无私，假若你能将你的这种状态传播到别人体内，就必然产生团队合作结果。

自由与财富的使命

—— ［美国］ 奥里森·马登

> 上帝给我们每个人享受万物的权利是平等的，他从不厚此薄彼。
> 问题的关键是，你是否去争取了，努力了？
> 付出和得到历来是成正比的。

不管在什么地方，你都能从富人的嘴里听到他由贫变富的感慨：他最得意和最快乐的日子，就是在他凭借智慧掘得第一桶金的时候，是在他的财富积少成多的过程中第一次受到激励的时候。此时此刻他知道，贫乏再不会如影随形地伴随他。他开始设计将来的生活，他开始用挣来的钱进行自我完善、自我修养，去学习和旅游。这时，他甚至花精力和钱财使那些他所热爱的人摆脱贫穷。从此以后，他的生活质量将大大改变。他认识到他有能力使自己在生活中得到升华。他将名声远播。他的家里将会拥有名画、音乐、书籍和其他休闲品。他的孩子将会过上丰衣足食的生活。于是，他第一次感觉到，自己的强大和富有，同时感觉到，他那原本狭隘的生活圈子在不断扩大，视野在不断拓展，生活事业鹏程万里。

大量的事实表明，我们来到尘世，是为了完成伟大的事业、神圣的使命，是为了享受美丽富饶的生活而不是为了遭受贫穷。匮乏和贫困是不符合人类天性的。而我们的弱点在于，我们对那些早已为我们准备的美好东西缺乏自信心。我们不敢或不善于完完全全表达自己心灵的愿望，不敢为自己的生存权提出全部的要求，因此我们不得不节衣缩食，甚至饥寒交迫，而不敢使用与生俱来的权利去要求富有。我们要求的少，期望不高，我们抑制自己的欲望，限制自己的供给，不敢要求更多的欲望，我们不敢打开自己需求的大门让美好事物的巨流进入。我们的思想萎缩、保守，自我表达也受到压抑，我们甚至不敢去想象如何用正当手段攫取财富，不敢拿自己的灵魂乞求富足，我们不知道没有信仰、没有追求就没有一切。

上帝给我们每个人享受万物的权利是平等的，他从不厚此薄彼。问题的关键是，你是否去争取了，努力了？付出和得到历来是成正比的。

　　造物主并不因为满足我们的请求后他自己就变得贫穷，相反，由于你需求物质所付出的劳动，上帝的供给库里日益丰盛。所以，上帝不会因为我们要求的多而有所损失。太阳不会因为玫瑰需求的那一点点热量而损失丝毫，并减少普照大地的面积。只要你能吸收，蜡烛不会因为另一支蜡烛的点燃而有所损失。为友谊而善待，为生存而竞争，为爱而付出，这只会增加社会的活力。

　　生命繁衍的秘诀之一就是将神圣的潜能转化为我们自己的能量，并且学会有效地运用这种能量积聚财富。一旦人学会这种神圣的转换法则，他就会成百万倍地增加自己的效能及生存能力。

　　每一种恶行都是通往地狱之门的阶梯，也是一层不透明的面纱，它挡住我们的视线，使我们难以看见上帝与真善。每走错一步都会使我们与上帝越来越遥远，而与地狱越走越近。

　　当我们学会探寻富足而不是拥抱贫穷的艺术时，当我们改变思维方式，不再在局限的思维中爬行时，我们会发现：我们追求的事物也在追寻我们，我们会和它们在途中不期而遇。

　　不要总是抱怨命运不公平。你每次抱怨时，你想得到的东西不一定能得到，别人拥有的东西也依然是别人的。由于沉湎其中，你也不能做成别人做过的事，去不成他人去过的地方。你只是自寻烦恼，越陷越深。如果你反复讲述不幸的命运，那你的命运将永远是你不幸命运的重复。

海边幻想

——［美国］惠特曼

> 海岸——那使人产生联想的一条线，
> 那接合点、那汇合处，固态与液态紧紧相联之处
> ——那奇妙而潜伏着的某种东西。

　　童年的我有过幻想，有过希望，想写点什么，也许是一首诗吧。写海岸——那使人产生联想的一条线，那接合点、那汇合处，固态与液态紧紧相联之处——那奇妙而潜伏着的某种东西。

　　去汉普顿和蒙托克（是在一座灯塔旁边，目所能及，一眼望去，四周一无所有，只有大海的动荡）那次，我记得我的愿望不是写特别的抒情诗、史诗、文学等方面，事实上，给我写作欲望的竟是海岸。

　　它给我一种看不见的影响，一种作用广泛的尺度。除了海和岸之外，我也不觉地按这同样的标准对待其他的自然力量——避免追求用诗去写它们。它太伟大，不宜按一定的格式去处理——如果我能间接地表现我同它们相遇而且相融了，即便只有一次也已足够，就非常心满意足了——我和它们是真正地互相吸收了，互相了解了。

　　多年来，我的眼前常出现一种梦想，也可以说是一种图景。尽管这是想象，但我确实相信这梦想已大部分进入了我的实际生活——当然也进入了我的作品，使我的作品成形，给了我的作品以色彩。

　　那不是别的，正是这一片无垠的白黄白黄的沙地。它坚硬、平坦、宽阔，永不停息地向它滚滚涌来的是气势雄伟的大海，它缓缓冲击，哗啦作响，溅起泡沫，像低音鼓吟声阵阵。这情景，这画面，多年来一直在我眼前浮现，也时常在梦醒时听见、看见它。

我们的富足

——[美国] 弗洛姆

在一个社会里，当科学发达得足以为你提供去月球访问，
却不能正视并减小自身整个毁灭的危险时，
那么——不管你是否乐意——
这种社会就应被贴上无能的标签。

20世纪中叶以后，许多有真知灼见的年轻人提出了这样的看法：我们的社会是不合格的。可能有很多人对此不以为然，说我们已经取得了举世瞩目的伟大成就，我们科学技术已经取得空前的进步。不错，但这只是事情的一个方面。另一方面是，这个社会已经证明它无力防止两次巨大的战争和许多局部战争，人与人相互残杀的野蛮行径，以及化学武器对地球的毒害，不仅纵容了而且实际上促进了导致人类走向自灭的进程。在人类的历史上，我们从来没有面临如此巨大的破坏潜力。这一事实指出了任何技术成就或尖端科学都无法阻止毁灭人类的进程，相反还有滋长的趋势。

在一个社会里，当科学发达得足以为你提供去月球访问，却不能正视并减小自身整个毁灭的危险时，那么——不管你是否乐意——这种社会就应被贴上无能的标签。不仅如此，它在威胁到地球生物的环境退化面前也是无能的。饥饿、瘟疫时刻威胁着印度、非洲，以及所有非工业化国家。但是，我们的反应仅是几次同情的演讲和一些空洞的姿态。之后我们继续过着穷奢极侈的生活，好像我们对这种生活后果缺少预见的智能。这种能力缺乏的具体表现已经动摇了年轻一代对我们的信任。因此，我认为，尽管我们这个极度成功的社会有众多长处，但这种对处理迫切问题的无能已经严重破坏了社会在民众中的形象。

通过对这种危机的观察，我想在此指出，即使在西方世界，我们也不是一个十分富足的社会。在美国，几乎有40%的人口生活在贫困线以下。那里分为两个阶层：一个阶层即上层社会人们，生活在富足之中；而另一个阶层，它的贫困程度令无数人震惊。在林肯时代，巨大的社会区别显而易见地存在于自由人和奴隶之间。今天虽然不存在自由人与奴隶的区别，但其贫富差别是有过之而无不

及的。

　　以上这些话，主要是针对富裕层面，对贫困者并不适用。他们还可能为这样的想法所迷惑：那些奢侈挥霍的人正过着天堂般的生活，穷人只是供富人们消遣和奴役的杂耍演员。这对少数民族来说同样如此，在美国对非白人来说尤其如此。超出这个范围，对于整个世界来说也不适用。对整个人类的 2/3 也不适用，他们还没有从家长制的权威主义中解放出来。如果我们要为权威主义和非权威主义人口之间的关系画一个准确的图画，那就是，虽然现在富足的社会继续支配着今天的世界，但它必将面临不同的传统的冲击和一些新的能够改造现状的力量的冲击。

空虚的世界

——［美国］弗洛姆

> 我们放纵自己的身体，大吃海喝、狂购，
> 我们的性格适合于交换、买卖和消费，
> 尽管一切过后是一阵阵空虚，
> 但除此之外，我们还能干什么呢？

　　现代社会的每个人在日益紧张的工作生活中，渐渐同自己疏远开来，同他的同伴们或同事们疏远开来，同自然界疏远开来。他变成了一种商品，变成了一架赚钱机器。他将自己当做一种投资来检验生命的能量，而在目前的市场条件下，这种投资必须给他带来可以获得的最高利润。否则，他的人生为之逊色。人的关系，实质上已变成异化了的机械般动作的人的关系。每个人的安全感，只有成群地聚集在一起时才有保障。每个人在思想上、情感上和行动上都是机械的、僵化的。虽然每个人尽可能地努力同其他的人紧密地保持联系，但是每个人还是极度地空虚和寂寞，每个人充满了强烈的恐惧感、焦虑感和罪恶感。如果人的空虚和寂寞如影相随，它们就总是会导致不安全感、焦虑感和罪恶感的产生。我们的文明世界，在高度现代化的同时，提供了多种帮助人在意识中意识不到这种空虚、寂寞的镇静剂：首先，企业化与机构部门化的机械工作，其严格的规程、苛刻的制度促使人意识不到他自己具有人的最根本欲望，意识不到超越自身和结合的强烈要求。虽然这种规范的工作导致了最大化的效率，但人性却丧失了。在工作之余，人们为了摆脱空虚，通过娱乐的过程化，通过娱乐工业提供的声音和风景被动地消遣，以摆脱潜意识里的绝望。除此之外，人们为了克服孤独感和空虚感，还往往通过大量购买时髦的东西，很快地更新换旧，从中获得满足。现代人赫鲁黎在《勇敢新世界》中有一个很形象的描述：身体肥胖、衣着漂亮、情欲放荡。然而，没有自我，没有灵魂，除了与同伴们或同事们肤浅的接触之外，身心万分空乏。并且，还受那句曾被赫鲁黎简洁地说出来的箴言的影响："个人觉察到，万众齐欢跳。"或者说："今朝有酒今朝醉，明日无酒明日忧。"或者最雅致也是最圆满的说法是："现在每一个人都幸福。"现代人从紧张、快节奏的工作中摆

脱后，他的幸福就仅仅寓于"获取乐趣"之中，获取乐趣，就在于从眼花缭乱的商品的消费和"购买"中得到满足；从乱七八糟的风景、食物、酒精、香烟、人群、课堂、书籍和电影中得到满足——所有这些都被兼收并蓄，吞咽入肚。世界对我们的欲望来说，是一个巨大的客体，是一个巨大的苹果，是一只巨大的酒瓶，是一个硕大的乳房。我们放纵自己的身体，大吃海喝、狂购，我们的性格适合于交换、买卖和消费，尽管一切过后是一阵阵空虚，但除此之外，我们还能干什么呢？

梦　想

——［美国］马丁·路德·金

当我们让自由之声响起来，
让自由之声从每一个大小村庄、每一个州和每一个城市响起来时，
朋友们！自由就离我们不远了！

因为我们拥有一个梦想，所以，不管在何时何地，我们都不怕遭受任何困难和挫折。这个梦想是深深扎根于美国的梦想中的。

我梦想有一天，这个国家会站立起来，真正实现其信念的真谛："我们认为这些真理是不言而喻的：人人生而平等。"

我梦想有一天，在佐治亚的红山上，昔日奴隶的儿子将能够和昔日奴隶主的儿子坐在一起，共叙兄弟情谊。

我梦想有一天，甚至连密西西比州这个正义匿迹、压迫成风、如同沙漠般的地方，也变成自由和正义的绿洲。

我梦想有一天，我的四个孩子能与不同肤色、不同民族的孩子和平共处地生活在同一个国家里。

我今天有一个梦想。

我梦想有一天，阿拉巴马州能够有所改变，尽管该州州长现在仍然满口异议，反对联邦法令，但有朝一日，那里的黑人男孩和女孩就能与白人男孩和女孩情同骨肉，携手并进。

我今天有一个梦想。

我梦想有一天，幽谷上升，高山下降，坎坷曲折之路化为坦途，荆棘沟壑之地变成通途；主的荣耀显露，普照天地人间。

这就是我们的希望。我怀着这种信念回到南方。有了这个信念，我们就能从绝望之峰劈出一块希望之石；有了这个信念，我们就能把这个国家那些微不足道的矛盾，转化为一支洋溢着手足之情的优美交响曲；有了这个信念，我们就能一起工作，一起祈祷，一起斗争，一起坐牢，一起维护自由。因为我们知道，终有一天，我们是会自由的。

在自由来临的那天，上帝的所有儿女都将尽情地高唱："我的祖国，美丽的自由之乡，我为您歌唱。您是父辈逝去的地方，您是所有移民的骄傲，您是全世界人民向往的自由之邦。"

如果美国要成为一个伟大的国家，这个梦想必须实现。让自由之声从新罕布什尔州的巍峨山峰响起来！让自由之声从纽约州的崇山峻岭响起来！让自由之声从宾夕法尼亚州阿勒格尼山的顶峰响起来！让自由之声从科罗拉多州冰雪覆盖的落基山脉响起来！让自由之声从加利福尼亚州蜿蜒的群峰响起来！不仅如此，还要让自由之声从佐治亚州的石岭响起来！让自由之声从田纳西州的望山响起来！让自由之声从密西西比的每一座丘陵响起来！让自由之声从大海尽头的浪花中响起来！

当我们让自由之声响起来，让自由之声从每一个大小村庄、每一个州和每一个城市响起来时，朋友们！自由就离我们不远了！届时，上帝的所有儿女，黑人和白人，犹太教徒和非犹太教徒，耶稣教徒和天主教徒，大家就可以手牵着手，合唱一首古老的黑人灵歌："终于自由啦！终于自由啦！感谢全能的上帝，我们终于自由啦！"

不自由则勿宁死

——［美国］佩特瑞克·亨利

为着自由这个神圣事业而进行战斗，
而且转战于我们这辽阔的国土之上，
那么敌人派来的军队再大再强也必将无法取胜。

假若借鉴过去可以知道未来，那么我很想知道，过去十年来，英政府的所做所为有哪一桩哪一件，足以使我们各位先生与全体议员能够乐观和稍感安慰？是最近我们递交请愿书时接受人的那副狞笑吗？不可相信它啊，先生！那只会是使我们堕入陷阱的圈套。不可因为人家给了你假惺惺的一吻，便被人出卖。请各位好好想想，一方面是我们请愿书的蒙获恩准，一方面却是人家大批武装的肃杀登陆，这两者也是相称的吗？难道战舰与军队也是仁爱与修好所必需的吗？难道这是因为我们存心不肯和好，所以不得不派来武力，以便重新赢得我们的爱戴吗？先生们，我们要擦亮自己的眼睛。这些乃是战争与奴役的工具，是帝王们骗人不过时的惯用伎俩。请让我向先生们提一个问题，如果这些阵容武备不是为了迫我们屈从，那么它的目的又在哪里？各位先生还能另给它寻个什么别的答案吗？难道大不列颠在这片土地上还另有什么可攻之敌，因而不得不向这里广集军队、大派舰船吗？不是吧，先生，英国在此地并没有其他敌人。这一切都是为着我们而来，而不是为着别人。这一切都是英政府长期以来便已打制好的种种镣铐，以便把我们重重束缚起来。那么面对军舰大炮，我们又能用什么来抵御他们呢？靠辩论吗？先生们，辩论我们已经用过十年了。在这个问题上我们已经提不出新的东西了，因为把这个问题从各个可能想到的方面都提出过，但却一概无效。靠殷殷恳请和哀哀祈求吗？一切要说的话不是早已说尽了吗？因此我郑重敦请各位，我们再不能欺骗自己了。先生们，为了避免这场行将到来的风暴，我们确实已经竭尽了我们的最大力量。我们递过申请；提过抗辩，做过祈求；我们匍匐跪伏在国会阶前，哀告过圣上，制止政府与议会的暴行。但是我们的申请却只遭到了轻蔑；我们的抗辩招来了更多的暴行与侮辱；我们的祈求根本没有得到人家的理睬；我们所得到的不过是在遭人百般奚落之后，一脚踢开了事。在经过了这一切之后，如果我们仍不能从那委曲求全的迷梦当中清醒过来，那真是太不实际了，因为一切幻想都破灭了。如果我们仍然渴望得到自由，如果我们还想使我们这么多年一直在奋斗谋求的那些重大权利不遭侵犯，如果我们还不准备使我们久以来便辛苦从事并且矢志进行到底的这场伟大的斗争半途而废，那么我们就必须战斗！我再重复一遍，先生们，我们必须战斗！我们要诉诸武力，诉诸那万军之主！这才是留给我们的唯一前途。

有人可能认为，我们的力量太弱，不足以抵御这样一支强敌。那么请问，要等到何时才能变强？等到下月还是下年？等到我们全军一齐解甲，家家户户都由英军来驻守吗？难道迟疑不决、因循守旧便能蓄集力量、转弱为强吗？难道一枕高卧、满脑幻想、坐失良机、束手就擒，便是最好的却敌之策吗？先生们，我们的实力并不软弱，如果我们能将上帝赋予我们手中的力量充分发挥出来，三百万军民能够武装起来，为着自由这个神圣事业而进行战斗，而且转战于我们这辽阔的国土之上，那么敌人派来的军队再大再强也必将无法取胜。再有，先生们，我们绝非是孤军奋战。主宰着国家命运的公正上帝必将为我做主，他必将召来友邦，助我作战。而战争的胜利，先生们，并不一定属于强者，它终将属于那主持正义、英勇善战的人们。更何况，先生们，我们已经被逼得走投无路，即使我们不想去战斗，不想去争取，现在也已为时过晚。除屈服与奴役之外，我们再也没有别的退路！我们的枷锁已经制成！镣铐的叮当声已经响彻波士顿的郊原！一场杀伐已经无可避免——既然事已至此，那就让它来吧！我们只有蓄势以待！

先生们，一切缓和事态的企图都是徒劳的。很多人可能寄希望于和平——但现在已经没有和平了。战火实际上已经燃遍了大不列颠！兵器的轰鸣即将随着阵阵的北风震动着我们的耳朵！我们的兄弟们此刻已经开赴战场，我们岂可在这里袖手旁观，坐视不动？请问，一些先生们到底心怀什么目的？他们到底希望得到什么？难道为了换取生命的苟且、屈辱的求和，就应该以镣铐和奴役作代价吗？全能的上帝啊，但愿你能阻止他们！我不知道其他人在这件事上有何高策，但是对我自己来说，不自由则勿宁死！

善 生 活

—— ［美国］ 弗兰克纳

人的能力是如此的不同，
你的善生活可以像他的善生活那样善，
甚至还要超乎其上。

目前流行一种非常时髦的观点，它否定或贬低满足和美德，赞成自律、可靠、义务、创造、决定、自由、自我表现、奋斗、反抗等等。我认为这种观点从人道人性的立场或其极端形式来看是站不住脚的，但它蕴藏了一个重要真理，即我们的日常生活必须具有形式——不仅仅是一种模式，而是在由某种人生态度、表现姿态或"生活风格"所引起的意义上。怀特海称之为"主观形式"，他认为在社会生活中，人与人之间尊重应该成为占支配地位的风格，尽管他也提到了其他风格。在我看来，自律和上述其他形式在这里的作用也是不可否认的。在这时，我还想补充理性以及和客观、理智的责任感等有关的品质。还要提到爱。也就是说，如果弗洛姆等心理学家是正确的，那么要使一个人的生活成为善的，就不仅应该在道德意义上，还应该在非道德意义上是善的。人们不仅要关心自我生活的善，还应该考虑与客观世界相关联的所有善生活。

善生活所具有的内容、模式和主观形式，对不同的人无疑是完全不同的。善生活的标准和定义很大程度上依赖于人们自身的体验和借助他人体验与智慧所进行的反省。我不知是否能建立起适用于每一个人的固定秩序或模式（柏拉图和罗斯是这样认为的），其实，人类的本性都异常接近，否则心理学就太高深了。然而对于有关人性的任何固定概念来说，它又显得是如此的不同，这是由人类自身的思维能力和可变性决定的。如果我们提到过的所有观点都被发现是善的，至少在某种程序上得到了所有人的承认，那么它们的排列也必然具有某种相对性——这是可能的，而且事实上也是这样。对一部分人来说，善生活似乎包括和平与安全，而对另一部分人来说，则是冒险和猎奇。尽管这些内容都是善生活的一部分。一个人必须为这种多样性留出较大的余地，如果不是在其善的表格中，至少是在他关于善生活的概念中。

　　经过探讨后，我们还应记住讨论公正时的一个论点，就是人的能力是如此的不同，你的善生活可以像他的善生活那样善，甚至还要超乎其上。

时代的昭示

——［美国］佛兰西丝·威拉德

一个时代只存在两类人：
一类人宣称我们的时代是有史以来最坏的时代，
另一类人则反之，认为这是最好的时代。
所有的新发明，所有科学和全部历史，
都证明了持后一种意见是正确的，而且是永远正确的。

我们研究历史时，应更深入、更深刻地去理解。这样，在我们预言未来之时，便不至于妄自尊大，目中无人，对面临的一切就更为信心十足，充满愉悦。绵长的历史向我们展示了人类的生存力量是何等的顽强坚韧！地震、饥饿、瘟疫可以肆虐一时，但流水般的岁月漫涌而来，治愈了一切创伤，弥补了所有裂痕。不停的历史脚步湮没了多少兴衰、胜败。新形式的文明簇拥着显赫的帝王风靡一时，帝王们谢世消亡后，更有伟大相继而起。一些弱小的民族被战争吞没，随之而去的还有希望与梦想。但人类未绝，革命此起彼伏，爱国志士们血流成河，有时候，地球仿佛就要坠入深渊，世界末日即将来临；然而，春风野火，爱国者层出不穷，更加美好的愿望与梦想如同繁星闪烁，照亮了人们的心中大地。人类大踏步地跨过了黑暗时代，跨出了初期阴森幽长的洞穴，与洪荒年代已不可同日而语。从此，公理被奉为至尊，自由王国的彼岸已不再遥不可及了。

那些对历史毫无所知者，将被历史的大潮冲垮、击溃。唯有对天才的历程熟视无睹者，才会妄称自己为前无古人的首创者。事实上，除了物质领域的某些发明，天下的一切均已为前人所经历。任何一次变革，都早已在几世纪前先辈们的心中酝酿；任何一种教义，都曾为历史上先知先觉的神父所订立。希腊的哲学家和古时的神父，早就一劳永逸地为后人指明了方向，我们尽可以在他们遗下的典籍中去挑选抉择。由此可以说，一个时代只存在两类人：一类人宣称我们的时代是有史以来最坏的时代，另一类人则反之，认为这是最好的时代。所有的新发明，所有科学和全部历史，都证明了持后一种意见是正确的，而且是永远正确的。

　　那些擅长于发挥自己能量的活动家，是世上最值得赞美的人，他们献身于周围世界、投入于公众之中，他们全身心地专注于对世界的奉献，以至于感觉不到个人与世界之间有任何距离……

现实主义者

────[美国] 珍妮特·洛尔

我对自己从不怀疑，

也从不曾灰心过。

在拜读巴菲特的成功投资秘诀之前，我们有必要先看一下他在过一种丰富的、满意的、有价值的生活方面说了些什么：

自由自在、无拘无束的生活

吸引我从事证券工作的原因之一，是它可以让你过你自己想过的生活。你没有必要为成功而打扮。

我想象不出生活中还有什么是我想要而不能拥有的东西。

都说挣钱难花钱容易，我的感觉却恰恰相反。

拥有一种爱好

不打桥牌的年轻人都犯了一个大错误。

我打桥牌时从不让脑中有任何杂念。

我经常说，如果有三个会玩桥牌的同牢房牌友，我不介意进班房。我从不敢碰触电脑，生怕它找我麻烦。但一旦上路之后，我发现它很简单。除了会在电脑上玩桥牌之外，我对这玩意儿一窍不通。

锁定目标，绝不放弃

我经常感到，研究商业中的失败案例，要比研究成功案例的收获多得多。而成功案例却是商学院的研究项目。但我的合伙人查理·芒格说，他最想知道的，就是他会在哪儿死——这样他就可以永远不去那儿。

让生活永远充满希望

我不会以我挣的钱来衡量我生命的价值。其他人也许会这么做，但我一定不会。

钱，在某种程度上，有时会给你些帮助，但它无法改变你的健康状况或让别人爱你。

诚实第一

如果说要建立起一个稳定的信誉，也许需要 20 年或者更长时间，但要摧毁它却只需眨眼之时。若明白了这一点，你做起事来就会不同了。

在商业不景气时，我们散布谣言说，我们的糖果有着春药的功效，这非常有效。但谣言是谎言，而糖果则不然。

相信你自己

我对自己从不怀疑，也从不曾灰心过。
我始终知道我会富有。对此我不曾有过一丝一毫的怀疑。

我在心里为自己设了一个成绩牌。如果我做了某些其他人不喜欢，但我感觉良好的事，我会打上对号，如果其他人称赞我所做过的事，但我自己却不满意，我会写上"？×"。

诗 的 力 量

——［俄国］普希金

> 灵感是一种心灵状态，
> 它最能生动地感受印象，
> 因此也最能迅速地解释概念。

什么是诗的力量？诗的力量在于构思、在于布局，还是在于文体？

是自由？是构思、是布局的自由？但是，罗蒙诺索夫的文体有什么自由呢？庄严的颂诗要求什么样的布局呢？

是灵感？灵感是一种心灵状态，它最能生动地感受印象，因此也最能迅速地解释概念。

诗歌与几何学一样需要灵感。批评家把灵感与冲动混为一谈。

不，绝对不是。冲动排斥平静。而平静是美的必要条件。冲动不肯以理智的力量为前提，因为后者能处理局部与整体的关系。冲动没有后继，不能持久，因此无力创造真正伟大的完美（然而没有完美，也就没有抒情诗）。冲动是单一想象的紧张状态。灵感可以没有冲动，但冲动没有灵感则不复存在。

荷马不知要比品达罗斯高出多少。后者的颂诗，乃诗中之下品，遑论其哀诗了。悲剧、喜剧、讽刺作品，都比颂诗更要求创造性，要求想象力——对自然的非凡了解。

但是颂诗中没有布局，也不可能有布局。《地狱》中的唯一的布局则是高度天才的结果了。至于品达罗斯的那些奥林匹亚颂诗、杰尔查文最好的作品《瀑布》中，又有何布局可言呢？颂诗排斥持之以恒的劳动，然而没有持之以恒的劳动，也就不可能有真正伟大的作品。

梦

—— ［俄国］ 屠格涅夫

> 一条小路曲曲弯弯盘绕在巨石丛中……
> 我沿这条小路走去，自己并不知道往哪儿走，
> 为什么……

我梦见：我走在一片广阔的、光秃秃的草原上，四处散布着一些巨大的、棱角突兀的岩石，头顶上是黑压压的低沉的天空。

一条小路曲曲弯弯盘绕在巨石丛中……我沿这条小路走去，自己并不知道往哪儿走，为什么……

忽然，在我前面，在小路细细的线条上，出现了一个什么东西，仿佛是一小团轻云薄雾……我便盯住它：这一小团云雾一下子变成了个女人，亭亭玉立，身材修长，穿一身白衣裙，腰间围一圈狭狭的、亮光灿灿的带子……她脚步敏捷，急匆匆离我而去。

我没看见她的脸，甚至没看见她的头发——它们被一层水浪般飘动着的轻纱遮盖着；然而我的一颗心整个儿随她而去了。我觉得她非常美丽、亲切、可爱……我务必要追上她，想要看一眼她的脸……她的眼睛……我想看见，我必须看见这双眼睛。

但是，不管我怎样急急地追赶，她的动作总比我更敏捷。我无法追上她。

而这时出现了一块平平的宽大的石板，它横在小路上……阻拦了她的去路。女人停住了……我便跑过去，由于快乐和期待我战栗着……心中不无惧怕。

我一言未发……而她默默地向我转过身来。我还是没看见她的眼睛，这双眼睛是紧闭着的。

她面色雪白……白得像她的衣衫一样；两只裸露的手臂一动不动地垂下，她全身上下仿佛变成了一块石头；这女人整个的躯体，脸上的每一根线条都好像是一尊大理石的雕像。

她缓缓地、连一条肢体也没有弯一下，便向后仰去，躺在那块平整的石板上。而我也并排躺在她的身边，仰面朝天，全身挺直，像坟墓上的石刻像一样，

我的两只手祈祷似的抵在胸前，这时我感觉到，我也变成了石头。

过了一小会儿……这女人突然抬起身来走开了。

我想奔去追她，但是我动弹不得，两只叠放着的手也无法分开，只能随她望去，目光中流露出说不出的懊恼。

这时，她出我意料地回转身来，于是我看见了一双长在一张生动活跃、神色变幻的面庞上的，明亮的，光辉闪耀的眼睛。她把这双眼睛凝注在我身上，同时笑了，只用她的唇在笑……没有声音。"站起来，"她说，"上我这儿来。"

可是我依然不能动弹。

这时她再次笑了笑，便迅速地走远，快活地点着头，在她的头顶上，突然间，一只用小朵玫瑰花编织的花冠鲜亮地发出红光。

而我依旧不能动弹，不能言语，躺在我坟墓的石板上。

狗

—— ［前苏联］ 高尔基

云朵时而遮住太阳的圆盘，
那时狗严峻的眼睛眺望着远方、眺望着人烟稠密的城市的眼睛，
变得愈加阴暗惨淡了……

　　傍晚，灰色的薄纱遮盖着大地，地面上散发出余热，使人觉得暖暖的。赤红的、忧郁的月亮缓缓地升起来，一朵乌云，形状像一条鱼，一动不动地贴在地平线上，正好切割开了月儿的圆面，月亮好似一只溢满鲜血的大圆盘。

　　我越过田野，来到一座小城，望见教堂圆尖顶上十字架的光辉渐渐暗淡、消失，迎面柔和地飘来低微的奇怪的音响，那是如同阴影一样几乎觉察不到的音响。昏暗的道路上，一条狗在奔跑，带起一路灰尘，看见我，便低垂尾巴，伸出舌头，摇晃着脑袋，不疾不徐地径直向我走来；我见它时时抖动蓬乱成一绺一绺的毛，在它那不慌不忙的步伐中似乎有一种严重的、忧虑的神态，它整个模样显得可怜、饥饿，它给我的感觉似乎是要去做某件不达目的绝不回头的事情。我低声地吹了个口哨朝狗召唤。它哆嗦了一下，就坐到地上抬起头来，两只眼睛闪出敌意的光，它龇牙咧嘴，对我"汪汪汪"地发威吼叫。我慢慢地向前移动了一步，它便更费力地狂叫起来，叫声中带着恐惧，并站起身从道路向田野急拐，重新前行，它不时还回头朝我望望，挥动几下布满牛蒡刺的扫帚尾。我目送它踽踽独行。它孤独地穿过原野，在静穆的薄明的远方，一直走向寒冷的、不祥的、红艳艳的月亮的圆面。三天后，我在一个堆满淤泥的水沟旁边再次看到了这条狗。它躺在那里，身上贪婪地飞着一群又大又黑的苍蝇，它们在它那失去光泽的眼睛上爬来爬去，还钻进它那张开的嘴里，或者在它的丛毛间嗡嗡碰撞。狗的头冲着城市的一角，眼睛紧紧地"盯着"远处。空中疏疏落落地飘浮着片片白云，在金黄色的阳光里淡淡闪耀，倒映的碎影在地面掠过，这仿佛是天空和大地在作无声息的交谈。云朵时而遮住太阳的圆盘，那时狗严峻的眼睛眺望着远方、眺望着人烟稠密的城市的眼睛，变得愈加阴暗惨淡了……

　　这死去的狗令我万千感慨。狗啊——人类的朋友，你是那么的忠诚、高尚！

你本来同人们一起生活，如今却远离他们，为了能在孤独中死去，你不愿用你生前那种日趋溃灭的景象来凌辱人们。你生性倨傲，你不能容忍人们看到你，一条快乐、善良的狗，变成老弱病残、变成寄生虫，只能靠对过去的回忆而生活，并靠人们所给予的难堪的怜悯苟延残喘。你令人们自愧不如，因为你并没有倚老卖老地索要更好的食物，没有倚老便整日闲着不管事；你也没有以无理性的、老朽待毙软弱无力的愤恨和愚蠢的怨言而使你的生命变得下流卑贱！狗啊，你确实值得赞美！一个真正的智者应该及时地死去……狗啊，你值得赞美，因为你懂得自己的死期将临，就默默无声地离开了世界，你是最值得赞美的啊！

哦，我多么希望把我的赞美说给众多岌岌垂危的人们听听，他们那朽腐的恬不知耻的气息使人们对生活感到厌恶不快，我多么希望他们向你仿效，光荣的狗！

他们早在自己的心上盖上了死亡的印记，但却依旧在不断地呻吟哼叫，仍然在不断地胡言乱语，把那僵死的灵魂的恶臭的脓污流泻到我们头上……

狗啊，你是那样伟大、崇高！

自由的条件

—— ［英国］ 劳伦斯

世界上本没有什么可羞愧的东西，地底下也不存在，
　　只有我们悬挂在那儿的怯懦的遮羞面纱。
　　拉下面纱，并遵从每个人自我负责的灵魂去理解一切，
　　理解每个人。那么，我们才会获得自由。

　　两条河流，一条在我们的内部，一条在我们的血管。衰败之源缓缓地流向衰落之河，生命之流畅快地流向创造之河，它们流向各自的方向。它们是流向黑暗的地狱之河和流向闪光的天堂之河的分水岭。如果我们感到羞愧，那就让我们接受那使我们羞愧的事物，理解它并与它合二为一，而不是用面纱掩盖它。如果我们从一些我们自己的令人作呕的排泄物前退缩，而不是跃起并超越我们自己，那么，我们就会堕入腐败和堕落地狱。让我们再站起来，这次不再是腐烂发臭，而是完成和自由。当我们面对一个令人讨厌的思想或建议时，不要由于不恰当的正义感而马上否定它，让我们诚挚地承认它，接受它，对它负责。我们不应该仅仅将魔鬼驱逐出去。它们属于我们，我们必须接受它们并与它们和平共处，因为它们本来就属于我们。我们是天使，同时也是恶魔。天使与恶魔共存。在我们身上不仅如此，我们还是一个整体，富有理性的整体。正是因为理性整体的存在，才使我们可以超越天使和魔鬼。自由的条件在于：在理解中我什么也不怕。在肉体上，我怕痛；在爱情上，我怕恨；在死亡中，我怕生。但在理解中，我既不怕爱也不怕恨，不怕死，不怕痛，不怕憎恶。我勇敢地面对甚至反对憎恨。我甚至理解憎恨并与它和平共处。我没有排斥憎恨，仅仅是与它合作。排斥是没有希望的，因为无论我们将我们的魔鬼放置到何处，它都将最终进入我们的内心，以至于我们自己憎恨的污水池将淹没我们。如果我们的灵魂中有一种秘密的、害羞的欲望，千万不要用棍子将它从意识中驱逐出去。如果这样，它将躲得远远的，躺在所谓下意识的沼泽里。我不能用我的棍子追逐它，让我将它带到光亮里瞧一瞧，看看它到底是什么东西。因为上帝的造物中也有恶魔，它也有它存在的理由；在它的存在中，也拥有真和美。甚至我的恐惧也是出于对它的一个赞颂。我

必须承认，我心中确实存在着恐惧，我应该接受它，而不是将它从我的心灵中排斥出去。世界上本没有什么可羞愧的东西，地底下也不存在，只有我们悬挂在那儿的怯懦的遮羞面纱。拉下面纱，并遵从每个人自我负责的灵魂去理解一切，理解每个人。那么，我们才会获得自由。谁使我们成为事物的判官？谁说睡莲可以在静静的池塘中轻轻摇晃，而蛇却不能在泥泞的沼泽边嘶隆作响？我必须在那可怕的大蛇面前卑躬屈膝，并当它从我灵魂的神秘草丛中抬起它那低垂的头时，把它应得的权益交还给它。

智　者

—— ［英国］休　谟

> 智慧的殿堂高居于磐石之上，
> 一切争端的怒火、所有世俗的怨气都远离它，
> 滚滚雷声在它脚下轰鸣，对于那些狠毒残暴的人间凶器，
> 它遥不可及、高不可攀。

智慧的殿堂高居于磐石之上，一切争端的怒火、所有世俗的怨气都远离它，滚滚雷声在它脚下轰鸣，对于那些狠毒残暴的人间凶器，它遥不可及、高不可攀。贤哲呼吸着清新的空气，怀着欣慰而怜悯的心情，俯视着芸芸众生：这些荒谬的人们正积极地寻找着人生之路，为了真正的幸运而追求着财富、地位、名誉或权力。贤哲看到，大多数人在他们盲目推崇的愿望面前陷入了失望：有些人后悔已被握在手中的希望却毁于太过谨慎。所有的人都在抱怨，即使他们的愿望得到满足或是他们骚乱的心灵的热望得到安慰，它们也终究不能带来幸福给予人类。

那么，是否可以这样下定义：贤哲永远都会漠视人类的苦难，永远不会致力于解除他们的苦难呢？这是不是说他就永远滥用这种严肃的智慧，以清高自命，自以为超脱于人类的灾祸，事实上却冷酷麻木而对人类与社会的利益漠不关心呢？不，不是这样的。他完全知道他的这种冷漠中不存在真正的智慧和幸福。对社会深沉的爱强烈地吸引着他，他无法压抑这种那么美好、那么自然、那么善良的倾向。甚至当他沉浸于泪水之中，悲叹于他的同胞、友人和国家的苦难，无力挽救而只能用同情给予慰藉之时，他依然心胸宽广、豁达，无视于这种痛苦而镇定自若。这种人道的情感是那么动人，它照亮了每一张愁苦的脸庞，就像那照射在阴云与密雨之上的红日给它们染上了自然界中最艳丽、最高贵的色彩一样。

但是，并非只有在这里，社会美德才显示它们的精神。无论你把它们与什么相混合，它们都可以超出。正像悲哀困苦压制不住，同样，肉体的欢乐也掩盖不了。同情与仁爱即使是恋爱的快乐也不能代替。它们最重要的感染力正是源于这种仁慈的感情。而当那些享乐单独出现，只能使那不幸的心灵深感困倦无聊。就

像这位快乐的富家公子，他说他只要有美酒、佳肴，其他一切均可抛弃。然而，如果我们将他与同伴分开，就像趁一颗火星尚未投向大火之前将它与火焰分开，那么，他的敏捷快活会顿时消失。虽然各种山珍海味环绕四周，但是他会讨厌这种华美的筵席，而宁愿去从事最抽象的研读与思辨，并感到舒心、坦荡和适意。

雪 夜

—— ［法国］莫泊桑

> 茫茫太空，默然无语地注视着下界，
> 越发显出它的莫测高深。雪层背后，
> 月亮露出了灰白色的脸庞，把冷冷的光洒向人间，
> 使人更感到寒气袭人。

　　放逐的老狗，在前村的篱畔哀鸣：是在哀叹自己的身世，还是在倾诉人类的寡情？

　　漫无涯际的旷野平畴，在白雪的覆压下蜷缩起身子，好像连挣扎一下都不情愿的样子。那遍地的萋萋芳草，匆匆来去的游蜂浪蝶，如今都藏匿得无迹可寻。只有那几棵百年老树，依旧伸展着槎牙的秃枝，像是鬼影憧憧，又像那白骨森森，给雪后的夜色平添上几分悲凉、凄清。

　　茫茫太空，默然无语地注视着下界，越发显出它的莫测高深。雪层背后，月亮露出了灰白色的脸庞，把冷冷的光洒向人间，使人更感到寒气袭人。和月亮做伴的，唯有寥寥的几点寒星，致使她也不免感叹这寒夜的落寞和凄冷。看，她的眼神是那样忧伤，她的步履又是那样迟缓！

　　渐渐地，月儿终于到达她行程的终点，悄然隐没在旷野的边沿，剩下的只是一片青灰色的回光在天际荡漾。少顷，又见那神秘的鱼白色开始从东方漫延，像撒开一幅轻柔的纱幕笼罩住整个大地。寒意更浓了。枝头的积雪都已在不知不觉间凝成了水晶般的冰凌。

　　啊，美景如画的夜晚，却是小鸟们恐怖颤栗、备受煎熬的时光！它们的羽毛沾湿了，小脚冻僵了；刺骨的寒风在林间往来驰突，肆虐逞威，把它们可怜的窝巢刮得左摇右晃；困倦的双眼刚刚合上，一阵阵寒冷又把它们惊醒。它们只得瑟瑟索索地颤着身子，打着寒噤，忧郁地注视着漫天皆白的原野，期待那漫漫的长夜早到尽头，换来一个充满希望之光的黎明。

头发里的世界

—— ［法国］ 波德莱尔

让我长久地呼吸你头发里的气息，
让我将面庞沉到那里去，如口渴的人在泉水中。
让我用我的手来挥动它如一条黛香的手巾，将记忆挥散在空气里。

让我长久地呼吸你头发里的气息，让我将面庞沉到那里去，如口渴的人在泉水中。让我用我的手来挥动它如一条黛香的手巾，将记忆挥散在空气里。

你能知道我在你头发里的一切所见，一切所感觉，一切所思吗？我的灵魂在香气之上旅行，正如别人的灵魂在音乐之上徜徉一样。

从你的头发升起一个圆满的梦，充塞着帆与樯；它容纳大海，在这上面，暖风送我向优美的国土。在那里，天空更蓝更深，大气为果实树叶和人所黛香了。

在你的头发的大洋里，我见一海港，低唱着忧郁的歌，用了各民族的强壮的人们和各种形状的船舶，在垂着永久之热的巨大的天空上，雕镂他们的微妙细巧的建筑。

在你的头发的爱抚里，在充满花朵的瓶盎和清心的喷泉中间，在大船的船室里，我为海港的波动所摇荡，不禁心神倦怠。

在你的头发的炽热的分披里，我呼吸那夹着阿片和糖和烟草的气息；在你的头发的夜里，我看见热带的天的无穷的照耀；在你的头发的茸条似的岸边，我因为柏油魔香和科科油混杂的气息而沉醉了。

让我久久地咬你浓厚的黑头发。我在啮你弹力的反逆的头发时，这似乎是我正在吞噬记忆。

清醒的现实

—— ［法国］罗曼·罗兰

人要有理性。
志愿和生活根本是两件事。

一个人决不能回到过去，只有勇敢地继续向前。回头是无用的，除非看到你早先经过的地方和住过的屋顶上的炊烟，在天边，在往事的云雾中慢慢隐灭。把我们和昔日的心情隔离得最远的，莫如几个月的热情。那好比大路拐了一个弯，景色全非，而我们是和以往陈迹永诀了。

人要有理性。志愿和生活根本是两件事。

掩盖了真实的面目、灵魂被阉割的病人，他无力保持自己的信仰，而以背叛自己为满足的人，我称其具有双重人格。

大 自 然

——［德国］歌 德

> 大自然！她四面将我们环绕，
> 她紧紧地把我们拥抱——我们既无力从她怀中挣脱，
> 又无法更深地进入她的肌体。

　　大自然！她四面将我们环绕，她紧紧地把我们拥抱——我们既无力从她怀中挣脱，又无法更深地进入她的肌体。既无须请求又未受警告，她就把我们纳入她自己的循环往复的舞蹈中，同我们一起继续活动，直至我们精疲力竭，从她的臂弯中滑落。

　　她永远创造新的形态：目前摆在我们面前的一切，过去从未出现；以前曾经存在的东西，现在不会再现——万物都是新的，然而又始终成为旧的东西。

　　我们生活在她的领域中间，却使她感到陌生。她喋喋不休地同我们交谈，而从未向我们透露她的任何秘密。我们持续不断地对她施加影响，却始终没有控制她的力量。

　　她似乎一切都着眼于个性，然而不喜欢个人。她永远从事建设，同时永远进行破坏。她的工作间则不可进入。

　　她生活在正直的儿女心中；而母亲，她在何处？

　　她是无与伦比的艺术家：用最普通的素材创造出极其强烈的对照，虽然见不到努力的外表却达到极其了不起的完美——实现了最最完全的坚定，却总是蒙上温柔的面纱。她的每件作品都具有自己特有的本质，她的任何一种现象都有其最孤立的概念，然而，所有这一切复归为一。她表演一出戏剧，她自己是否理解它，我们并不知道，然而她却为了——处于一隅之地的——我们进行表演。

　　在她身上存在着永恒的生活、变化和运动，然而她却不继续移动身躯。她永远变换模样，在她身上不存在任何停滞因素。她对保持不变毫无概念，她把自己的咒骂对准了停滞。她意志坚定，她步伐稳健，她的例外极为罕见，她的规律不可改变。

　　她也曾思考，并且经常不断地思忖——然而不是作为一个人，而是作为大自然。她为自己保留了特有的、包罗万象的思想，没有一个人能够觉察到她的这种思想。

所有的人都置身于她的怀抱中，她也潜藏在所有人的身上。她同所有的人进行友好的比赛，人们越多地战胜她，她越高兴。她同许多人如此隐蔽地进行比赛，以致在他们觉察此事之前，她就结束比赛。

大自然也是最不自然的东西。甚至最无耻的市侩作风也具有她的某些天赋。谁不到处察看她，谁就不会在任何地方正确地理解她。

她钟爱自己，无数次地永远目不转睛地盯着自己，心心念念想着自己。她进行自我剖析，以便自我欣赏。她总是让一些新的善于享受的人长大成人，不厌其烦地倾诉衷情。

她喜欢幻想。谁破坏了自己的和别人的幻想，她就作为最严厉的专制君主对谁予以惩罚。谁信赖地听她的话，她就把谁当做儿女一样地紧紧搂在自己怀里。

她的儿女是无数的。无论在何处，任何儿女都不缺少她的爱抚，可是她有一些宠儿，她把许多精力花费在他们身上，她为他们做出了许多牺牲。她把她的保护与伟大紧密相连。

她从虚无中喷出自己的产物，她并不对他（它）们说出，他（它）们来自何方，前往何处。他（它）们只得往前走。唯有她认识道路。

她只有少量的发条，然而它们永远也不会用坏，它们一直是有效的，始终是多种多样的。

她的戏剧总是新的，因为它始终创造新的观众。生存是她的最美好的发明，死亡是她获得许多生命的手段。

她把人类笼罩在阴郁的气氛中，并且永远鼓舞人类追求光明。她使人类依赖于地球，使人类懒惰和艰难，可是又一再使其轻松。

她提供必需品，因为她喜爱运动。她如此事半功倍地实现了所有这种运动，这是个奇迹。任何需要都是令人欣慰的事。这种需要迅速得到满足，又迅速地增长。如果她多提供一种需要，那么这就是乐趣的一个新的源泉；然而她很快就会达到平衡。

她使用所有的瞬间为了最长的进程，所有的瞬间均已到达目的地。

她本身是爱虚荣的，然而不是为了我们，她已经使自己成为我们的最重要的事情。

她让每一个儿女本身从事艺术，让每一个傻瓜对自己下断语，让成千的麻木不仁者掠过自己而没有任何发现；她喜欢所有的人，并且跟所有的人算账。

人们服从她的规律，虽然人们反对它们；人们同她一起工作，虽然人们打算跟她唱对台戏。

她使提供的一切都成为令人欣慰的事，因为她使这一切都成为必不可少的。

她犹豫不决，因为人们向她提出要求；她赶快，因为人们对她不厌烦。

她既无语言又无言语，然而她创造了舌头和心脏，她通过它们感觉和说话。

她的王冠是爱。人们只有通过爱才会靠近她。她在万物之间造成鸿沟，可是万物想要相互缠绕。她把万物隔离起来，然后又将它们集合在一起。由于从爱的酒杯中喝上几口美酒，她认为充满辛劳的生活没有什么损失。

她就是一切。她既自我酬谢，又自我惩罚；既自我欢乐，又自我烦恼。她既粗暴又温和，既可爱又可怕，既无力又万能。万物总是处于她的怀抱中。她既不知道过去又不知道未来。对她来说现在就是永恒。她心地善良。我赞美她及其一切作品。她既聪明又文静。人们无法揭开她自身的奥秘，也无法强行取得她并非自愿献出的礼物。她是狡猾的，这只是为了善良的目的，然而最好的做法是，不留意她的狡猾。

她是完整的，然而总是未完成的。于是她始终能够从事她要从事的事情。

每个人都感到，她以特有的形态出现。她隐藏于成千个名称和术语中，然而这一切始终是同一个。

她把我放进来，又将我引出去。我信任她。她想与我接通。她不会憎恨自己的作品。我不曾谈论她。不，什么是真的，什么是假的，她谈论了这一切。一切都是她的过错，一切都是她的功劳。

年轻时代

———［日本］池田大作

> 通过自己的努力为世界增添了光彩的人，
> 人格会更加高尚。

人的生命是有限的，每个人都希望在自己有限的生命里获得最高价值。然而，从某种意义上讲，人的生存同样也是艰难的。

随着社会的发展，长寿的人越来越多，但遗憾的是：对现代人来说，最重要的生命力却没有多大增长，甚至有人指出，在青年人中，有不少人受不了挫折的打击而委靡不振。还有一些人认为，现代人出现了生命力衰退的迹象。而且，自杀的死亡人数超过交通死亡人数的一倍，以此类推，轻生的倾向日趋严重，社会各界人心惶惶。同时，除事故和疾病外，精神上的压抑感、疏离感、虚脱感等一类社会现象正不断漫延于人们的周围。

在当代，与"生"的力量相比，削弱"生"的力量正几倍、几十倍地增长。也许不少人也和我有同感吧，但是当前，最重要的是正视这样的现实，再次细细地咀嚼一下"生存"的根本意义。

据说人在临死的瞬间，一生所经历过的事情会像走马灯一样在脑海中盘旋。有的人流出悔恨的泪水，使盘旋于脑中的情景一片模糊；有的人从心底感到无限的满足，在充满欢喜中迎接人生的终结。我认为，这其实就是人生成败的分界之处了。

世上有不少身居高位或腰缠万贯的人，但其一生毫无真诚可言，对这些人来说，当然没有真正的人生胜利感，想必只有痛苦的回忆吧。而另一些人不管自己的生活条件多么的艰辛，别人又是如何评价自己，仍诚实地奋斗一生，或为某种主张、主义艰苦拼搏一生，在欢乐的心潮中迎接临终。在自己的人生中取得胜利的这些人，以强有力的步伐抵达生命的终点，以其实际行动为社会、世界和宇宙的一切做出巨大的贡献，他们死得真是伟大。这些人生业绩将在他们心中唤起无限欣喜的激情。

人的一生不可能一帆风顺，这期间不时会有狂风暴雨，还会出现电闪雷鸣。

但深知创造之乐的生命，绝不会因此而退却。创造本身就是一项最艰难的工作，它是一场打开沉重的生命之门的残酷战斗。当然，与打开神秘的宇宙大门相比，要打开"自身的生命之门"是多么不容易的事呀！

尽管如此，工作显示出做人的骄傲，不，应该说这就是生命的真正意义与真正的生活态度。有的人不懂得创造生命的欢乐，我觉得没有比这更寂寞无聊的了。柏格森有一句话说得真是好，话题中心就是让生命变得更为丰富充实。它就是："通过自己的努力为世界增添了光彩的人，人格会更加高尚。"

听　泉

—— ［日本］ 东山魁夷

人人心中都有一股泉水，
只是日常的烦乱生活掩蔽了它的声音。
当你夜半突然醒来，你会从心灵的深处，
听到悠然的鸣声，那正是奔流不息的泉水啊！

一群一群的鸟儿飞过空旷的原野，鸣叫着，快乐极了。

有时候四五只联翩飞翔，有时候排成一字长蛇阵。啊，多么壮阔的鸟群！……

鸟儿不停地鸣叫着，它们和睦相处，互相激励；有时又彼此憎恶、格斗、伤残。

今天，鸟群又飞过空旷的原野。它们时而飞过碧绿的田原，看到小河在太阳照射下发出耀眼的金光；时而飞过丛林，窥见鲜红的果实在树荫下闪烁。想从前，这样的地方比比皆是。可如今，满眼都是望不到边际的荒漠。任凭大地改换了模样，鸟儿一刻也不停歇，昨天、今天、明天，它们依然飞过这里。

难道鸟儿们每年都知道它们将飞到哪里吗？不是的，它们到底要飞向何方，谁也无从知晓，就连那些领头的鸟儿也无从知晓。

为什么必须飞得这样快？为什么就不能慢一点儿呢？

鸟儿只觉得光阴在匆匆忙忙中逝去了。然而，它们不知道时间是无限的、永恒的，逝去的只是鸟儿自己。它们飞得那样快，像在与时间赛跑。可它们没有想到，这会招来不幸，会使鸟儿更快地从这块土地上消失。

鸟儿依然呼啦啦拍着翅膀，以更快的速度飞过去……一道泉水穿过森林向远处流去，发出叮叮咚咚的响声。这里是鸟群休息的地方，尽管是短暂的，但对于飞越荒原的鸟群来说，这小溪何等珍贵！地球上的一切生物都是这样，一天过去了，又去迎接明天的新生。

鸟儿降落在泉水旁边，亲吻泉水，稍做休息，耐心倾听泉水的絮语。鸣泉啊，你是否指点了鸟儿要去的方向？

泉水从地层深处涌出来，不间断地奔流着，从古到今，阅尽地面上一切生物的生死、荣枯。所以，鸟儿将去何处，泉水必定知道。

鸟儿站在清澄的水边，让泉水映照着身影，它们想必看到了自己疲倦的模样。它们醒悟了，鸟儿作为天之骄子的时代已经一去不复返了。

鸟儿想——检阅泉水的愿望难以实现。因为，它们只顾尽快飞翔。

不过，它们似乎有所觉悟，这样连续飞翔下去，到头来，鸟群本身就会泯灭的，但愿鸟儿尽早懂得这个道理。

我也是鸟群中的一份子，每个人都是一望无际的贫瘠的荒原上不知疲倦地飞翔的鸟儿。

人人心中都有一股泉水，只是日常的烦乱生活掩蔽了它的声音。当你夜半突然醒来，你会从心灵的深处，听到悠然的鸣声，那正是奔流不息的泉水啊！

回首前尘往事，多少次在这旷野上迷失了方向。每逢这个时候，当我听到心灵深处的鸣泉，我就重新找到了前进的方向。

泉水常常问我：你从不欺骗自己和别人吗？我总是深感内疚，答不出话来，只好默默低着头。

我从事绘画，是出自内心的祈望。我想诚实地生活。心灵的泉水告诫我：要谦虚，要诚实，要舍弃清高和偏执。

心灵的鸣泉教育我：只有舍弃自我，才能看得真实。

我想：舍弃自我是困难的，甚至是不可能的。然而，泉水明明白白对我说：美，正在于此。

榕树的语言

—— ［印度］泰戈尔

在我心脏血液的流动中回荡的语音，
在光影中无声地旋转的音籁，化为绿叶的沙沙声，
传到我的耳畔。这声音是宇宙的官方语言。

红土路从我的窗前通向远方。

路上辚辚地移动着载货的牛车，绍塔尔族姑娘头顶着一大捆稻草去赶集，傍晚归来，撒了一路银铃般的笑声。

而今我的思绪并不在人走的路上驰骋。

我一生中，为各种愁闷的、为各种目标奋斗的年月，已经埋入往昔。如今身体欠佳、心情淡泊。

大海依旧汹涌澎湃，但在安置地球卧榻的幽深的底层，暗流把一切搅得混浊不清。当波浪平息，忽隐忽现，表面与底层处于充分和谐的状态时，大海是平静的。

同样，我拼搏的心灵憩息时，我在心灵深处获得的是宇宙原初的乐土。

以前我沿路边匆匆走过，无暇注视路边的榕树，如今，我专程来到窗前，开始与他接触。

他凝视着我的脸，心中好像非常着急，仿佛在说："你知道我的心思吗？"

"我知道，知道你的一切。"我宽慰他，"你不必那么焦急。"

宁静恢复了片刻，等我再度打量他时，他显得越发焦灼，碧绿的叶片摇颤不止，灼灼闪光。

我试图让他安静下来，说："别着急，我永远是你的朋友、伙伴。千百年来，在泥土的游戏室里，我和你一样，一口一口地吮吸阳光，分享大地甘美的乳汁。"

我听见他中间陡然起风的声响。他开口说："你说得很有道理。"

在我心脏血液的流动中回荡的语音，在光影中无声地旋转的音籁，化为绿叶的沙沙声，传到我的耳畔。这声音是宇宙的官方语言。

它的意思是说：我在，我在，我们同在。

那是莫大的欢乐，在那欢乐中宇宙的原子、分子瑟瑟发抖。今天，我和榕树同属一国子民，互述衷肠。

他问我："你终于回来了！"

"是的，挚友，我回来了。"我即刻回答。

于是，我们有节奏地鼓掌，欢呼着"我在，我在，我们同在"。

我们的责任

我们最重要的责任，
就是应当努力减少人类的痛苦与残忍，
使我们的社会更加幸福与和谐。

——罗曼·罗兰

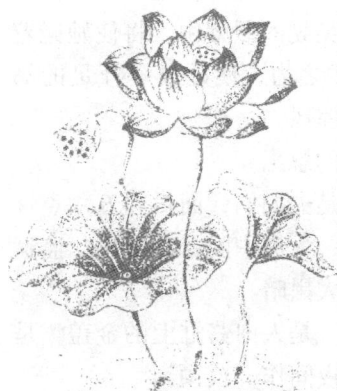

夜 颂

——［中国］鲁 迅

夜是造化所织的幽玄的天衣，
普覆一切人，使他们温暖、安心，
不知不觉地自己渐渐脱去人造的面具和衣裳，
赤条条地裹在这无边际的黑絮似的大块里。

爱夜的人，也不但是孤独者，有闲者，不能战斗者，怕光明者。

人的言行，在白天和在深夜，在日下和在灯前，常常显得两样。夜是造化所织的幽玄的天衣，普覆一切人，使他们温暖、安心，不知不觉地自己渐渐脱去人造的面具和衣裳，赤条条地裹在这无边际的黑絮似的大块里。

虽然是夜，但也有明暗。有微明，有昏暗，有伸手不见掌，有漆黑一团糟。爱夜的人要有听夜的耳朵和看夜的眼睛。自在暗中，看一切暗。君子们从电灯下走入暗室中，伸开了他的懒腰；爱侣们从月光下走进树荫里，突变了他的眼色。夜的降临，抹杀了一切文人学士们当光天化日之下，写在耀眼的白纸上的超然、混然、恍然、勃然、粲然的文章，只剩下乞怜、讨好、撒谎、骗人、吹牛、捣鬼的夜气，形成一个灿烂的金色的光圈，像见于佛画上面似的，笼罩在学识不凡的头脑上。

爱夜的人于是领受了夜所给予的光明。

高跟鞋的摩登女郎在马路边的电光灯下，阁阁地走得很起劲，但鼻尖也闪烁着一点儿油汗，在证明她是初学的时髦，假如长在明晃晃的照耀中，将使她碰着"没落"的命运。一大排关着的店铺的昏暗助她一臂之力，使她放缓开足的马力，吐一口气，这时才觉得沁人心脾的夜里的拂拂的凉风。

爱夜的人和摩登女郎，于是同时领受了夜所给予的恩惠。

一夜已尽，人们又小心翼翼地起来，出来了；便是夫妇们，面目和五六点钟之前也何其两样。从此就是热闹、喧嚣。而高墙后面，大厦中间，深闺里，监狱里，客室里，秘密机关里，却依然弥漫着惊人的真的大黑暗。

现在的光天化日，熙来攘往，就是这黑暗的装饰，是人肉酱缸上的金盖，是鬼脸上的雪花膏。只有夜还算是诚实的。我爱夜，在夜间作《夜颂》。

中 秋 节

—— ［中国］萧 红

> 记得青野送来一大瓶酒，董醉倒在地下，
> 剩我自己也没得吃月饼。
> 小屋寂寞的，我读着诗篇，自己过个中秋节。

记得青野送来一大瓶酒，董醉倒在地下，剩我自己也没得吃月饼。小屋寂寞的，我读着诗篇，自己过个中秋节。

我想到这里，我不愿再想，望着四面清冷的壁，望着窗外的天。我侧倒在床上，看一本书，一页，两页，许多页，不愿看。那么我听着桌子上的表，看着瓶里不知名的野花，我睡了。

那不是青野吗？带着枫叶进城来，在床沿儿大家默坐着。枫叶插在瓶里，放在桌上，后来枫叶干了坐在院心。常常有东西落在头上，啊，小圆枣滚在墙根外。枣树的命运渐渐完结着。晨间学校打钟了，正是上学的时候，梗妈穿起棉袄打着嚏喷在扫假在墙根哭泣的落叶。我也打着嚏喷。梗妈捏了我的衣裳说："九月时节穿单衣服，怕是害凉。"

董从他房里跑出，叫我多穿件衣服。

我不肯，经过阴凉的街道走进校门。在课室里可望到窗外黄叶的芭蕉。同学们一个跟着一个的向我问：

"你真耐冷，还穿单衣。"

"你的脸为什么紫色呢？"

"倒是关外人……"

她们说着，拿女人专有的眼神闪视。到晚间，嚏喷打得越多，头痛，两天不到校。上了几天课，又是两天不到校。

森森的天气紧逼着我，好像秋风逼着黄叶样，新历一月一日降雪了，我打起寒颤。开了门望一望雪天，呀！我的衣裳薄得透明了，结了冰般地。跑回床上，床也结了冰般地。我在床上等着董哥，等得太阳偏西，董哥偏不回来。向梗妈借十个大铜板，于是吃烧饼和油条。

青野踏着白雪进门来，坐在椅间，他问："绿叶怎么不起呢？"

梗妈说："一天没起，没上学，可是董先生也出去一天了。"

青野穿的学生服，他摇摇头，又看了自己有洞的鞋底，走过来他站在床边又问："头痛不？"把手放在我头上试热。

说完话他去了，可是太阳快落时，他又回转来。董和我都在猜想。他把两元钱放在梗妈手里，一会儿就是门外送煤的小车子哗铃的响，又一会儿小煤炉在地心红着。同时，青野的被子进了当铺，从那夜起，他的被子没有了，盖着褥子睡。

这已往的事，在梦里关不住了。

门响，我知道是三郎回来了，我望了望他，我又回到梦中。可是他在叫我："起来吧，悄悄，我们到朋友家去吃月饼。"

他的声音使我心酸，我知道今晚连买米的钱都没有，所以起来了，去到朋友家吃月饼。人嚣着，经过菜市，也经过睡在路侧的僵尸，酒醉得晕晕的，走回家来，两人就睡在清凉的夜里。

三年过去了，现在我认识的是新人，可是他也和我一样穷困，使我记起三年前的中秋节来。

乞丐

···

—— ［中国］朱自清

　　警察禁止空手空口的乞丐，乞丐便都得变做卖艺人。
　　若是无艺可卖，手里也得拿点东西，如火柴、皮鞋带之类。
　　路角落里常有男人或女人拿着这类东西默默站着，脸上大都是黯淡的。

　　"外国也有乞丐"，是的，但他们的丐道或丐术不大一样。近些年在上海常见的，马路旁水门汀上用粉笔写着一大堆困难情形，求人帮助，粉笔字一边就坐着那写字的人——北平也见过这种乞丐，但路旁没有水门汀，便只能写在纸上或布上——却和外国乞丐相像，这办法不知是"来路货"呢，还是"此心同，此理同"呢？

　　伦敦乞丐在路旁画画的多，写字的却少。只在特拉伐加方场附近见过一个长须老者（外国长须的不多），在水门汀上端坐着，面前几行潦草的白粉字。说自己是大学出身，现在一寒至此，大学又有何用，这几句牢骚话似乎颇打动了一些来来往往的人，加上老者那炯炯的双眼，不露半星儿可怜相，也教人有点肃然。他右首放着一只小提箱，打开了，预备人往里扔钱。那地方本是四通八达的闹市，扔钱的果然不少，箱子内外都撒的铜子儿（便士）；别的乞丐却似乎没有这么好的运气。

　　画画的大半用各色粉笔，也有用颜料的。见到的有三种花样。或双钩 To live（求生）二字，每一个字母约一英尺见方，在双钩的轮廓里精细地作画。字母整齐匀净，通体一笔不苟。或双钩 Good Luck（好运）二字，也有只用 Luck（运气）一字的。——"求生"是自道，"好运""运气"是为过客颂祷之辞。或画着四五方风景，每方大小也在一英尺左右。通常画者坐在画的一头，那一头将他那旧帽子翻过来放着，铜子儿就扔在里面。

　　这些画丐有些在艺术学校受过正式训练，有些平日爱画两笔，算是"玩艺儿"。到没了落儿，便只好在水门汀上动起手来了。一九三二年五月十日，这些人还来了一回展览会。那天的晚报（The Evening Vews）上选印了几幅，有两幅是彩绣的。绣的人诨名"牛津街开特尔老大"，拳乱时做水手，来过中国，他还记得那时情形。这两幅画绣在帆布（画布）上，每幅下了八万针。他绣过英王爱德华像，据说颇为当今王后所赏识，那是他生平最得意的时候。现在却只在牛津街上浪荡着。

晚报上还记着一个人。他在杂戏馆（Halls）干过三十五年，名字常大书在海报上。三年前还领了一个杂戏班子游行各处，他扮演主要的角色。英伦三岛的城市都到过；大陆上到过百来处，美国也到过十来处。也认识贾波林。可是时运不济，"老伦敦"却没一个子儿。他想起从前朋友们说过静物写生多么有意思，自己也曾学着玩儿；到了此时，说不得只好凭着这点"玩艺儿"在泰晤士河长堤上混混了。但是他怕认得他的人太多，老是背向着路中，用大帽檐遮了脸儿。他说在水门汀上作画颇不容易，最怕下雨，几分钟的雨也许毁了整天的工作。他说总想有朝一日再到戏台上去。

画丐外有乐丐。牛津街见过一个，开着话匣子，似乎是坐在三轮自行车上，记得颇有些堂哉皇也的神气。复活节星期五在冷街中却见过一群，似乎一人推着风琴，一人按着，一人高唱《颂圣歌》——那推琴的也和着。这群人样子却就狼狈了，据说话匣子等等都是赁来，他们大概总有得赚的。另一条冷街上见过一个男的带着两个女的，穿着得像刚从垃圾堆里出来似的。一个女的还抹着胭脂，简直是一块块红土！男的奏乐，女的乱七八糟的跳舞，在刚下完雨泥滑滑的马路上。这种女乞丐像很少。又见过一个拉小提琴的人，似乎很年轻，很文雅，向着步道上的过客站着。右手本来抱着个小猴儿，拉琴时先把它抱在左肩头蹲着。拉了没几弓子，猴儿尿了。他只若无其事，让衣服上淋淋漓漓的。

牛津街上还见过一个，那真狼狈不堪。他大概赁话匣子等等的力量都没有，只找了块板儿，三四尺长，五六寸宽，上面安上条弦子，用只玻璃水杯将弦子绷起来。把板儿放在街沿下，便蹲着，两只手穿梭般弹奏着。那是明灯初上的时候，步道上人川流不息，一双双脚从他身边匆匆地跨过去，看见他的似乎不多。街上汽车声脚步声谈话声混成一片，他那独弦的细声细气，怕也不容易让人听见。可是他还是埋着头弹他那一手。

几年前一个朋友还见过背诵狄更斯小说的。大家正在戏园门口排着班等买票，这个人在旁背起《块肉余生述》来，一边念，一边还做着。这该能够多找几个子儿，因为比那些话匣子等等该有趣些。

警察禁止空手空口的乞丐，乞丐便都得变做卖艺人。若是无艺可卖，手里也得拿点东西，如火柴、皮鞋带之类。路角落里常有男人或女人拿着这类东西默默站着，脸上大都是黯淡的。其实卖艺、卖物，大半也是幌子，不过到底教人知道自尊些，不许不做事白讨钱。只有瞎子，可以白讨钱。他们站着或坐着，胸前有时挂一面纸牌子，写着"盲人"。又有一种人，在乞丐非乞丐之间。有一回找一家杂耍场不着，请教路角上一个老者。他殷勤领着走，一面说刚失业，没钱花，要我帮个忙儿。给了五个便士（约合中国三毛钱），算是酬劳，他还争呢。其实只有二三百步路罢了。跟着走，诉苦，白讨钱的，只遇着一次：那里街灯很暗，没有警察，路上人也少，我又是外国人，他所以厚了脸皮，放了胆子——他自然不是瞎子。

囚 绿 记

——［中国］陆 蠡

绿色是多宝贵的啊！

它是生命，它是希望，它是慰安，它是快乐。

这是去年夏间的事情。

我住在北平的一家公寓里。我占据着高广不过一丈的小房间，砖铺的潮湿的地面，纸糊的墙壁和天花板，两扇木格子嵌玻璃的窗，窗上有很灵巧的纸卷帘，这在南方是少见的。

窗是朝东的。北方的夏季天亮得快，早晨五点钟左右太阳便照进我的小屋，把可畏的光线射个满室，直到十一点半才退出，令人感到炎热。这公寓里还有几间空房子，我原有选择的自由的，但我终于选定了这朝东房间，我怀着喜悦而满足的心情占有它，那是有一个小小理由。

这房间靠南的墙壁上，有一个小圆窗，直径一尺左右。窗是圆的，却嵌着一块六角形的玻璃。并且左下角是打碎了，留下一个大孔隙，手可以随意伸进伸出。圆窗外面长着常春藤。当太阳照过它繁密的枝叶，透到我房里来的时候，便有一片绿影。我便是欢喜这片绿影才选定这房间的。当公寓里的伙计替我提了随身小提箱，领我到这房间来的时候，我瞥见这绿影，感觉到一种喜悦，便毫不犹疑地决定下来，这样直截爽直使公寓里伙计都惊奇了。

绿色是多宝贵的啊！它是生命，它是希望，它是慰安，它是快乐。我怀念着绿色把我的心等焦了。我欢喜看水白，我欢喜看草绿。我疲累于灰暗的都市的天空，和黄漠的平原，我怀念绿色，如同涸辙的鱼盼等着雨水！我急不暇择的心情即使一枝之绿也视同至宝。当我在这小房中安顿下来，我移徙小台子到圆窗下，让我的面朝墙壁和小窗。门虽是常开着，可没人来打扰我，因为在这古城中我是孤独而陌生。但我并不感到孤独。我忘记了困倦的旅程和已往的许多不快的记忆。我望着这小圆洞，绿叶和我对语。我了解自然无声的语言，正如它了解我的语言一样。

我快活地坐在我的窗前。度过了一个月、两个月，我留恋于这片绿色。我开始了解渡越沙漠者望见绿洲的欢喜，我开始了解航海的冒险家望见海面飘来花草的茎叶的欢喜。人是在自然中生长的，绿是自然的颜色。

我天天望着窗口常春藤的生长。看它怎样伸开柔软的卷须，攀住一根缘引它的绳索，或一茎枯枝；看它怎样舒开折叠着的嫩叶，渐渐变青，渐渐变老。我细细观赏它纤细的脉络、嫩芽，我以揠苗助长的心情，巴不得它长得快，长得茂绿。下雨的时候，我爱它淅沥的声音，婆娑的摆舞。

忽然有一种自私的念头触动了我。我从破碎的窗口伸出手去，把两枚浆液丰富的柔条牵进我的屋子里来，教它伸长到我的书案上，让绿色和我更接近，更亲密。我拿绿色来装饰我这简陋的房间，装饰我过于抑郁的心情。我要借绿色来比喻葱茏的爱和幸福，我要借绿色来比喻猗郁的年华。我囚住这绿色如同幽囚一只小鸟，要它为我作无声的歌唱。

绿的枝条悬垂在我的案前了，它依旧伸长，依旧攀缘，依旧舒放，并且比在外边长得更快。我好像发现了一种"生的欢喜"，超过了任何种的喜悦。从前我有个时候，住在乡间的一所草屋里，地面是新铺的泥土，未除净的草根在我的床下苗出嫩绿的芽苗，蕈菌在地角上生长，我不忍加以剪除。后来一个友人一边说一边笑，替我拔去这些野草，我心里还引为可惜，倒怪他多事似的。

可是每天早晨，我起来观看这被幽囚的"绿友"时，它的尖端总朝着窗外的方向。甚至于一枚细叶、一茎卷须，都朝原来的方向。植物是多固执啊！它不了解我对它的爱抚，我对它的善意。我为了这永远向着阳光生长的植物不快，因为它损害了我的自尊心。可是我囚系住它，仍旧让柔弱的枝叶垂在我的案前。

它渐渐失去了青苍的颜色，变成柔绿，变成嫩黄；枝条变成细瘦，变成娇弱，好像病了的孩子。我渐渐不能原谅我自己的过失，把天空底下的植物移锁到暗黑的室内；我渐渐为这病损的枝叶可怜，虽则我恼怒它的固执，无亲热，我仍旧不放走它。魔念在我心中生长了。

我原是打算七月尾就回南去的。我计算着我的归期，计算这"绿囚"出牢的日子。在我离开的时候，便是它恢复自由的时候。

卢沟桥事件发生了，担心我的朋友电催我赶速南归，我不得不变更我的计划。在七月中旬，不能再留连于烽烟四逼中的旧都，火车已经断了数天，我每日须得留心开车的消息，终于在一天早晨候到了。临行时我珍重地开释了这永不屈服于黑暗的"囚人"。我把瘦黄的枝叶放在原来的位置上，向它致诚意的祝福，愿它繁茂苍绿。

离开北平一年了，我怀念着我的圆窗和绿友。有一天，得重和它们见面的时候，会和我面生么？

孤崖一枝花

—— ［中国］ 林语堂

> 想宇宙万类，
> 应时生灭，然必尽其性。

行山道上，看见崖上一枝红花，艳丽夺目，向路人迎笑。仔细一看，原来根生于石罅中，不禁叹异。想宇宙万类，应时生灭，然必尽其性。花树开花，乃花之性，率性之谓道，有人看见与否，皆与花无涉。故置花热闹场中花亦开，使生万山丛里花亦开，甚至使生于孤崖顶上，无人过问花亦开。香为兰之性，有蝴蝶过香亦传，无蝴蝶过香亦传，皆率其本性，有欲罢不能之势。拂其性禁之开花，则花死。有话要说必说之，乃人之本性，即使王庭庙庑，类已免开尊口，无话可说，仍会有人跑到山野去向天高啸一声。屈原明明要投汨罗，仍然要哀号太息。老子骑青牛且明明要过函谷关，避绝尘世，却仍要留下五千字孽障，岂真关尹子所能相强哉？古人著书立说，皆率性之作。经济文章，无补于世，也会不甘寂寞，去著小说。虽然古时著成小说，一则无名，二则无利，甚至有杀身之祸可以临头，然自有不说不快之势。中国文学可传者类皆此种隐名小说作品，并非一篇千金的墓志铭。这也是属于孤崖一枝花之类。故说话为文美术图画及一切表现亦人之本性。"猫叫春兮春叫猫"，而老僧不敢人前叫一声，是受人类文明之束缚，拂其本性，实际上老僧虽不叫春，仍会偷女人也。知此而后知要人不说话，不完全可能。花只有一点儿元气，在孤崖上也是要开的。

虎

—— ［中国］巴　金

> 死了以后，还能够使人害怕，使人尊敬，
> 像虎这样的猛兽，的确是值得我们热爱的。

我不曾走入深山，见到活泼跳跃的猛虎。但是我听过不少关于虎的故事。

在兽类中我最爱虎，在虎的故事中我最爱下面的一个：

深山中有一所古庙，几个和尚在那里过着单调的修行生活。同他们做朋友的，除了有时上山来的少数乡下人外，就是几只猛虎。虎不惊扰僧人，却替他们守护庙宇。作为报酬，和尚把一些可吃的东西放在庙门前。每天傍晚，夕阳染红小半个天空，虎们成群地走到庙门口，吃了东西，跳跃而去。庙门大开，僧人安然在庙内做他们的日课，也没有谁出去看虎怎样吃东西，即使偶尔有一二和尚立在门前，虎们也视为平常的事情，把他们看做熟人，不去惊动，却斯斯文文地吃完走开。如果看不见僧人，虎们就发出几声长啸，随着几阵风飞腾而去。

可惜我不能走到这座深山，去和猛虎为友。只有偶尔在梦里，我才见到这样可爱的动物。在动物园里看见的则是被囚在"狭的笼"中摇尾乞怜的驯兽了。

其实说"驯兽"，也不恰当。甚至在虎圈中，午睡醒来，昂首一呼，还能使猿猴颤栗。万兽之王的这种余威，我们也还可以在做了槛内囚徒的虎身上看出来。倘使放它出柙，它仍会奔回深山，重做山林的霸主。

我记起一件事情：三十一年前，父亲在广元做县官。有天晚上，一个本地猎户忽然送来一只死虎，他带着一脸惶恐的表情对我父亲说，他入山打猎，只想猎到狼、狐、豺、狗，却不想误杀了万兽之王。他决不是存心打虎的。他不敢冒犯虎威，怕虎对他报仇，但是他又不能使枉死的虎复活，因此才把死虎带来献给"父母官"，以为可以减轻他的罪行。父亲给了猎人若干钱，便接受了这个礼物。死虎在衙门里躺了一天，才被剥了皮肢解了。后来父亲房内多了一张虎皮椅垫，而且常常有人到我们家里要虎骨粉去泡酒当药吃。

我们一家人带着虎的头骨回到成都。头骨放在桌上，有时我眼睛看花了，会看出一个活的虎头来。不过虎骨总是锁在柜子里，等着有人来要药时，父亲才叫

人拿出它来磨粉。最后整个头都变成粉末四处散开了。

经过三十年的长岁月，人应该忘记了许多事情。但是到今天我还记得虎头骨的形状，和猎人说话时的惶恐表情。如果叫我把那个猎人的面容描写一下，我想用一句话：他好像做过了什么亵渎神明的事情似的。我还要补充说：他说话时不大敢看死虎，他的眼光偶尔挨到它，他就要变脸色。

死了以后，还能够使人害怕，使人尊敬，像虎这样的猛兽，的确是值得我们热爱的。

我若为王

—— ［中国］ 聂绀弩

> 生活在奴才们中间，做奴才们的首领，
> 我将引为生平的最大的耻辱，最大的悲哀。

在电影刊物上看见一个影片的名字：《我若为王》。从这影片的名字，我想到和影片毫无关系的另外的事。我想，自己如果做了王，这世界会成为一种怎样的光景呢？这自然是一种完全可笑的幻想，我根本不想做王，也根本看不起王，王是什么东西呢？难道我脑中还有如此封建的残物么？而且真想做王的人，他将用他的手去打天下，决不会放在口里说的。但是假定又假定，我若为王，这世界会成为一种怎样的光景？

我若为王，自然我的妻就是王后了。我的妻的德性，我不怀疑，为王后只会有余的。但纵然没有任何德性，纵然不过是个娼妓，那时候，她也仍旧是王后。一个王后是如何地尊贵呀，会如何地被人们像捧着天上的星星一样捧来捧去呀。假如我能够想象，那一定是一件有趣的事情。

我若为王，我的儿子，假如我有儿子，就是太子或王子了。我并不以为我的儿子会是一无所知、一无所能的白痴，但纵然是一无所知一无所能的白痴，也仍旧是太子或王子。一个太子或王子是如何地尊贵呀，会如何地被人们像捧天上的星星一样地捧来捧去呀。假如我能够想象，倒是件不是没有趣味的事。

我若为王，我的女儿就是公主；我的亲眷都是皇亲国戚。无论他们怎样丑陋，怎样顽劣，怎样……也会被人们像捧天上的星星一样地捧来捧去，因为他们是贵人。

我若为王，我的姓名就会改作"万岁"，我的每一句话都成为"圣旨"。我的意欲，我的贪念，乃至每一个幻想，都可竭尽全体臣民的力量去实现，即使是无法实现的。我将没有任何过失，因为没有人敢说它是过失；我将没有任何罪行，因为没有人敢说它是罪行。没有人敢呵斥我，指摘我，除非把我从王位上赶下来。但是赶下来，就是我不为王了。我将看见所有的人们在我面前低头，鞠躬，匍匐，连同我的尊长，我的师友，和从前曾在我面前昂头阔步耀武扬威的人们。我将看不见一个人的脸，所看见的只是他们的头顶或帽盔。或者所能够看见的脸都是谄媚的、乞求的，快乐的时候不敢笑，不快乐的时候不敢不笑，悲戚的时间不敢哭，不悲戚的时候不敢不哭的脸。我将听不见人们的真正的声音，所能听见的都是低微的、柔婉的，畏葸和娇痴的，唱小旦的声音："万岁，万岁，万万岁！"这是他们的全部语言："有道明君！伟大的主上啊！"这就是那语言的全部内容。没有在我之上的人了，没有和我同等的人了，我甚至会感到单调、寂寞和孤独。

为什么人们要这样呢？为什么要捧我的妻，捧我的女儿和亲眷呢？因为我是王，是他们的主子，我将恍然大悟：我生活在这些奴才们中间，连我所谓的尊长和师友也无一不是奴才，而我自己也不过是一个奴才的首领。

我是民国国民，民国国民的思想和生活习惯使我深深地憎恶一切奴才或奴才相，连同敬畏的尊长和师友们。请科学家们不要见笑，我以为世界之所以还大有待于改进者，全因为有这些奴才的缘故。生活在奴才们中间，做奴才们的首领，我将引为生平的最大的耻辱，最大的悲哀。我将变成一个暴君，或者反而正是明君：我将把我的臣民一齐杀死，连同尊长和师友，不准一个奴种留在人间。我将没有一个臣民，我将不再是奴才们的君主。

我若为王，将终于不能为王，却也真地为古今中外最大的王了。"万岁，万岁，万万岁！"我将和全世界的人们一同三呼。

面对历史的困惑

—— ［中国］余秋雨

不要被已经溶入历史文化的文章的外部格局所迷惑。

如果被迷惑的话，就会形成一个令人讨厌的模式，

而这个模式就会成为散文最终离开了社会、离开了好多读者的重要原因吧。

　　我对西安不熟悉。西安老是我过路的地方。来过一次，只上了大雁塔，再哪儿也没去。所以这次有机会到西安来，相会这么多的朋友，朋友也都是趁这个机会在这儿聚会见面，比如上海的朋友在上海也见不到，在这儿却见到了，觉得很开心；而话题呢，又都是与我们有关的评论美文、散文，见到的人又都是我们老是在文章里见到的人，所以有一种巨大的亲切感。我相信这几天一定过得很愉快。我读的杂志不多，但《美文》是一本见到就要翻的杂志。因为老在外面，很少回到我的通讯地点上海，所以也不是经常看。但是我觉得《美文》和我喜欢看的几本杂志，给我一种感觉，就是杂志就像人一样，有的人即使很遥远，或者和自己的性格脾气有差距，但是我很想和他亲近，很愿意和他讲话，尽管我还没有和他交朋友，比如《美文》我现在还没有稿投给它，这很遗憾啦！就像这样的朋友交往一模一样，杂志也是一样。有几个杂志是我喜欢的，《美文》是一个。它是那样的平静，那样的厚实。你不用担心它里面有一种非常难过的东西来冲撞你，我指的不是说有哪些文章在批评我，我倒不是这个意思，我是说有一种非常不愉快的情绪来冲撞你。有些杂志的确是这样的。有的杂志使我感觉我什么都可以接受，我们什么都可以穿越，但却像有些人那样，我们却很难与他交朋友。可以批评别人，也可以有很尖利的文章，但它总离不开自己的风范，离不开自己的高贵，离不开自己基本的人生尺度，它有一个基本的上限和基本的下限，然后决定它的人格。人是这样，杂志也是这样。《美文》给我一种感觉，就是你面对它犹如面对一个愉快而高贵的朋友，看到它很愉快。有的杂志也能读到一些很好的文章，但是当你读过两三篇实在不愉快的文章的时候，你就觉得很遗憾啦。这不愉快有各种各样的原因，比如里面出现了令人无法忍受的极左的气息，或者伤害人格的气息等等。

现在人们的文化程度高起来了，能够写文章的人是越来越多了，韩小蕙说陕西遍地都是散文家，我想其他地方能写散文的人也比较多了，虽然没有陕西作者写得那么好，但也是很多了。那么这些能够写文章的人的生命信号，能够广为传播，而且是集约性的方式广为传播的，我看就是杂志。写的人很多，而且很多人还真写得不坏。我看到"文革"时两派武斗所写的传单都写得非常漂亮。我认为那就是很漂亮的散文，也不知哪位散文家在当时的武斗中做了宣言的起草者？也就是说很邪恶的情绪也可以用非常漂亮非常尖利的文字表达出来。所以，在这个时候，集约性文化传播的重镇或者发射点，应该说是杂志了。在这种情况下，毫无疑问，《美文》是一个令我们感到愉快、能让文化良知积极起来的、发射开来的，并且由于它不断这样地发射，于是有许许多多的读者，也抬起头来，等待着它的点播的这么一个杂志。这使我由衷地对五年生的《美文》表示祝贺。

如果让我谈一点儿想法的话，我在想一个问题，即大散文的问题。也就是平凹一开始就倡导的比较多元又非常令人感到神往的大散文的境界。我很赞成把大散文这个概念或者把美文这个概念作比较宽泛的理解。美文不再停留在唯美主义的层面上，不再停留在外部文笔上的过于诗化、过于离开生活的滥情溢美的东西。不要这样，大散文也不是非谈历史不可，或者非要达到五千字的篇幅不可，大和美往往是连在一起的。大和美如果从精神实质上去理解它也许更好一些。这两个字实际上是在宣扬着一种所追求的精神高度，不是文章的外部形态，是我们写作人必然具备的精神高度。我个人对散文写作的体会是，哪篇散文能够写得比较长一些，自己也容忍读者有的时候也容忍得长，那么这里面就有一个问题了，那就是需要有一种内在的困惑。内在的困惑越大，文章内在的张力就可能越大，那么容忍长的可能性也就越大。我看到一些散文写得很长，但里边问题不是很多，困惑也不够诚恳，只是用美丽的句子讲述一个历史故事，我认为它就够不上大的文化散文。它里边没有一个感动人的机缘，那就是作者没有非常诚恳的带有自己内在生命的一个问题、一个困惑。有一些文章，评论家说受了我的影响，但却和我不太一样。比如我在写的时候，我个人的感觉是，如果对这么一段非常精彩的历史，我个人没有困惑，如果没有让我始终坐立不安的东西，我还是很难动笔。历史那么多，故事也那么多，我有什么理由和权利写它？我又不是小学教师要给学生们讲这些，我是一个读者，以非常诚恳的态度，我要把我内心的一种骚动不安的东西提供出去，而且提供得叫对方也能够受你问题的感染，而不是受你所讲的故事的感染。两者是大不一样的。我们都是一些有社会良知的人，我们处于社会的转型期，遇到了许许多多的文化问题、社会问题，遇到了许许多多有关人本的问题，那么，如果说有良知的文化人，面对这么多的问题，能够很好地在文章中把它传达出来的话，这个文章就有力度，就有真正意义上的感染力。这些话就与《美文》共勉了。希望在今后的散文写作、散文编辑、散文出版过程当中，尽量讲究多元，但是能够投入大量篇幅，重新唤起文人的社会责任感和唤起文人的对社会推进的某种力度。这样的话，散文的意义就比以前大得多。我们曾经有过这样的时代，那时候，很难对散文进行文体性的考究了。有记者问我有些大学老师觉得你的散文文体这样讲那样讲都不太合适，那么，我认为对散文文体性的讲究并不重要，它是追随性的东西，不要被已经溶入历史文化的文章的外部格局所迷惑。如果被迷惑的话，就会形成一个令人讨厌的模式，而这个模式就会成为散文最终离开了社会、离开了好多读者的重要原因吧。就在反对我们的散文过于走向委靡状态的时候，也不要走到这个死胡同里去。希望年轻的读者不要进行这样的尝试，而是应有更为诚恳的困惑，贯穿在我们的文章里面。如果这样的话，我们的散文，包括美文在内，可能会造成更大的影响，在社会转型时期，能起到文化领先和思维领先的作用，这可能是重振文学的思想权威了。这不仅仅是文学界的问题。这个困惑不仅是对历史的困惑，也是对现实世界的困惑，也是对未来的困惑。现在我们面临多少问题呀！对历史要清理，要思考，但实际上，正如记者问我你现在在想什么？我说我觉得要学的东西实在太多太多。现在的电脑网络，几乎改变了我们前几年的空间观念，我们原来认为重要的界限，慢慢地被淡化了。原来一些科技产品，我们在"科技之窗"之类的介绍中才能知道，现在却走进我们的生活之中，引发我们对人类生存状态的思考。面对这个问题的时候，就像我当年最早开始写文化革命的时候，面对我们历史的巨大的困惑一样。面对我们眼前的生活，那困惑非常非常地大，我们将会怎么样？我们毫无疑问要走进去，走进去以后，我们的思维，我们的人民，我们的情感方式，我们原来的时空观念，将是怎样的情景？当已经出现的时候，我的读者和我的人民将会以怎样的态度来面对？如果你要和他们在一起的话，想让读者永远在读你的文章的话，你不能躲避这些问题。如果面对这样一种现状这样一种现实，我还躲在历史的牛角尖里，我觉得不是太诚恳的做法，我不会这么做。我写历史文章的时候，我对自己有个要求，大家大概已经知道，我要写的话，首先要到达文化现场，到那儿去，到那儿去比看历史资料要重要。到那儿看看有没有问题在环境当中能使我产生巨大地冲撞感，有冲撞才去写，写的时候才找有关的资料。写历史题材是这样，写现实题材也是这样。这就注定自己不断地走来走去，走来走去，走了很多，写得很少。要不断地思考，不断地思考。写文章的人这么多，每个人都走得多写得少，但集约在一起就非常可观了。那么，就会变成一种让所有处于现代冲撞当中有一种中国式尴尬的人们，在面对未来空间的现实的问题上，能够表现出一个时代的气概。我们目前的活力就在于它脚踩着雄厚的文化背景，它居然又生存在现实世界和有着走向未来世界的气概，这气概是大好气概，有这种气概的文章，哪怕是很短的散文，在我看来也是大散文，也是美文。

旁若无人

—— ［中国台湾］ 梁实秋

> 这世界上除了自己还有别人，
> 人形的豪猪既不止我一个，最好是把自己的大大小小的刺毛收敛一下，
> 不必像孔雀开屏似的把自己的刺毛都尽量的伸张。

在电影院里，我们大概都常遇到一种不愉快的经验。在你聚精会神的静坐着看电影的时候，会忽然觉得身下坐着的椅子颤动起来，动得很匀，不至于把你从座位里掀出去，动得很促，不至于把你颠摇入睡，颤动之快慢急徐，恰好令你觉得他讨厌。大概是轻微地震罢？左右探察震源，忽然又不颤动了。在你刚收起心来继续看电影的时候，颤动又来了。如果下决心寻找震源，不久就可以发现，毛病大概是出在附近的一位先生的大腿上。他的足尖踏在前排椅撑上，绷足了劲，利用腿筋的弹性，很优游的在那里发抖。如果这拘挛性的动作是由于羊癫疯一类的病症的暴发，我们要原谅他，但是不像，他嘴里并不吐白沫。看样子也不像是神经衰弱，他的动作是能收能发的，时作时歇，指挥如意。若说他是有意使前后左右两排座客不得安生，却也不然。全是陌生人无仇无恨，我们站在被害人的立场上看，这种变态行为只有一种解释，那便是他的意志过于集中，忘记旁边还有别人，换言之，便是"旁若无人"的态度。

"旁若无人"的精神表现在日常行为上者不止一端。例如欠伸，原是常事，"气乏则欠，体倦则伸"。但是在稠人广众之中，张开血盆巨口，作吃人状，把口里的獠牙显露出来，再加上伸胳臂伸腿如演太极，那样子就不免吓人。有人打哈欠还带音乐的，其声呜呜然，如吹号角，如鸣警报，如猿啼，如鹤唳，音容并茂，礼记："侍坐于君子，君子欠伸，撰杖履，视日蚤莫，侍坐者请出矣。"是欠伸合于古礼，但亦以"君子"为限，平民岂可援引，对人伸胳臂张嘴，纵不吓人，至少令人觉得你是在逐客，或是表示你自己不能管制你自己的肢体。

邻居有叟，平常不大回家，每次归来必令我闻知。清晨有三声喷嚏，不只清脆，而且洪亮，中气充沛，根据那声音之响我揣测必有异物入鼻，或是有人插入纸捻，那声音撞击在脸盆之上有金石声！随后是大排场的漱口，真是排山倒

海，犹如骨鲠在喉，又似苍蝇下咽。再随后是三餐的饱嗝，一串串的咯声，像是下水道不甚畅通的样子。可惜隔着墙没能看见他剔牙，否则那一份刮垢磨光的钻探工程，场面也不会太小。

这一切"旁若无人"的表演究竟是偶然突发事件，经常令人困恼的乃是高声谈话。在喊救命的时候，声音当然不嫌其大，除非是脖子被人踩在脚底下，但是普通的谈话似乎可以令人听见为度，而无需一定要力竭声嘶的去振聋发聩。生理学告诉我们，发音的器官是很复杂的，说话一分钟要有九百个动作，有一百块筋肉在弛张，但是大多数人似乎还嫌不足，恨不得嘴上再长一个扩大器。有个外国人疑心我们国人的耳鼓生得异样，那层膜许是特别厚，非扯着脖子喊不能听见，所以说话总是像打架。这批评有多少真理，我不知道。不过我们国人会嚷的本领，是谁也不能否认的。电影场里电灯初灭的时候，总有几声："嗳哟，小三儿，你在哪儿？"在戏院里，演员像是演哑剧，大锣大鼓之声依稀可闻，主要的声音是观众鼎沸，令人感觉好像是置身蛙塘。在旅馆里，好像前后左右都是庙会，不到夜深休想安眠，安眠之后难免没有响皮底的大皮靴毫无惭愧的在你门前蹀来蹀去。天未大亮，又有各种市声前来侵扰。一个人大声说话，是本能；小声说话，是文明。以动物而论，狮吼，狼嗥，虎啸，驴鸣，犬吠，即是小如促织蚯蚓，声音都不算小，都不会像人似的有时候也会低声说话。大概文明程度愈高，说话愈不以声大见长。群居的习惯愈大，愈不容易存留"旁若无人"的幻觉。我们以农立国，乡间地旷人稀，畎亩阡陌之间，低声说一句"早安"是不济事的，必得扯长了脖子喊一声"你吃过饭啦"？可怪的是，在人烟稠密的所在，人的喉咙还是不能缩小。更可异的是，纸驴嗓，破锣嗓，喇叭嗓，公鸡嗓，并不被一般的认为是缺陷，而且麻衣相法还公然的说，声音洪亮者主贵！

叔本华有一段寓言：

一群豪猪在一个寒冷的冬天挤在一起取暖，但是他们的刺毛开始互相击刺，于是不得不分散开。可是寒冷又把他们驱在一起，于是同样的事故又发生了。最后，经过几番的聚散，他们发现最好是彼此保持相当的距离。同样的，群居的需要使得人形的豪猪聚在一起，只是他们本性中的带刺的令人不快的刺毛使得彼此厌恶。他们最后发现的使彼此可以相安的那个距离，便是那一套礼貌：凡违犯礼貌者便要受严词警告——用英语来说——请保持相当距离。用这方法，彼此取暖的需要只是相当的满足了，可是彼此可以不至互刺。自己有些暖气的人情愿走得远远的，既不刺人，又可不受人刺。

逃避不是办法。我们只是希望人形的豪猪时常的提醒自己：这世界上除了自己还有别人，人形的豪猪既不止我一个，最好是把自己的大大小小的刺毛收敛一下，不必像孔雀开屏似的把自己的刺毛都尽量的伸张。

多付出一点点

——［美国］拿破仑·希尔

> 多付出一点点是一种经过几个简单步骤之后，
> 即可付诸行动的原则。

倘若你把服务看作是一种快乐，不计报酬的多少，你早晚会得到回报。你所播下的每一颗种子都必将会发芽并带来硕果。

你的超出所得的点滴服务必将带来更多的回报。想想种植小麦的农夫吧！如果种植一株小麦只能收成一粒麦子，那根本就是在浪费时间。然而，事实上一株小麦可结出多枝麦穗，每枝麦穗上又可收获许多麦子。尽管有些小麦不会发芽，不会结穗，但无论农夫面临什么样的困难，他的收成必定多出他所种植的好几倍。

多付出一点点是一种经过几个简单步骤之后，即可付诸行动的原则。它其实是一种你必须好好培养的心境，你应使它变为成就每一件事的必要因素。

如果你不是以心甘情愿的心态付出，那你可能得不到任何回报；如果你是看在报酬或某种利于自己的利益上实施付出，那你可能"赔了夫人又折兵"。

享受到你服务的人，总是会给你一些回报，你必定不是能满足客户要求的唯·供应者，你应如何使消费者特别注意你呢？其中的窍门就在于提供物超所值的服务。

员工也好，老板、经理也罢，只要你多付出一点点都可使你成为公司里不可缺少的人物：你能为公司提供其他人无法提供的服务。也许其他人具备更多的知识、技术或人气，但是，唯你能提供公司不可缺少的服务。在强手如林的公关行业中，如果你能容忍在半夜三点时被叫醒，并且以"愿意做"的态度提供服务时，则客户们将会记住你并会给你高度评价。

多付出一点点还意味着强化自己的工作能力，并在工作上精益求精。想一想，如果你每时都以最佳心态，提供最优秀的服务，那么你的技术还有什么理由不为你争光进取！借着有规律的自律行动，你将会愈来愈了解多付出一点点的整个过程，并会在潜意识中出现对"高品质工作"的要求。"力量和奋斗是息息相关的因素"这句格言就是写照。

多付出一点点，就像一盏明亮的大灯一样照着你自己，并使你有机会和他人进行有益的比较。

哪怕没有立刻得到回报，也以一种自愿而且畅快的态度提供更多服务，就是在培养你积极且愉悦的心态，而这正是培养引人注目的个性基础。

上进心既是人最珍贵、同时也是最容易被遗忘的个性。多付出一点点可培养你的个人上进心，因为你不是在等待事情的发生，而是主动使事情发生。

多付出一点点使你确信你正在做正确而且有益的事情，它使你更能对自己的良知负责并且增强信心。

我设计了一个非常简单的公式，以提醒你时时不忘多付出一点点，如下：

$Q_1 + Q_2 + Ma = C$

Q_1（Quality） ＝表示服务品质

Q_2（Quantity） ＝表示服务量

Ma（Mental Aititllde） ＝表示提供服务的心态（Mental Attiillde）

C（Compemsation） ＝表示你的报酬

这里所谓的"报酬"，是指所有进入你生命的东西：金钱、欢乐、协调人际关系、精神上的启发、信心，开放的心胸、耐性，或其他你认为值得追求的东西。

真实的的高贵

——［美国］海明威

> 比别人强，并不算真正的高贵；
> 比以前的自己强，才是货真价实的高贵。

在波澜不惊的海平面上，你、我，甚至任何一个人都可以驾驭船只远航。但是，如果只有阳光而没有阴影，只有快乐而没有苦难，那就全然不是人生。即使以最幸福的人的境况来说，那也是一团缠结的纱线。

经历了失去亲人的痛苦又迎来幸运之事，让我们一阵悲哀，一阵愉快。甚至死亡本身会使人生更为可爱。在人生中的清醒时刻，在悲哀及丧失的暗影之下，人们最接近他们的真我。

我们必须承认，所有事物或事业中，智慧所发生的作用，不如品格；头脑不如心情；天才不如由判断力所节制的自制、耐心和规律。

我始终认为，如果一个人越追求内心深处的生活，他外在的生活就越简单，越朴素。在奢侈浪费的时代，我愿向世人表明，人类真正需求的东西应该是极少的。

懊悔自己的错失而不至于重犯，才是真实的悔悟。比别人强，并不算真正的高贵；比以前的自己强，才是货真价实的高贵。

我们的责任

————〔美国〕理查德·费曼

> 我们的责任是学所能学、为所可为，
> 探求更好的办法，并相传子孙。
> 我们的责任是给未来的人们一双没有束缚自由的双手。

我们还处在人类的初级阶段，因此难免要遇到困难、问题，好在未来还有千千万万年。我们的责任是学所能学、为所可为，探求更好的办法，并相传子孙。我们的责任是给未来的人们一双没有束缚自由的双手。在人类年少好胜时期，人们常会制造巨大的错误而导致长久的停滞。倘若我们自以为对众多的问题都已掌握、控制，年轻而无知的我们一定会犯这样的错误。如果我们压制批评，不许讨论，大声宣称："看哪，朋友们，这便是正确的答案，人类得救啦！"我们必然会把人类限制在权威的朋友和现有想象力之中。这种错误屡见不鲜。

科学家们知道，伟大的进展都源于承认无知，源于思想的自由。我们有责任宣扬思想自由的价值，教育人们不要惧怕质疑而应该欢迎它、讨论它，而且毫不妥协地坚持拥有这种自由，这也是我们对未来千秋万代所负有的责任。

正义至上

—— ［美国］艾德勒

当自由与平等受正义支配、制约时，
就能在限定的范围内和谐地扩展到最大限度。

　　由于某些错误的存在，便酿成了自由与平均主义者的极端行为。不纠正这些错误，持不同意见的极端主义者之间，自由与平等之间的矛盾就不能解决。而要扭转这些错误，就必须承认自由与平等都不是第一位的，两者都是好事，但不是无限制的。同时还要认识到，只有在正义的支配下，两者才能相对地扩展到最大限度。

　　一个人应不应该享有绝对的行动自由或工作的自由？或者说，是否应在不伤害他人、不剥夺他人自由、不使他人因不平等而产生严重的被剥夺感的情况下，享有他为所能达的最大限度的自由呢？总之，一个人是否应该拥有比他所能够公正行使的更多的自由？

　　回答若是否定的，会让人认识到，一个人绝不能拥有超越正义所允许的最大限度的自由。

　　一个制度健全的社会应不应该尽可能达到一种人人都有、但程度上又有不同的条件平等？这个社会应否无限制地扩大这种条件平等，即使那样会造成对个人自由的严重剥夺？是否可以忽略人不论在天赋上还是在才能上都是既平等又不平等的？应不应该不计较他们对社区福利的贡献不同的事实？

　　用"不应该"对这些问题做出回答会让人认识到，一个社会应在正义所要求的限度内达到最大的平等。这个限度不能超越，超越了就是不正当的。正如不能超越正义所允许的自由那样，超越了，就是扭曲地行使被允许的自由。

　　正义与自由和平等的意义不等同。

　　对自由而言，如果自由的行使是正当的而不是不正当的，那么，正义对它所允许的个人自由就是有限量的。

　　对平等而言，如果社区能公正地对待其所有成员，那么，正义就会对其所要求的平等与不平等的类别和程度有所限制。

　　如此，当自由与平等受正义支配、制约时，就能在限定的范围内和谐地扩展到最大限度。自由主义者和平均主义者中那些错误的、极端主义的、无法解决的冲突就会消失，其原因就在于正义至上纠正了这些错误，缓解了它们之间的矛盾。

道德的真理

—— ［俄国］托尔斯泰

> 只有重视、尊敬道德真理的人，
> 才会了解道德的真理。

　　如果你把你在各学科领域中所知晓的东西，完全告诉一个在这些方面一无所知的人，他因为得到了全新的知识，故绝不会说"这有什么新鲜?! 不是所有的人都知道吗？我老早就知道了"之类的话。

　　但是，如果你要告知他们关于高尚的道德真理，那么你最好试着用仿佛未曾有人表现过的、极其简洁易懂的方式来表达。

　　绝大多数的人，特别是不关心道德问题的人，或是在听了你有关道德真理的阐述之后产生不快的人，一定会说："难道谁还不懂这些吗？你跟所有人说的有什么不一样吗？"他们认为这些全是"陈芝麻烂谷子"。

　　只有重视、尊敬道德真理的人，才会了解道德的真理，才会使道德的真理简单明了化——亦即从冷漠茫然中意识到的希望和想象，以及从漠然捕风捉影的表现，转移到积极要求某种适当作为的明确表现。这是极其宝贵的作为。他们知道，要想达到这个目标，必将"劳其筋骨，苦其心志"。

　　人们经常把道德上的真理观念看做是陈腐的东西，认为在这当中不可能会有新鲜有趣的事物。但是，在被人们认为与道德似乎没什么关系的各种必须的行为当中，包括政治的、科学的、艺术的、商业的活动等，人类生活的全部，渐渐地在发扬光大道德的真理，并渐渐地化道德的真理为简单明确的道理。至此，人类似乎也别无他求。

对 话

——［俄国］屠格涅夫

> 现在，我看见了，下面一切仍旧是那样：
> 青的流水，黑的树林，灰的石堆。
> 虫儿在其间爬来爬去，全是无谓的纷扰，
> 那就是从来没有亵渎过你我的两脚动物呢。

"不论是少女峰或黑鹰峰上面都还不会有过人的足迹。"

阿尔卑斯的绝顶……巍峨悬崖的连脉……群山的中心。

群山上面是一片浅绿、清朗、沉静的天。寒气严酷，冰雪坚硬，风吹冰盖的沉郁的峰顶从雪中突出。

地平线的两边耸立着两个巨物，这便是少女峰与黑鹰峰。

少女峰对它邻居说："你可以跟我讲些什么新的事情吗？你看见的比我多，下界可有些什么？"

两三千年过去了，那不过是一分钟的时间。黑鹰峰用它的吼声答道："浓云盖着大地……等一会儿吧。"

又过了几千年，还只是一分钟的时间。

"喂，现在呢？"少女峰问道。

"现在，我看见了，下面一切仍旧是那样：青的流水，黑的树林，灰的石堆。虫儿在其间爬来爬去，全是无谓的纷扰，那就是从来没有亵渎过你我的两脚动物呢。"

"是人们吗？"

"是，人们。"

几千年过去了，还只是一分钟。

"喂，现在呢？"少女峰又问。

"小虫好像少了些了，"黑鹰峰雷响般回答，"下界看得清楚多了。水退了些，树林也稀疏了。"

几千年又过去了，还只是一分钟。

"现在你看见什么?"少女峰说。

"我们四周像是更干净了，"黑鹰峰答道，"可是远远的山谷里仍还有一些点子，还有什么东西在动。"

"现在呢?"再过几千年（还是一分钟）后，少女峰又问。

"现在好了，"黑鹰峰回答，"到处都清爽了，什么地方都是白的。……到处都是我们的雪，还有冰。什么东西都给冻住了。现在好了，安静了。"

"好，"少女峰说，"不过我们话也讲够了，老朋友，是睡觉的时候了，"

"是睡觉的时候了。"

大山睡去了，清澄的碧天在永寂的大地的上空睡去了。

希　望

————［俄国］邦达列夫

各式各样的"征服"最终是反人类的，
因为它要破坏自然的、生存所必需的一切：
水、空气和星球本身。

　　现代文明无论走过了多么虚假的曲线，无论它曾以多么丰厚的物质偷换人们的灵魂，以种种廉价的快乐的小玩意儿暗中替换道德，但最主要的一点依然未变，那就是百转轮回的人生。

　　试想，地球上毫无生气，一贫如洗，徒有它的存在又将如何呢？

　　它为什么而存在？它为谁而存在？有谁需要它的森林、草原、河流和田野？如果没有人类，所有这一切连同存在着的美都将变为不必要的、荒废的、死亡的东西。而具有呼吸和生命的人类才真正使宇宙结构获得了意义和目的。

　　人类目前既被隔离，又被联结，联结的本身即是地球。因为在我们力所能及和认识能达到的范围里，没有第二个地球，没有类似的第二种生命。有时听到某些富于幻想的哲学家兴高采烈地宣告我们即将征服宇宙，征服太阳系的各星球以建立新的生活，我就感到很奇怪。要建立什么样的生活？为什么？难道地球无力再负载人类了吗？

　　各式各样的"征服"最终是反人类的，因为它要破坏自然的、生存所必需的一切：水、空气和星球本身。

　　十九世纪曾有某彗星将擦及地球的预测，说到那时地球将会被整个翻转过来，毒气蒸发，三十分钟内人们就将没有空气可呼吸，人类将迎来历史的终点。可现在问题不在于彗星，而在于原子战争的威胁。这种战争能把我们的星球变为一粒死沙，飘扬在没有生命气息的宇宙空间。今天我们每一个地球上的居民已经分摊到十吨炸药和以百万单位来计量的爆炸品，这是何等的疯狂！这难道不是对人类的生存的最大威胁吗？人类的未来系于千钧一发。今天，通向希望的钥匙还没有完全失落，明天却可能会丧失，但我们毕竟是满怀希望地生活着，怀着希望在地球上行走，我们同时也满怀希望地相爱、高兴、痛苦、传宗接代、行善行恶、羡慕、妒忌、谩骂、建设，并且展望未来，相信人生。

　　我在写一部描述我们今天忧虑不安生活的小说时，想到的就是这一希望，我鄙视虚伪的乐观，相信理智，信奉健康的思想，信赖人类的互相凝聚，而不是疏远。

世界像一个舞台

——［英国］莎士比亚

世界是一个舞台，
一切的男女都不过是演员。

　　世界是一个舞台，一切的男女都不过是演员：他们有他们的登场和退场，而且一个人在他的时代里扮演许多的角色，他的角色的扮演分七个时期。

　　最初婴孩在乳母怀抱里啼哭呕吐；带着书包啼哭的学童，露着早上明澈的脸，像一只蜗牛般很勉强地爬向学校；长吁短叹的恋人以哀伤的短歌呈献给他的情人的娥眉；爱好离奇的咒骂的军人，胡须长得像一只豹，爱惜名誉，急于争吵，甚至于在炮口内觅取如泡沫幻影的名誉；法官饱食了困难，挺着美观的圆肚子，张着庄严的眼睛，留着规规矩矩的胡须，他的发言充满着聪明的格言和时新的例证，他这样扮演他的角色。

　　第六个时期转入消瘦的、穿着拖鞋的丑角。鼻上架着眼镜，身边挂着钱袋，好好节省下来的年青时代的袜子，穿在他的瘦缩的小腿上，大得难以使人相信；他的壮年洪亮的声音转成小孩子尖锐的声音，在他的声音里充满竹笛的尖声。

　　最后一幕结束这怪事层出的传记是第二个婴孩时期，并且仅仅是湮没无闻，没有牙齿，没有眼睛，没有味觉，没有一切的东西。

同情百万富翁

—— ［英国］ 萧伯纳

一个买得起夹孔雀脑三明治的人，
碰到只有火腿或牛肉供应，
也只好徒唤奈何！

在这个王国里，我发现什么东西都是为成百万人生产的，而为百万富翁生产的却什么也没有。婴儿、儿童、少年、青年、绅士、太太、小姐、手艺人、职员，甚至贵族和国王都有供应。唯一不被重视并显然不被欢迎的就数百万富翁了，因为他们人数太少。穷光蛋有他们的旧货商场，那是在猎狐犬沟的一个货源充足、生意兴隆的市场，在那里一便士即能买到一双靴子。而你找遍世界，也找不到一个市场能批发五十英镑一双的靴子、四十畿尼一顶的高档帽子，自行车上的金钱饰品，值四颗珍珠一瓶的克娄巴特拉女王牌红葡萄酒。

因此，不幸的百万富翁对万贯家业要负有责任，而其享受又无法超越一般的有钱人。说真的，在好些方面，他的享受高不过许多穷人，甚至比不上穷人。因为一名军乐队的指挥穿得比他漂亮；驯马师的马童常骑更骏的马；那些小姐身边的侍从一直是头等车厢的占有者；到布赖顿过星期天，人人都乘普尔门式火车的客车。然而，一个买得起夹孔雀脑三明治的人，碰到只有火腿或牛肉供应，也只好徒唤奈何！

诸如此类不公平的情况，还远不止这些。一个年收入二十五英镑的人，一旦他的收入增加一倍，他的享受程度可以提高数倍。一个每年收入五十英镑的人，一旦收入增加一倍，至少可以得到四倍的享受。说不定每年收入高达二百五十英镑的人，双倍的收入也意味着双倍的享受。高出此数者，享受程度的增长与收入增长的比例就越来越小。最后，他成了财富的牺牲品，对于凡金钱所能买到的任何东西都感到厌腻，甚至恶心。

你说人人喜欢金钱，理应为多得几万英镑而兴奋，如同因为小孩子爱吃糖果，那么糖果店的小伙计乐意每天加班两小时一样。可是百万富翁究竟要那些金钱、财富做什么呢？难道他需要一大队游艇？要一支仆从大军？要整城的住房？

或者整个一块大陆作为他狩猎的林苑？一个晚上他能上几个戏院看戏？一个人能同时穿几套衣服？一天又能比他的厨师多消化几磅食物？他要照管更多的钱财，要看更多向他告贷的信，难道这也是一种乐事？穷人可以做黄粱美梦，可以坐下来盘算，如果不知何时一位搭不上边、远得不能再远的亲戚给他留下一笔财产时他该如何消受，以致暂时忘了自己的穷困，因为这种飞来横财并非绝无仅有。而百万富翁却没有必要做这种黄粱美梦，难道这也是件乐事？

称　赞

——［英国］培　根

最狠的敌人就是正在称颂你的敌人。

称赞常常被当做标尺用来衡量人的才华和品德，其实这正如镜子里的幻象。由于这种称誉来自凡夫俗子，因而常常很虚伪，未必反映真价值。因为凡夫俗子是难以理解真正伟大崇高的美德的。

最底层的品德最易被发现，并得到称赞。

稍高一点儿的德行则引来惊叹。

但对于那种最上乘的美德，他们却是最缺乏识别力的。

所以，人们成了最大的受害者，把称赞拱手奉予伪善。因此名誉犹如江河，它所漂起的常是轻浮之物，而不是确有真分量的实体。真正的称赞其实在真知灼见之士那里。这种称赞正如《圣经》所说："名誉强如美好的膏油，死后超过生前。"只有它才能荡漾四方并且流芳百世，怀疑称赞并非罪人，因为以虚誉钓人的事实在太多了。

假如称颂你的人只是一个平庸的献谄者，那么他们对你说的就不过是他常可对任何人说的俗套之语。

但如果这是一个高超的献谄者，那么他必定会针对你常自以为是的地方施展谄术。

而更高超的献谄术则为公然称颂你内心中深以为耻的弱点，把你的最大弱点说成是最大的优点，最大的愚笨说成是最高的智慧，以"麻木你的知觉"。

还有一种是"鼓励性的称赞"。它常被许多贤臣用于他们的君主身上。当称颂某人是怎样时，其实他们是在暗中指点他应当怎样。

有些称赞最最防不胜防，这就是那种煽动别人嫉恨你的称赞。此即所谓"最狠的敌人就是正在称颂你的敌人"。正如希腊古人说："谨防鼻上有疮却被恭维为美。"犹如我们俗语所说的"舌上生疮，谨防说谎"一样。

称赞也要尊重事实，适可而止。所罗门曾说："每日早晨，大夸你的朋友，还不如诅咒他。"要知道对好事的称颂过于夸大，就反会招来嫉妒和谩骂。

　　当然，除了少数几个人外，自吹自擂、自称自赞的大多数人都会适得其反。人唯一可以自我夸耀的只有职责。因承担重大的职责是有权引以自豪的。罗马的哲学家和大主教们，非常看不起从事实际事务的军人和政治家，称他们为"世俗之辈"。其实这些"世俗之辈"所承担的职责比他们于世有用得多。所以圣保罗在自夸时常先说一句"我说句大话"，而在谈到他的使命时却自豪地说："那是我光荣而骄傲的职责！"

群体意志

—— ［英国］ 劳伦斯

> 一个晦涩的整体，它本不是整体，
> 而只是一个多重无价值的存在。

　　比不易改变且不易洞察的个人意志更糟糕的是骇人的群体意志。它们阿谀奉承，夹着尾巴就像鬣狗一样。它们是一群畜牲，一群令人作呕的牧群，在整体上坚持一个恒定的温度。它们只有一个热度、一个目标、一个意志，把它们包含进一个晦涩的"一"中，就像一群昆虫或羊群或食腐动物。它们的目的是什么？它们是想保持自己与生死相分离的状态。它们的愿望已宣告了它们的绝对。它们自以为了不起，自以为难被攻克，自以为无所不能。它们是它，不折不扣的它。它们是封闭的、完美的，它们在整个牧群中有自己的完美，在众多的群体中有自己的整体。牧群是如此，人类也是如此。一个晦涩的整体，它本不是整体，而只是一个多重无价值的存在。但是，它们的多重性强大至极，它们能够在一段时间内公然对抗生和死，就像那些弱小的昆虫以庞大的群体威慑攻击者。

　　向它们讨饶是毫无意义的。它们既不懂生的语言也不懂死的语言。它们是肥胖的、多产的、不可计数的、力量无比的。但事实上，它们是令人恶心的衰败的奴隶。但现在，这种奴隶却占了上风。然而，面对峰回路转的境况，我们只有仿效旧时的首领，带着鞭子前去。刀剑不能恐吓它们，它们太多了。但无论如何，我们应不惜任何代价征服这无价值的牧群。它们是最坏的弱者。这奴隶的牧群已经胜利了。它们的残暴就像一群豺狼的残暴。但是我们可以将它们吓回到原来的位置上，因为它们十分傲慢，也十分怯懦。

　　可爱的、纯洁的死神来助我们一臂之力吧！请闯入牧群中，在它的孤独的完整中开出一条沟来；甜蜜的死神，给我们一个机会吧！让我们逃避牧群，和另外一些生物聚集到一起，与它抗衡。哦，死神，用死来净化我们吧！清洗去我们身上的霉腐气息和那无法忍受的、带有否定意义的人类大众的"一"。为我们打破这恶臭的监狱，在这儿，在这一群活的死亡的腐气中，我们几乎要窒息而死。美丽而具有破坏力的死神，去摧毁那一群人的完美的意志，那专顾自己的臭虫的意志；摧毁那晦涩的一致。

　　死神，你显示神威与力量的时候到了。它们那么久地蔑视，它们在它们疯狂的自负中甚至已开始拿死神做交易，就好像死神也会降服似的。它们以为自己可以利用死，就好像它们这么久地利用生一样，来达到它们毫无意义的基本目的。飞来横祸有助于它们这种封闭的、傲慢的自以为是。死是为了帮助它们按原样维持它们自己，永远成为那种假仁假意、自以为大公无私的人类大众的臭虫。

善恶之辨

—— ［英国］ 弥尔顿

> 我们所携入这个世界的并非纯真一片，
> 我们所带来的反而是种种之不洁；
> 使我们纯洁的是考验，而考验又必借相反的事物。

在我们的认识里，善与恶就像一对孪生兄弟，形影不离，同进同退。而善与恶的知识又是这样的错综纠缠，且惯以形容酷肖的面目出现，这中间的纷纭程度，较之作为长期苦役而罚使塞娥不停分拣混杂的败种，可能更有过之。

谁能料到，善与恶的知识，这对紧紧相依的孪生兄弟便是从一只吃过的苹果之中，破皮跃入这个世界的。这或许也是当年亚当曾经坠入其间的那个劫数——明善恶之辨，或曰，藉恶以知善。因此，既然人类已成今天这种情形，试问离开对恶的知识，智慧将何得而选择，坚忍又何从而施行？那种能将罪恶及其一切诱饵与声色之乐一并擒拿在手，细加审视，而仍能知所趋势，仍能明辨是非，仍能择善而从的人，才是真正的不畏艰难险阻的基督教徒。至于那种于德无所施、于行无所表的逃隐遁性的道德，那种从未有冲杀应敌之劳、而只是临阵一逃了事的道德，我委实不敢恭维。要知道不朽之花环是很少可以不备极艰苦而后得到的。显然，我们所携入这个世界的并非纯真一片，我们所带来的反而是种种之不洁；使我们纯洁的是考验，而考验又必借相反的事物。

大 城 市

—— ［德国］齐美尔

> 他们不是用情感来对付这些外界环境的潮流和矛盾，
> 而是用理智，意识的加强使他们获得精神特权的理智。

大城市与小城市在精神生活上各具特色。具体地说，后者的精神生活是建立在情感和直觉的关系之上的。直觉的关系扎根于无意识的情感土壤之中，因此很容易在它习惯的平和环境中正常生长。相反，理智之所在却是我们的有意识的心灵表层，这里是我们的内心力量最有调节适应能力的层次，用不着整理和翻松就可以接受现象的变化和对立，只有保守的情感才可能会通过整理和翻松来让自己与现象调和顺理。

当大城市的人感到外界的压力和危险信息时，他们——当然是许许多多个性不同的人——就会建立防卫机构来对付这种压力和危险。他们不是用情感来对付这些外界环境的潮流和矛盾，而是用理智，意识的加强使他们获得精神特权的理智。因此，对那些现象的反应都被隐藏到最不敏感的、与人的心灵深处相距甚远的心里中去了。

这种理性可以被认为是主观生活对付大城市压力的防卫工具。它的表现丰富多彩。大城市向来就是货币经济的中心，因为经济交流的多样化和集中化，交流的媒介显得举足轻重，而农村的经济交流贫乏，所以不可能具有这种重要的意义。但是货币经济与理性的关系密不可分，对于货币经济和理性来说，对人和事物的处理的纯客观性是共同的，至于如何处理、怎样处理往往以坚决的不妥协性结合在一起。

崇尚理性的人对任何奇性异类均持无所谓的态度，因为一切奇形异类所产生的关系和反应是逻辑所不能解释的，正如现象的个性不会出现于货币原则中一样，因为货币所关心的只是现象的共同问题，只是将所有质量和品质与价值多少加以平均衡量的交换价值。

人与人之间的情感要以个性为基础，而人与人之间的支付问题上的理智关系，则是跟本身无关紧要的，只是根据其可以客观衡量的劳动有利益关系的问题上的理智关系。大城市中的人与卖主和买主、与他们的仆人和可以进行社会义务交换的人之间的理智关系，则具有局限性，在局限范围内对个性的不可避免的认识同样也不可避免地产生了富有情感色彩的关系，培养并发生了客观地对付出与回报的和谐关系。

笔　记

—— ［意大利］达·芬奇

画家的心应该像一面镜子，永远把它所反映事物的色彩摄进来，
前面摆着多少事物，就摄取多少形象。

一

能创造发明的和在自然与人类之间作翻译的人，比起那些只会背诵旁人的书本又爱大肆吹嘘的人，就如同实物与镜子里的影像，一个本身是实在的东西，而另一个只是空幻的。那些人从自然那里得到的好处很少，只是碰巧具有人形，如果不是因为这一点，他们就可以列在畜生一类。

许多人认为他们有理由责备我，说我的证明和某些人的权威是对立的，而这些人之所以得到尊敬却是由于他们缺乏经验根据的判断。他们并不知道我是从简单明白的经验中得到我的结论的，而经验才是真正的教师。

爱好者受到所爱好的对象的吸引，正如感官受到所感觉的对象的吸引，两者结合，就变成一体。这种结合的头一胎婴儿便是作品。如果所爱好的对象是卑鄙的，它的爱好者也就变成卑鄙的。如果结合的双方和谐一致，结果就是喜悦、愉快和心满意足。当爱好者和所爱好的对象结合为一体时，他就在那对象上得到安息，好比在哪里放下重担，就在哪里得到安息。这种对象是凭我们的智力认识出来的。我们的一切知识都发源于感觉。

欣赏——就是为着一件事物本身而爱好它，不为别的理由。

对作品进行简化处理的人，对知识和爱好都有害处，因为对一件东西的爱好是由知识产生的，知识愈准确，爱好也就愈强烈。要想准确，就须对所爱好的事物全体及所组成的每一个部分都有透彻的知识。

二

眼睛被称为心灵的窗子，它是用来最完满最大量地欣赏自然的无限的作品的主要工具；耳朵处在其次，它就眼睛所见到的东西来听一遍，它的重要性也就在此。

历史家、诗人或是数学家如果没有用眼睛去看过事物，你们就很难描写它们。诗人啊，如果你用笔去描述一个故事，画家用画笔把它画出来，就会更能令人满意而且也不那么难懂。你如果把绘画叫做"哑巴诗"，画家也就可以把诗人的艺术叫做"瞎子画"。究竟哪个更倒霉，是瞎子还是聋子呢？

虽然在选材上诗人也有和画家的一样广阔的范围，诗人的作品却比不上绘画那样使人满意，因为诗企图用文字来再现形状、动作和景致，画家却直接用这些事物的准确的形象来再造它们。试想一想，究竟哪一个对人是更基本的，他的名字还是他的形象呢？名字随国家而变迁，形象是除死亡之后不会变迁的。

如果诗人通过耳朵来服务于知解力，画家就是通过眼睛来服务于知解力，而眼睛是更高贵的感官。

举个例子来说明这一点：如果一个有才能的画家和一个诗人都用一场激烈的战斗做题材，试把这两位的作品向公众展览，且看谁的作品吸引最多的观众，引起最多的讨论，博得最高的赞赏，产生更大的快感。毫无疑问，绘画在效用和美方面都远远胜过诗，在所产生的快感方面也是如此。试把上帝的名字写在一个地方，把它的图像就放在对面，你就会看出是名字还是图像引起更高的虔敬！在艺术里，我们可以说是上帝的子孙。如果诗所处理的是精神哲学，绘画所处理的就是自然哲学；如果诗描述心的活动，绘画就是研究身体的运动对心所生的影响；如果诗借地狱的虚构来使人惊惧，绘画就是展示同样事物在行动中，来使人惊惧。假定诗人要和画家竞赛描绘美、恐惧、穷凶极恶或是怪物的形象，假定他可以在他的范围之内任意改变事物的形状，结果更圆满的还不是画家么？难道我们没有见过一些绘画酷肖实人实物，以至人和兽都误信以为真吗？

如果你会描写各种形状的外表，画家却会使这些形状在光和影配合之下显得活灵活现，光和影把面孔的表情都渲染出来了。在这一点上，你就不能用笔去表达画家用画笔所达到的效果。

画家的心应该像一面镜子，永远把它所反映事物的色彩摄进来，前面摆着多少事物，就摄取多少形象。除非你有运用你的艺术对自然所造出的一切形状都能描绘（如果你不看它们，不把它们记在心里，你就办不到这一点）的那种全能，否则就不配做一个好画师，所以你就应铭记在心，每逢到田野里去，须用心去看各种事物，细心看完这一件再去看另一件，把比较有价值的事物选择出来，把这些不同的事物捆在一起。

画家应该研究普遍的自然，就眼睛所看到的东西多加思索，要运用组成每一事物的类型的那些优美的部分。用这种办法，他的心就会像一面镜子真实地反映面前的一切，就会变成第二自然。

画家如果拿旁人的作品做自己的标准或典范，他画出来的画就没有什么价值；如果努力从自然事物学习，他就会得到很好的结果。罗马时代以后画家的情况就是如此，他们继续不断地在互相摹仿，他们的艺术就迅速在衰颓下去，一代不如一代。

负　重

—— ［奥地利］里尔克

> 人生重重地压在我们的身上，
> 它的重量越重，我们就越深入人生之中。

关于这件事，这也是现在我所确知的唯一一件事，我想我必须对青年们讲明，那就是：我们必须将最重的东西当成基础，而那也正是我们所肩负的任务。

人生重重地压在我们的身上，它的重量越重，我们就越深入人生之中。而我们却必须生活在人生中，而不是快乐中。

人生非得这样不可。假如有许多人在年轻时便急着把人生变得前卫且肤浅，或是将人生变得轻率且轻浮的话，他们就是放弃了认真地接受人生乐趣及放弃了真正担当人生责任的机会，而靠着自己最固有的本性去感受人生，并且停止了追求生命价值的努力。

可是，对人生而言，这并没有什么任何进步的意味。这仅仅是意味着抗拒人生无限的宽广与其可能性的表示。但我们应做的最主要的是：去爱惜重大的任务及学习和与重大任务交往。

在重大的任务中，隐藏着好意的力量，也隐藏了使我们变成有用之材，及带给我们生之意义的使命。我们可以在重大的任务中，拥有我们自己的喜悦、幸福及梦想。我们只需将这美丽的背景放到我们的眼前，幸福与喜悦就会清楚地浮现出来，如此我们便能体会到其中之美。在黑暗中，我们高贵的微笑也拥有着某种意味。那就是：在这个黑暗中，当它有如梦幻般的光辉在一瞬间大放光明时，我们可以清楚地看见围绕在我们身边的奇迹与宝藏。

一个任务

—— ［挪威］易卜生

创作好比洗澡，
洗完之后我感到更清洁、更健康、更舒畅。

我总在想，是什么东西一直在鼓舞着我。后来我发现鼓舞着我的，有的只是在偶然的、最顺利的时刻活跃在我的心间，那是一种伟大的、美丽的东西。我知道，它高于日常的自我，我之所以受鼓舞，是因为我要正视它，要让它与我结合，融会贯通。

但是我也曾受到过相反东西的激励，反省起来，那是我自己天性中的渣滓沉淀。在这种情形下，创作好比洗澡，洗完之后我感到更清洁、更健康、更舒畅。是的，朋友们，一个人在某些时候如果自己不是在某种程度上做过模特儿，那么，他是无法写出诗意来的。我们之中会不会存在，心里不时感到并且意识到，自己的自语与行动、意愿与责任、实践与理论之间发生矛盾的人？换句话说，我们之中有没有这样的人，他并没有，至少有的时候没有，满足于利己，却又半自觉、半好心地向他人、向自己掩饰自己的行为的人？

我的这些话最好的听众就是学生。他们能理解我这些话的意思。学生的任务实际上与诗人的任务相同：为自己，也是为他人，弄清楚他所处的那个时代和社会里所发生的短暂的和长久的问题。

对于这个问题，我可以无愧地说我在国外期间努力想做一个好学生。诗人应当生来就有远大的眼光；我远离祖国的时候，才将祖国看得那么充分，那么清楚，而又那么亲切。

亲爱的朋友们，请最后听一听我所经历过的事情。当裘立安国王不久于人世的时候，他周围的一切都垮了，使他如此伤心的原因是，他想到他所得到的只是这么一点：头脑清醒冷静的人将怀着敬佩的心情惦记着他，而他的对手们却生活下去，受到人们热情的爱戴。

这种思想是我许多经历的写照、归结，起因在于我孤寂时扪心自问的一个问题。今天晚上，前来看望我的挪威的朋友，以言语和行为给了我回答，这个回答比我原来想听到的更为热烈，更为清楚。我将把这个回答视为身处异地最丰硕的收获，我希望，并且我相信，我今天晚上的经验也将是我要去"经历"的经验，并展现在我的作品中。如果真是那样，如果我回国后寄回这么一本书来，那么，我请求大家在接受它的时候把它看成我对今晚会见的握手和感谢。我希望你们在赞叹它的时候，一定记住你也是这本书创作者中的一员。

论理性与热情

—— ［黎巴嫩］纪伯伦

你们的理性与热情，是你航行的灵魂的舵和帆。

假如你的帆或舵毁坏了，你们只能飘流或在海中停住。

因为理性独自统治，是一个禁锢的权力；热情失控的时候，是一个自焚的火焰。

于是那女冠又说：请给我们讲理性与热情。

他回答说：

你的心灵常常是个战场，在战场上，你的"理性与判断"和"热情与嗜欲"开战。

我恨不能在你的心灵中做一个调停者，使我可以让你们心中分子从竞争与衅隙变成合一与和鸣。

但除了你们自己也做个调停者，做个你们心中的各分子的爱者之外，我又能做什么呢？

你们的理性与热情，是你航行的灵魂的舵和帆。

假如你的帆或舵毁坏了，你们只能飘流或在海中停住。

因为理性独自统治，是一个禁锢的权力；热情失控的时候，是一个自焚的火焰。

因此，让你们的心灵将理性升到热情之最高点，让它歌唱；

也让它用理性来引导你们的热情，让它在每日复活中生存，如同大鸾在它自己的灰烬上高翔。

我愿你们把判断和嗜欲，当做你们家中的两位佳客。你们自然不能敬礼一客过于他客，因为过分关心于任一客，必要失去两客的友爱与忠诚。

在万山中，当你坐在白杨的凉荫下，享受那远田和原野的宁静与和平——应当让你的心在沉静中说：上帝安息在理性中。

　　当飓暴卷来的时候，狂风振撼林木，雷电宣告穹苍的威严——应当让你的心在敬畏中说：上帝运行在热情里。

　　只因你们是上帝大气中之一息，是上帝丛林中之一叶，你们也要和他一同安息在理性中，运行在热情里。

对　岸

—— ［印度］泰戈尔

妈妈，如果您同意，
我长大后要做个摆渡的船夫。

我下定决心，有朝一日我定要到河流对岸。
那儿的船只排成一行，系在竹竿上。
人们早晨扛着自己的犁登上船渡过河，去耕耘他们的遥远的田地；
牧人们驱赶着欢腾的牛群游到对面河边的牧场上去；
傍晚的时候，他们从对岸又返回这里，留下豺狼在长满野草的岛上号叫。
妈妈，如果您同意，我长大后要做个摆渡的船夫。

听人说，在那高高的河岸背后，藏着许多奇怪的池塘；
雨后的池塘上浮满了群群野鸭，而环绕池边密密地长着芦苇的地方，水鸟在那儿下蛋；
舞弄着尾巴的竹鸡，把它们细小的足印踩在洁净的软泥上；
夕阳西下，月光应长着白花的长长茂草的邀请在草浪上浮游。
妈妈，如果你同意，我长大后要做个摆渡的船夫。

我整日要往返于河的两岸，村子里所有在河中洗澡的少男少女都会惊奇地瞧着我。
当太阳用最火热的激情拥抱我的时候，我要跑到您身边来，说："妈妈，我肚子饿了！"当白昼完结、阴影在树下俯伏，我就在暮色中回来。
我决不像爸爸那样离开你到城里去工作。
妈妈，如果您同意，我长大后要做个摆渡的船夫。

人类的镜子

如果不把解剖刀深入到人类的行动、
思维和欲望深处无意识的领域，
就不能了解人类精神的全貌，
当然也就不能了解生命的全貌。

——池田大作

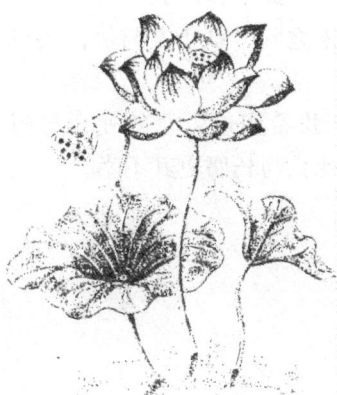

野草·题辞

——[中国] 鲁 迅

野草，根本不深，花叶不美，
然而吸取露，吸取水，吸取陈死人的血和肉，
各各夺取它的生存。

当我沉默着的时候，我觉得充实；我将开口，同时感到空虚。

过去的生命已经死亡。我对于这死亡有大欢喜，因为我借此知道它曾经存活。死亡的生命已经朽腐。我对于这朽腐有大欢喜，因为我借此知道它还非空虚。

生命的泥委弃在地面上，不生乔木，只生野草，这是我的罪过。

野草，根本不深，花叶不美，然而吸取露，吸取水，吸取陈死人的血和肉，各各夺取它的生存。当生存时，还是将遭践踏，将遭删刈，直至于死亡而朽腐。

但我坦然，欣然。我将大笑，我将歌唱。

我自爱我的野草，但我憎恶这以野草作装饰的地面。

地火在地下运行，奔突；熔岩一旦喷出，将烧尽一切野草，以及乔木，于是并且无可朽腐。

但我坦然，欣然。我将大笑，我将歌唱。

天地有如此静穆，我不能大笑而且歌唱。天地即不如此静穆，我或者也将不能。我以这一丛野草，在明与暗，生与死，过去与未来之际，献于友与仇，人与兽，爱者与不爱者之前作证。

为我自己，为友与仇，人与兽，爱者与不爱者，我希望这野草的死亡与朽腐，火速到来。要不然，我先就未曾生存，这实在比死亡与朽腐更其不幸。

去罢，野草，连着我的题辞！

航船中的文明

—— [中国] 朱自清

有了"物质文明"的汽油船，
却又有"精神文明"的航船，使我们徘徊其间，
左右顾而乐之，真是二十世纪中国人的幸福了！

第一次乘夜航船，从绍兴府桥到西兴渡口。

绍兴到西兴本有汽油船。我因急于来杭，又因年来逐逐于火车轮船之中，也想"回到"航船里，领略先代生活的异样的趣味，所以不顾亲戚们的坚留和劝说（他们说航船里是很苦的），毅然决然的于下午六时左右下了船。有了"物质文明"的汽油船，却又有"精神文明"的航船，使我们徘徊其间，左右顾而乐之，真是二十世纪中国人的幸福了！

航船中的乘客大都是小商人，两个军弁是例外。满船没有一个士大夫，我区区或者可充个数儿——因为我曾读过几年书，又忝为大夫之后——但也是例外之例外！真的，那班士大夫到哪里去了呢？这不消说得，都到了轮船里去了：士大夫虽也擎着大旗拥护精神文明，但千虑不免一失，竟为那物质文明的孙儿、满身洋油气的小顽意儿骗得定定的，忍心害理的撇了那老相好。于是航船虽然照常行驶，而光彩已减少许多——这确是一件可以慨叹的事；而"国粹将亡"的呼声，似也不是徒然的了。呜呼，是谁之咎欤？

既然来到这"精神文明"的航船里，正可将船里的精神文明考察一番，才不虚此一行。但从哪里下手呢？这可有些为难，踌躇之间，恰好来了一个女人。——我说"来了"，仿佛亲眼看见，而孰知不然，我知道她"来了"，是在听见她尖锐的语音的时候。至于她的面貌，我至今还没有看见呢。这第一要怪我的近视眼，第二要怪那袭人的暮色，第三要怪——哼——要怪那"男女分坐"的精神文明了。女人坐在前面，男人坐在后面；那女人离我至少有两丈远，所以便不可见其脸了。且慢，这样左怪右怪，"其词若有憾焉"，你们或者猜想那女人怎样美呢，而孰知又大大的不然！我也曾"约略的"看来，都是乡下的黄面婆而已。至于尖锐的语音，那是少年的妇女所常有的，倒也不足为奇。然而这一

次，那来了的女人尖锐的语音竟致劳动区区的执笔者，却又另有缘故，在那语音里，表示出对于航船里精神文明的抗议。她说："男人女人都是人！"她要坐到后面来（因前面太挤，实无他故，合并声明），而航船里的"规矩"是不许的。船家拦住她，她仗着她不是姑娘了，便老了脸皮，大着胆子，慢慢地说了那句话。她随即坐在原处，而"批评家"的议论繁然了。一个船家在船沿上走着，随便的说："男人女人都是人，是的，不错。做称钩的也是铁，做称锤的也是铁，做铁锚的也是铁，都是铁呀！"这一段批评大约十分巧妙，说出诸位"批评家"所要说的，于是众喙都息，这便成了定论。至于那女人，事实上早已坐下来了，"孤掌难鸣"，或者她饱饫了诸位"批评家"的宏论，也不要鸣了罢。"是非之心"，虽然"人皆有之"，而撑船经商者流，对于名教之大防，竟能剖辨得这样"详明"，也着实亏他们了。中国毕竟是礼义之邦，文明之古国呀！——我悔不该乱怪那"男女分坐"的精神文明了！

"祸不单行"，凑巧又来了一个女人。她是带着男人来的。——呀，带着男人！正是，所以才"祸不单行"呀！——说得满口好绍兴的杭州话，在黑暗里隐隐露出一张白脸，带着五六分城市气。船家照他们的"规矩"，要将这一对儿生剌剌的分开；男人不好意思做声，女的却抢着说："我们是'一堆生'① 的！"太亲热的字眼，竟在"规规矩矩的"航船里没了！于是船家命令的嚷道："我们有我们的规矩，不管你'一堆生'不'一堆生'的！"大家都微笑了。有的沉吟的说："一堆生的？"有的惊奇的说："'一堆'生的！"有的嘲讽的说："哼，一堆生的！"在这四面楚歌里，凭你怎样伶牙俐齿，也只得服从了！"妇者，服也"，这原是她的本行呀。只看她也不置辩，毫不懊恼，还是若无其事的和人攀谈，便知她确乎是"服也"了。这不能不感谢船家和乘客诸公"卫道"之功，而论功行赏，船家尤当首屈一指。呜呼，可以风矣！

在黑暗里征服了两个女人，这正是我们的光荣。而航船中的精神文明，也粲然可见了——于是乎书。

---

① 原注："一块儿"也。

面 具

—— ［中国］许地山

> 你看那红的、黑的、白的、青的，
> 喜笑的、悲哀的，目眦怒得欲裂的面容，
> 无论你怎样褒奖，怎样弃嫌，他们一点儿也不改变。

人面原不如那纸制的面具哟！你看那红的、黑的、白的、青的，喜笑的、悲哀的，目眦怒得欲裂的面容，无论你怎样褒奖，怎样弃嫌，他们一点儿也不改变。红的还是红，白的还是白，目眦欲裂的还是目眦欲裂。

人面呢？颜色比那纸制的小玩意儿好而且活动，带着生气。可是你褒奖他的时候，他虽是很高兴，脸上却装出很不愿意的样子；你指摘他有时候，他虽是懊恼，脸上偏要显出勇于纳言的颜色。

人面到底是靠不住呀！我们要学面具，但不要戴他，因为面具后头应当让他空着才好。

小　溪

————［中国］杨　沫

> 在大海里我才发现我是一条美丽的小溪，
> 因为我已把我的涓涓细流，
> 无条件地奉献给了大海。

　　我是一条流淌在崎岖山间的小溪。我满身洒着细碎的光亮，怀着对大自然奇妙的幻想，流呀，顺着山绕过石，不停地流。我有时被乱石阻塞，有时被泥沙搅混，但我浑浑噩噩，不知宇宙的真谛为何，不知生命的价值何在。我绕过碎石，抖抖泥沙，又淙淙地向前流去。还不时仰望夜空，欢乐地听起夜莺的歌唱。

　　一次，猛地撞在重叠的巨石下，我似乎被击碎了。呻吟着看着自己——我已经变成了一畦小水洼，瑟缩在巨石缝隙中。喘息一会儿，感到不自由，我想跳出去，却跳不出。怎么办？我悲伤地哭了。突然大石缝隙中闪过几缕阳光，随着阳光响起亲切的声音："小溪，生活的真理你知道么？挣扎、奋斗、拼搏、超越。"我听着，却不知这声音的含意。我无力挣扎，昏昏睡去。醒来了，不知怎么，我又成了一条小溪。原来是我身边的水多了，自然地从石缝中窜了出来。我又是我了！

　　多么美丽的春天啊，我流淌在山间小路上，路边盛开着艳丽的鲜花，峻岩上嫣红的桃花，轻盈的绿柳，笑靥迎人。我挨着她们轻轻流过。她们对我说："小溪，你就这样快活轻松地流下去吧，这就是你的幸福，你的归宿。"我点点头，得意地顺流而下。

　　一天，突然天昏地瞑、山崩地裂般一声巨响，我猛地不能动弹了。我看不见天，看不见地，看不见红桃绿柳。我虚飘飘不知自己是否还存在。我死了，却又渐渐苏醒。我瑟缩在一块硬壳里动弹不得。溪水被阻隔，我渐渐枯竭、干涸……能等待死亡么？我虚弱地问自己。突然岩缝间闪烁着几束阳光。"啊，太阳！"我大喊着，"我真喜欢你，你是万物之母，你是光明的源泉，如今你又出现了，我要奔向你，请你救救我吧！"……忽而阳光不见了，我听见发自宇宙、也好像发自我自身深处的声音："挣扎、奋斗、拼搏、超越，你才能找回自我！"我沉默了，我想着那欢乐的玫瑰色的日子，但那只是短暂的昙花一现。永恒的、永恒的真理是什么？我叹息、我思索、我寻觅……

阳光又出现了，而且愈来愈灿烂。我似乎有所领悟，于是我开始挣扎，开始奋斗。几经拼搏，几经寻觅，我身上的溪水渐渐多了，渐渐活而有力了。猛一挣扎，我竟从埋藏我的地下跳了出来。经此挫折，我反而比过去粗犷了，宽阔了。我跳跃在岩石、树隙间，有意地寻觅起同伴——原来道道山梁间都有那么多或比我大，或比我小的溪流。它们都和我一样不停地向前奔泻。大自然使我们越靠越近，越聚越宽。终于我们汇聚成河、汇聚成大江，最后我和我的同伴们一齐涌向无边的大海。

在大海里我才发现我是一条美丽的小溪，因为我已把我的涓涓细流，无条件地奉献给了大海。

差不多先生传

——［中国］胡 适

> 他有一双眼睛，但看的不很清楚；
> 有两只耳朵，但听的不很分明；有鼻子和嘴，
> 但他对于气味和口味都不很讲究；
> 他的脑子也不小，但他的记性却不很精明，他的思想也不很细密。

你知道中国最有名的人是谁？

提起此人，人人皆晓，处处闻名。

他姓差，名不多，是各省各县各村人氏。你一定见过他，一定听过别人谈起他。差不多先生的名字天天挂在大家的口头，因为他是中国全国人的代表。

差不多先生的相貌和你和我都差不多。他有一双眼睛，但看的不很清楚；有两只耳朵，但听的不很分明；有鼻子和嘴，但他对于气味和口味都不很讲究；他的脑子也不小，但他的记性却不很精明，他的思想也不很细密。

他常常说："凡事只要差不多，就好了，何必太精明呢？"

他小的时候，他妈叫他去买红糖，他买了白糖回来。他妈骂他，他摇摇头道："红糖白糖不是差不多吗？"

他在学堂的时候，先生问他："直隶省的西边是哪一省？"他说是陕西。先生说："错了。是山西，不是陕西。"他说："陕西同山西不是差不多吗？"

后来他在一个钱铺里做伙计，他也会写，也会算，只是总不会精细，十字常常写成千字，千字常常写成十字。掌柜的生气了，常常骂他。他只笑嘻嘻地道："千字比十字只多一小撇，不是差不多吗？"

有一天，他为了一件要紧的事，要搭火车到上海去。他从从容容地走到火车站，迟了两分钟，火车已开走了。他白瞪着眼，望着远远地火车上的煤烟，摇摇头道："只好明天再走了。今天走同明天走，也还差不多。可是火车公司未免太认真了，八点三十分开，同八点三十二分开，不是差不多吗？"他一面说，一面慢慢地走回家，心里总不很明白为什么火车不肯等他两分钟。

有一天，他忽然得了急病，赶快叫家人去请东街的汪医生。那家人急急忙忙

地跑去，一时寻不着东街的汪大夫，却把西街的牛医生王大夫请来了。差不多先生病在床上，知道寻错了人；但病急了，身上痛苦，心里焦急，等不得了，心里想道："好在王大夫同汪大夫也差不多，让他试试看吧。"于是这位牛医生王大夫走近床前，用医牛的法子给差不多先生治病。不上一点钟，差不多先生就一命呜呼了。

差不多先生差不多要死的时候，一口气断断续续地说道："活人同死人也差……差不多……凡事只要……差……差……不多……就……好了……何……何……必……太……太……认真呢?"他说完了这句格言，方才绝气。

他死后，大家都很称赞差不多先生样样事情看得破，想得通；大家都说他一生不肯认真，不肯算账，不肯计较，真是一位有德行的人，于是大家给他取个死后的法号，叫他圆通大师。

他的名誉越传越远，越久越大。无数无数的人都学他的榜样。于是人人都成了一个差不多先生——然而中国从此就成了一个懒人国了。

事事关心

—— ［中国］邓 拓

片面地只强调读书，而不关心政治；
或者片面地只强调政治，而不努力读书，都是极端错误的。

"风声、雨声、读书声，声声入耳；
家事、国事、天下事，事事关心。"

这是明代东林党首领顾宪成撰写的一副对联。时间已经过去了三百六十多年，到现在，当人们走进江苏无锡"东林书院"旧址的时候，还可以寻见这副对联的遗迹。

为什么忽然想起这副对联呢？因为有几位朋友在谈话中，认为古人读书似乎都没有什么政治目的，都是为读书而读书，都是读死书的。为了证明这种认识不合事实，才提起了这副对联。而且，这副对联知道的人很少，颇有介绍的必要。

上联的意思是讲书院的环境便于人们专心读书。这十一个字很生动地描写了自然界的风雨声和人们的读书声交织在一起的情景，令人仿佛置身于当年的东林书院中，耳朵里好像真的听见了一片朗诵和讲学的声音，与天籁齐鸣。

下联的意思是讲在书院中读书的人都要关心政治。这十一个字充分地表明了当时的东林党人在政治上的抱负。他们主张不能只关心自己的家事，还要关心国家的大事和全世界的事情。那个时候的人已经知道天下不只是一个中国，还有许多别的国家。所以，他们把天下事与国事并提。可见这是指的世界大事，而不限于本国的事情了。

把上下联贯串起来看，它的意思更加明显，就是说一面要致力读书，一面要关心政治，两方面要紧密结合。而且，上联的风声、雨声也可以理解为语带双关，即兼指自然界的风雨和政治上的风雨而言。因此，这副对联的意义实在是相当深长的。

从我们现在的眼光看上去，东林党人读书和讲学，显然有他们的政治目的。尽管由于历史条件的限制，他们当时还是站在封建阶级的立场上，为维护封建制度而进行政治斗争。但是，他们比起那一班读死书的和追求功名利禄的人，总算进步得多了。

当然，以顾宪成和高攀龙等人为代表的东林党人，当时只知道用"君子"和"小人"去区别政治上的正邪两派。顾宪成说："当京官不忠心事主，当地方官不留心民生，隐居乡里不讲求正义，不配称君子。"在顾宪成死后，高攀龙接着主持东林讲席，也是继续以"君子"与"小人"去品评当时的人物，议论万历、天启年间的时政。他们的思想，从根本上说，并没有超出宋儒学，特别是程、朱学说的范围，这也是可以理解的。因为顾宪成讲学的东林书院，本来是宋儒杨龟山创立的书院。杨龟山是程灏、程颐两兄弟的门徒，是"二程之学"的正宗嫡传。朱熹等人则是杨龟山的弟子。顾宪成重修东林书院的时候，很清楚地宣布，他是讲程朱学说的，也就是继承杨龟山的衣钵的。人们如果要想从他的身上找到反封建的革命因素，那恐怕是不可能的。

我们决不需要恢复所谓东林遗风，就让它永远成为古老的历史陈迹去吧。我们只要懂得努力读书和关心政治，这两方面紧密的结合的道理就够了。

片面地只强调读书，而不关心政治；或者片面地只强调政治，而不努力读书，都是极端错误的。不读书而空谈政治的人，只是空头的政治家，决不是真的政治家。真正的政治家没有不努力读书的。完全不读书的政治家是不可思议的。同样，不问政治而死读书本的人，那是无用的书呆子，决不是真正有学问的学者。真正有学问的学者决不能不关心政治。完全不懂政治的学者，无论如何他的学问是不完全的。就这一点说来，所谓"事事关心"实际上也包含着对一切知识都要努力学习的意思在内。

既要努力读书，又要关心政治，这是愈来愈明白的道理。古人尚且知道这种道理，宣扬这种道理难道我们还不如古人，还不懂得这种道理吗？无论如何，我们应该比古人懂得更充分，更深刻，更透彻！

节　操

—— ［中国］曹聚仁

> "哀莫大于心死"，假使人人偷巧躲避为得计，
> 那末，中国读书人，都要个个都变成"汉奸"了！
> "礼义廉耻"之说方兴，我愿国人注重"耻"字，
> 就该把"节操"比一切都看重些。

中国历史上所谓士君子，以节操为重，取巧躲避，却并不是儒家之道。东汉末年，党锢祸起，张俭亡命困迫，无论投向什么人家，只要知道是张俭，明知要惹大祸，大家甘于破家相容。范滂初系黄门北寺狱，同囚的很多生病，滂自请先受榜掠，三木囊头暴于阶下。滂遇赦归乡，又以张俭案株连，朝廷大诛党人，诏下急捕范滂等。督邮吴导抱诏书闭户伏床而泣，范滂听到这消息，知道督邮为的是他自己，便到县自首。县令郭揖解印绶，愿与范滂同走，语滂曰："天下这么大，你怎么到这儿来？"范滂道："我死了，大祸也就完了，怎么可以牵连到别人呢？"滂别母就狱。他的母亲安慰他道："和李膺、杜密死在一起，岂不是很光荣的吗？"党案牵连到李膺，有人劝李膺出走。李膺道："处事不怕难，有罪不逃刑，乃是臣下的本分。我今年已六十，死生有命，往哪儿逃呢？"便就狱受毒刑而死。党案株连所及，各人的门生故吏及其父兄，都在禁锢之列。蜀郡景毅曾叫他的儿子认李膺为门徒，因为未有录牒，免于禁锢。景毅便自请免官，道："因为敬仰李膺的为人，才着儿子去从他，难道漏列名籍，便自苟安了吗？"这种种地方，都可以想见当时士君子重节操，轻性命，不肯躲避取巧的情形。

祸患到来的时候，亲戚故旧远嫌避祸的，本来也很多。但就儒家的节气来说，远嫌避祸，也是不应该的。孔融性刚直，时常和曹操相冲突。友人脂习每劝融明哲保身，后来孔融被曹操所杀，陈尸许下，没人敢去收尸。脂习即往抚尸痛哭，被曹操所拘囚而不顾。又如张俭因党案逃至鲁国，欲投依孔褒，恰巧孔褒不在家，孔融年仅十六，擅自收容下来。后来事泄，褒、融二人均被收送狱。孔融挺身道："我做主收容张俭的，请长官办我的罪！"孔褒道："张俭是来找我的，和舍弟没有关系的，请办我的罪。"吏不能决，只好探问他们母亲的意见。孔母

道："我是家长，我负责任，请办我的罪！"一门争死，连郡县都不能决。我们看了这种舍身赴死的精神，千百年后还振发起来，无怪当时震荡一般人的心灵，大家都要砥砺节操了！

"哀莫大于心死"，假使人人偷巧躲避为得计，那末，中国读书人，都要个个都变成"汉奸"了！"礼义廉耻"之说方兴，我愿国人注重"耻"字，就该把"节操"比一切都看重些。

衣服的用处

—— ［美国］ 亨利·大卫

如果没有了衣服，人们将能多大限度地保持他们的身份？
如果没有了衣服，你还能从一群绅士中间，
准确认出哪一个更高贵吗？

我们多数人采购衣服时都被一个误区引导，那就是受新奇的心理所左右，而忽略了衣服的实际作用。让那些有工作做的人记着穿衣服的目标：第一是保持正常的体温，第二是在目前的社会中起遮羞作用。现在，可以判断一下，有多少必需的重要工作可以完成，而不必在衣橱中增添什么衣服。国王和王后的每件衣服几乎只穿过一次便不穿，他们有专用的裁缝为他们服务，但他们永远体会不到衣服与身体合身的愉快。他们不过是挂干净衣服的木架。而我们的衣服，却一天天地被我们同化了，覆上了穿衣人的性格，直到我们舍不得把它们丢掉，要丢掉它们，正如抛弃我们的躯体那样，总不免百转不舍，需寻医吃药疗此伤痛。

其实没有人穿了有补丁的衣服会在我的眼里降低身份。但我很明白，一般人心里，为了衣服忧思颇多，衣服要穿得入时，至少也要清洁，而且不能有补丁，至于内心的肮脏却全然不去理会。其实，即使衣服破了不补，所暴露的最大缺点也不过是不考虑小洞会变成大洞。有时我用这样的方法来测验我的朋友们，我问他们谁愿把破旧的或带有补丁的衣服穿上去街上走走，结果大多数人都好像认为，如果他们这样做了，从此就毁了终身。宁可跛了一条腿进城，他们也不肯穿着破裤子、破衣服去。一位绅士有腿伤，是很平常的事，这是有办法补救的；如果裤脚管破了，却无法补救，因为人们关心的并不是真正应该敬重的东西，只是那些受人尊敬的东西。

真正与我们相识的人并不多，但我们熟悉的衣裤却不计其数。你给稻草人穿上你最后一件衣服，你自己不穿衣服站在旁边，哪一个经过的人不马上就向稻草人致敬呢？前些天，我经过一片玉米田，就在那头戴帽子、身穿上衣的木桩旁边，我认出了农田主人。他比以前我见到他时憔悴了许多。我听说过，一条狗向所有穿了衣服到它主人的地方来的人吠叫，却很容易被一个裸体的窃贼制服，抿嘴不做任何声响。这是一个多有趣的问题啊，如果没有了衣服，人们将能多大限度地保持他们的身份？如果没有了衣服，你还能从一群绅士中间，准确认出哪一个更高贵吗？

孤 独

—— ［美国］亨利·大卫

孤独不能以人与人的空间距离来度量。
一个专于书本的学生，即使置身于似市场的教室也能够做到视而不见，听而不闻。
整天在地里锄草或在林中伐木的农夫虽只孤身一人，却并不感到孤独，
原因在于他心中有树、有草陪伴。

天边渐渐被晚霞映红，我独坐那里与这美景相融。夜幕降临了，风儿依然在林中呼啸，水仍在拍打着堤岸，一些生灵唱起了动听的催眠曲。夜晚并未因黑暗而寂静，猛兽在追寻猎物。这些大自然的生灵使得生机勃勃的白昼不曾间断。

我与远处黑黢黢的峰峦有一英里之遥，举目四望，不见一片房舍，四周的丛林围起一块属于我的天地。远方邻近水塘的一条铁路线依稀可辨，只是绝大部分时间，这条铁路像是建在莽原之上，少有车过。我时而误认为这里是亚洲或非洲，而不是新英格兰，我独享太阳、月亮和星星，还有我那小小的天地。

我知道友谊是不分国界和类别的。大自然中的一切生物在某种意义上都是相通的。对于生活在大自然之中的人来说，永远没有绝望的时候。我生活中的一些最愉快的时光，莫过于春秋时日阴雨连绵独守空房的时候。

"你一个人住在那儿一定很孤独，很想见见人吧，特别是在雨雪天里。"我经常被这样问。"我们赖以生存的地球不也只是宇宙中的一叶小舟吗？我为什么会感到孤独呢？我们的地球不是在银河系之中吗？"我真想这样回答他们。将人与人分开并使其孤独的空间是什么？我认为躯体的临近并非能拉近心之距离。试问，我们最喜欢逗留何处？当然不是邮局，不是酒吧，不是学校，更非副食商店，纵使这些场所使人摩肩接踵。我们不愿住在人多之处，而喜欢与自然为伍，与人类生命的不竭源泉接近。

我觉得经常独处使人身心健康。与人为伴，即便是与最优秀的人相处也会很快使人厌倦。我喜欢独处，至今为止，我还没有找到一个可以代替独处时感受的朋友。当我们来到异国他乡，虽置身于滚滚人流之中，却常常比独处家中更觉孤独。孤独不能以人与人的空间距离来度量。一个专于书本的学生，即使置身于似

市场的教室也能够做到视而不见，听而不闻。整天在地里锄草或在林中伐木的农夫虽孤身一人，却并不感到孤独，原因在于他心中有树、有草陪伴。但一旦回到家里，他不会继续独处一方，而必定与家人邻居聚在一起，以补偿所谓一天的"寂寞"。于是，他开始困惑：学生怎么能整夜整天地单独坐在房子里而不感到厌倦与沮丧？他没能意识到，学生尽管坐在屋里，却正像他在田野中锄草，在森林中伐木一样。

社会存在的意义早已升值。尽管我们接触频繁，但却没有时间从对方身上发现新的价值。我们不得不遵守着世俗中的一套条条框框，即所谓"礼节"与"礼貌"，才能调和这频繁的接触，不至于变得忍无可忍大打出手。在邮局中，在客栈里，在黑夜的篝火旁，我们到处相逢，我们挤在一起，互相妨碍，彼此设障，长此以往，怎能做到相敬如宾？毫无疑问，保持距离不是内心疏远，更不会影响我们之间的重要交流。假如每平方公里的土地上只住一个人——就像我现在这样，那将更好。频繁地接触不易发现问题，时近时远才能认清人的价值。

身居陋室，以物为伴，独享闲情，特别是清晨无人来访之时。我想这样来比喻，也许能使人对我的生活略知一斑：我不比那湖中嬉水的鸭子或瓦尔登湖本身更孤独，而那湖水又以何为伴呢？我好比茫茫草原上的一株蒲公英，好比一片菜叶，一只蝴蝶，一只蜻蜓，我们都不感到孤独。我好比一条小溪，或那一颗北极星；好比那南来的风，四月的雨，一月的霜，或那新居里的第一只爬虫，我们都不感觉孤独。

艺 术 家

—— ［英国］ 王尔德

他用了"永恒的悲哀",
雕塑出了一个"一时的快乐"。

深夜里,他突发灵感,他想雕塑一个"一时的快乐"的像。为了尽快抓住稍纵即逝的灵感,他便到世界中去找寻青铜。因为他只能用青铜表现他的思想。

可是世界上所有的青铜都不见了,全世界没有一个地方可以找到青铜,唯一的希望只有那个"永恒的悲哀"的青铜雕像。

这铜像是他自己所有的,也是他亲手雕塑的,他把它安放在他生平唯一钟爱的东西的墓上。作为一个人对不死的爱的纪念,作为一个永久存在的悲哀的象征。全世界中除了这个满载爱的雕像,再没有青铜了。

他拿了他从前雕塑的像,把它放进一个大熔炉里,用火来熔化它。他用了"永恒的悲哀",雕塑出了一个"一时的快乐"。

人类的镜子

——［前苏联］普里什文

> 一部文化史就是一篇故事，叙述人类在镜子里看到了什么，
> 而且用它在这面镜子里还将看到什么样的形式来规划我们美好的明天。

　　了解大自然最简单的捷径即是与人亲密接触，那时大自然将成为一面镜子，因为人类的心灵里包含着整个大自然。大自然——这就是为全人类的经济提供的材料，也是我们每一个人走向真理之路的镜子。只要好好思索一下自己的道路，然后根据自己切身的体会去看大自然，那么必然会在那儿看到你个人思想、感情的感受。

　　这好像给人一种简单、容易的感觉，如两滴雨点在电线上互相追逐，一滴雨珠耽搁了一下，另一滴赶上了它，于是两滴水合为一滴，一起落到了地下。这么简单！但如果想想自己，想想人们在孤独中，彼此尚未相遇，尚未会合在一起时心中的感受，带着这些想法去研究水滴的结合，那么就会发现，雨滴、水溶合在一起，原来也很复杂。

　　如果献身于这种研究工作，那么就会像在镜子里一样看见人类的生活，就会发现，整个大自然就是整个人类——这位帝王——生活得像镜子一样的见证者。

　　大自然里有水，它的镜子映照出天空、山峦和森林。人类不仅自己站了起来，他同时还拿起镜子，照见了自己，接着开始细细观察、审视被照出来的自己的形象人。狗在镜子里照见自己，认为那是另一条狗，而不是它自己。

　　很可能只有人能够懂得，镜子里的形象就是他自己。

　　一部文化史就是一篇故事，叙述人类在镜子里看到了什么，而且用它在这面镜子里还将看到什么样的形式来规划我们美好的明天。

论 时 机

—— ［英国］ 培　根

> 在一切大事业上，人在开始做事前要像
> "千眼神"那样察视时机，
> 而在进行时要像"千手神"那样抓住时机。

幸运好比商品，只要错过时机，价格就将变化。它又像那位出卖预言书的西比拉，如果遇到时不及时买，那么当你得知此书重要而想买时，书却已经不全了。

所以古谚说得好，机会老人先给你送上他的头发，当你不慎让他溜走而再去抓时，就只能摸到他的秃头了。或者说他先给你一个可以抓的瓶颈，你不及时抓住，再得到的就是握不得的瓶身了。

若总能在事情的开端找到时机，其实是一种极难得的智慧。例如在一些危险关头，总是看来吓人的危险比真正压倒人的危险要多许多。只要坚强振作精神挺过最难的关头，那么以后的困难也就不显得太难了。

因此，当危险逼近时，善于抓住时机迎头痛击它要比犹豫躲闪更有利。因为犹豫的结果恰恰是错过了克服它的好机会。但也要注意警惕一些幻觉，不要以为敌人真像它在日光下的阴影那样高大。若要过早出击，反而会失去最有利的战机。

总而言之，善于识别与把握时机是极为重要的。在一切大事业上，人在开始做事前要像"千眼神"那样察视时机，而在进行时要像"千手神"那样抓住时机。特别是政治家，秘密的策划与果断的实行更是保护他的隐身盔甲。因为果断与迅速乃是最好的保密方法。要如同疾掠空中的子弹一样，当秘密传开的时候，事情却已经办成了。

金钱的崇拜

—— ［英国］罗 素

崇拜金钱是一种信仰，认为一切东西都要用金钱来衡量，
金钱的数量代表人生成功与否。
这和人的本性并不一致，因为它忽视了生命的需要，
也忽视了对于某些特殊的生长本能的倾向。

崇拜金钱是一种信仰，认为一切东西都要用金钱来衡量，金钱的数量代表人生成功与否。这和人的本性并不一致，因为它忽视了生命的需要，也忽视了对于某些特殊的生长本能的倾向。

它让人误以为除了获取金钱外，别的愿望均不重要。一般说来，恰恰是这些愿望对于人的幸福比收入的增加更为重要。它是一种错误的关于成功的理论，引导人残害了自己的本性，反而去羡慕对于人类幸福毫无裨益的事业。它促使人们的品格和目标趋于完全一致，淹没了人生的真正快乐，取而代之的是沉重与压抑，使整个社会沉浸在消极状态之中。

由于惧怕失掉金钱而发生的忧虑与烦闷，使人把获得幸福的能力消耗掉。而且害怕遭受不幸的打击，比起所受打击的不幸来，还更为不幸。

不论男女，最快乐的人是视金钱如粪土的人。因为他们有某些积极的目标，比金钱更重要。

扫　帚

——［英国］斯威夫特

也许你要说，扫帚乃是树木出了毛病，
出了颠倒情形的象征；
可是请问，人不也是个颠之倒之的动物吗？

　　这把孤零零的扫帚，你别瞧它现在很不光彩地被搁置在偏僻角落，我敢说它过去在树林中也曾一度好运昌隆，汁液饱满，叶茂枝繁；但现在整束干枝被捆在一根枯木之上，穷极机巧也势难妄与自然争衡。目前的情形至多也仅是它过去的一个翻转，一株本末倒置、枝条朝地、根部朝天的树木；一把在每个罚做苦役的女佣人的手下听使唤的东西，而且仿佛命运有意捉弄，专门清理污秽，但自身却难免肮脏，临了在女佣人的手下磨个光秃，不是扔出门外了事，便是最后再行利用一下，点火时候，充把干柴。看到这事，我不能不有所慨然，便自忖道：我们人不是也像这把扫帚吗？试想，当初大自然将人度入这个世界之时，原也是何等强健活泼，欣欣可爱，浓发覆额，有如草木之茂密纷披，但是曾几何时，色斧欲刀早已将其绿叶青枝斩伐殆尽，徒剩此枯干一具，于是遂不得不急靠装扮度日，凭假发掩盖，并因自己一头遍敷香粉但非天然长出的人工头发而自鸣得意；但是设若此时我们这柄扫帚竟突然出现在我们面前，以这些并非自身所生、实系夺自他人的桦叶战利品相夸耀，而且还尘垢满面，尽管是出自美人的香闺绣阁，我们必将对其虚荣大加讪笑。真的，我们对自身的优点与他人的缺点判断起来竟往往是如此失当！

　　也许你要说，扫帚乃是树木出了毛病，出了颠倒情形的象征，可是请问，人不也是个颠之倒之的动物吗？其兽性官能总是高踞于其理想官能之上，其头颅与脚踵往往形同易位，徒自卑屈苟活于天地之间！然而尽管一身是病，却偏好以匡弊正俗者自居，以平冤矫枉者自居，其扒罗之广，甚至连娼妇之隐私也不放过；摘奸发微，张之于世，身所过处，平地生波；且惯于其所正谓消除之污秽中，自身沾染更重，陷溺更深；他的晚年则甘充奴仆于妇人，及至后来，童山濯濯，必与其扫帚兄沦为同一命运，不是被人踢出室外，便是充作点火干柴，以供他人取暖。

自由与克制

—— [英国] 罗斯金

> 上自诸神的职责，下至昆虫的劳作，
> 从星体的均衡到灰尘的引力，一切生物、事物的权力和荣耀，
> 都归于服从而不是自由。

合理有益的法规和适度的克制，虽说是文明国度里的包袱，但它们毕竟不是束人手足的锁链，而是护身的盔甲，是力量的体现。请记住，正是这种克制的必要性，如同劳动的必要性一样，值得人类遵守。

那些整日将自由挂在嘴边的人，并不知道自己迂腐至极。从总体上来讲，从广义上来讲，自由并不是什么值得炫耀的东西，它不过是低级动物的一种属性而已。

事实上，无论伟人还是强者，他们都不能像水中的鱼那样享有自由。人可以有所为，又必须有所不为，而鱼却可以为所欲为。集天下之领土于一体，其总面积也抵不上半个海洋大；纵使将世上所有的交通线路和运载工具都用上，也难比水中鱼凭鳍游来得方便。

只要静下心来重新想一想，你不难发现，正是这种克制，而不是自由被人类引以为荣；进而言之，即便低级动物也是如此。蝴蝶比蜜蜂自由得多，可人们却更赞赏蜜蜂，不就是因为它善于遵从自然社会的某种规则吗？因此，克制往往比自由更值得称赞。

对于自由与克制这两个抽象概念，也不可单凭抽象下结论。因为，倘若你高尚地加以选择，则二者都是好的；反之，二者都是坏的。然而，我要重申一下，在这两者之中，能显示高级动物的特性而又能改造低级动物的，还有赖于克制。而且，上自诸神的职责，下至昆虫的劳作，从星体的均衡到灰尘的引力，一切生物、事物的权力和荣耀，都归于服从而不是自由。太阳是不自由的，但秋叶却可自由飘落；人体的各部没有自由，整体却很和谐。相反，如果各部有了自由，必然导致整体的溃散。

不 朽 感

———[英国] 威廉·赫兹里特

真理、友谊、爱情、书籍能够抵御时间的侵蚀，我们活着的时候只要拥有这些就可以永不衰老。

其实，一个人从一出生开始就不可避免有一死，而这种变化看来就好像是一个寓言。变化尚未开始之前，不把它看作幻想还能当成什么呢？有些事情已经过去很久了，有些地点和人物我们从前见过，如今它已经消失在模糊中，我们不知道，这些事发生时，自己大脑是处于昏睡还是清醒。这些事宛如人生中的梦境，记忆面前的一层薄雾、一缕清烟。我们想要更清楚地回忆时，它们却似乎试图躲开我们的注意。所以，十分自然，我们要回顾的是那段寒酸的往事。

对于某些事，我们却能记忆犹新，仿佛是昨天刚发生的——它们那样生动逼真，以至于成为了我们生命中的永存。因此，无论我们的印象可以追溯多远，我们发觉其他事物仍然要古老些（青年时期，岁月是成倍增加的）。我们读过的那些环境描写，我们时代以前的那些人物，普里阿摩斯和特洛伊战争，即使在当地，已是老人的涅斯托尔仍高兴地常和别人谈起自己的青年时代，尽管他讲到的那些英雄早已不在人世，但在他的讲述中我们仿佛可以看见这么一长串相关的事物，好像它们可以起死回生。于是我们就不由自主地相信这段不确定的生存期限属于我们自己，我们为此也就不感到什么奇怪的了。彼得博罗大教堂有一座苏格兰女王玛丽的纪念碑，我以前常去观看，一边看，一边想象当时的各种事件和此后所发生的种种事情。如果说这许多感情和想象都可以集中出现在转瞬之间的话，那么人的整个一生还有什么不能被包容进去呢？

我们已经走完了过去，我们期待着未来——这就是回归自然。此外，在我们早年的印象里，有一部分经过非常精细的加工后，看来准会被长期保存下去，它们的甜美和纯洁既不能被增加，也不能被夺走——春天最初的气息。

浸满露水的风信子、黄昏时的微光、暴风雨后的彩虹——只要我们还能享受到这些，就证明我们一定还年轻。这是谁也无法改变的事实。真理、友谊、爱情、书籍能够抵御时间的侵蚀，我们活着的时候只要拥有这些就可以永不衰老。

我们一门心思全用在自己所热爱的事情上，所以，我们充满了新的希望，于是，我的心神出窍，失去知觉，永远不朽了。

　　我们不明白内心里某些感情怎么竟会衰颓而变冷。所以，为了保持住它们青春时期最初的光辉和力量，生命的火焰就必须如往常一样燃烧，或者毋宁说，这些感情就是燃料，能够供应神圣灯火点燃"爱的摧魂之光"，让金色彩云环绕在我们头顶上！

美

——［法国］伏尔泰

把美这个词运用到任何事物以前，它一定会在人身上引起尊敬和愉悦的感情。

　　如果问一只雄性狗熊美是什么，绝对的美是什么，它就会回答说是它的雌性狗熊，因为她有黑得发亮的脸庞、锋利的牙齿、厚厚的脚掌、雄壮的体魄和长长的棕毛。如果问一个来自几内亚的黑人美是什么，他就会说，美是黑得油亮的皮肤、深陷的眼睛和一个扁平的鼻子。

　　同样的问题，妖魔会告诉你美就是一对角、四只爪子和一条尾巴。最后，如果去向哲学家们请教，他们的回答将是夸大了的胡言乱语，他们会闭上眼睛，慢慢地说美就是某物符合美的原型并在本质上与其是一致的。

　　我与一位哲学家去看过一场悲剧。"多么美好啊！"当时他说。"你在它里面发现了什么美好的东西？"我问他。"作者已经达到了他的目的。"他说。第二天，他吃了一些对他身体有好处的药。"药达到了它的目的。"我对他说，"多么美好的药啊！"他意识到不能说药是美好的，并意识到在把美这个词运用到任何事物以前，它一定会在人身上引起尊敬和愉悦的感情。他终于承认那场悲剧给了他两种不同的感受，他说这就是美之所在。

　　我们一起去了英国，同样是那场悲剧，翻译得一字不差。可它使所有的观众都打起了哈欠。"天呐！"他说，"美的理念对英国人来说和对法国人来说竟有如此大的差别。"良久思考以后，他得出结论：美是很相对的，就如同在日本是正派的事到了罗马就不正派，在巴黎时髦的东西到了北京就未必兴起。于是他再也无法提起精神去写那篇早已计划好的有关美的长篇论文。

一个树木的家庭

——［法国］于·列那尔

> 他们的死亡是缓慢的，
> 他们让死去的树也站立着，
> 直至朽腐而变成尘埃。

一个烈日当头的中午，我穿过一片郁葱的草原与他们偶遇。

他们不喜欢声音，没有住到路边。他们居住在未开垦的田野上，靠着一道只有鸟儿才知道的清泉。

遥望树林，似乎密不可入。但当我靠近，树枝和树干渐渐松开。他们谨慎地欢迎我。我可以休息、乘凉，但我猜测，他们正监视着我，不敢掉以轻心。

他们的家也有长幼、尊卑之分，年纪最大的住在中间，而那些小家伙，有些还刚刚长出第一批叶子，却遍地皆是，从不分离。

他们的死亡是缓慢的，他们让死去的树也站立着，直至朽腐而变成尘埃。

他们用枝条互相抚摸、问候，感觉同伴的存在。如果风气喘吁吁地要将他们连根拔起，他们的手臂就愤怒挥动。但是，在他们之间，却没有任何争吵，有的只是和睦的低语。

这才应是我真正的家。另一个家我很快会忘掉。这些树木会逐渐逐渐接纳我，而为了表示我的诚意，我开始学习应该做到的事情：

我已开始监视流云。

我也已开始呆在原地一动不动。

而且，我几乎开始沉默。

杂 木 林

—— ［日本］ 德富芦花

　　绿叶扶疏时期，请到这林中看一看吧。
　　　　　　　　　　片片树叶搪着日影。
　　　　　　　　绿玉、碧玉在头上织成翠盖。
　　自己的脸也变得碧青了，倘若假寐片刻，那梦也许是绿的。

　　东京西郊，直到多摩河一带，有一些丘陵和山谷。谷底有几条道路。登这座丘陵，曲曲折折地上去。山谷有的地方开辟成水田，有小河流过，河上偶尔可以看到水车。丘陵多被拓成了旱地，到处残留着一块块杂木林。我爱这些杂木林。

　　树木中，栎、榛、栗、栌居多。大树稀少，多半是从砍伐的木墩上簇生的幼树。树下的草地收拾得干干净净。赤松、黑松等名贵树木，高高而立，翠盖挺秀，遮掩着碧空。

　　下霜时节，收获萝卜。一林黄叶锦，不羡枫林红。

　　木叶尽脱，寒林千万枝，簇簇刺寒空。好景致！日落烟满地，空中的林梢变成淡紫色，月大如盆，尤为好景致！

　　春来了，淡褐、淡绿、淡红、淡紫、嫩黄等柔和之色消尽了。树木长出了新芽。正是樱花独自狂傲争春的时节。

　　绿叶扶疏时期，请到这林中看一看吧。片片树叶搪着日影。绿玉、碧玉在头上织成翠盖。自己的脸也变得碧青了，倘若假寐片刻，那梦也许是绿的。

　　秋蘑长出的时节，林子周围的胡枝子和芒草抽穗了。女郎花和萱草遍生于树林之中。大自然在这里建造了一座百草园。有月好，无月亦好。风清露冷之夜，就在这林子边上走一走吧，听一听松虫、铃虫、纺织娘等的鸣叫。百虫唧唧，如秋雨洒遍大地。要是亲手编一只收养秋虫的笼子倒也有趣得很。

不能承诺的

—— [德国] 尼 采

> 爱一个人不仅要心中有爱，而且还要把爱用行动表达出来，
> 亦即纵使不再爱了，由于别的企图，说不定依然会同样地有爱的表现。
> 于是，在别人脑海中，这一份爱仿佛是永远不变的。

行动是可以承诺的东西，而感情却无法予以承诺。

毕竟感情这种东西太复杂了。一个人如果向谁承诺要永远爱他，永远恨他，或永远对他忠实，这明明是在答应别人一项自己无法做到的事情。

但是，有时出于别的企图，他表面上依然可以终生地爱你、恨你和对你忠诚，因为在同一种行动当中，可能包括着为数可观的动机。

爱一个人不仅要心中有爱，而且还要把爱用行动表达出来，亦即纵使不再爱了，由于别的企图，说不定依然会同样地有爱的表现。于是，在别人脑海中，这一份爱仿佛是永远不变的。

换句话说，当有人指天发誓说他对你的爱此生不渝时，他是在发誓说他爱你永远是在表面上，而不是在心里。

差 别

—— ［德国］克里斯蒂安森

老板一边耐心地听着他的怨言，
一边在心里盘算着怎样向他解释清楚他和阿诺德之间的差别。

阿诺德和布鲁诺同在一家店铺做工，享受同等待遇。

几个月过去了，叫阿诺德的小伙子青云直上，而那个叫布鲁诺的小伙子却仍在原地踏步。

布鲁诺见阿诺德多拿薪水，心中抱怨老板不公。终于有一天他到老板那儿发牢骚了。老板一边耐心地听着他的怨言，一边在心里盘算着怎样向他解释清楚他和阿诺德之间的差别。

"布鲁诺，"老板开口说话了，"你到集市上去一下，看看今天早上有什么卖的。"

布鲁诺从集市上回来汇报说："老板，今早集市上只有一个农民拉了一车土豆在卖。"

"有多少？"老板问。

布鲁诺赶快戴上帽子又跑到集市上，回来告诉老板一共有40口袋土豆。

"多少钱一袋？"

布鲁诺又第三次跑到集市上问了每袋土豆的价钱。

"就到这里吧，"老板对他说，"现在请您坐到这把椅子上，一句话也不要说，看看别人怎么做。"

阿诺德很快就从集市上回来了，并汇报说到："老板，到现在为止只有一个农民在卖土豆，一共四十口袋，每袋三十元钱。我带回来一个让老板看看。那个农民一会儿还会弄来几箱西红柿，据我看价格非常公道。昨天我们铺子的西红柿卖得很快，库存已经不多了。我想这么便宜的西红柿老板肯定会要进一些的，所以我还带回了一个西红柿的样品，而且把那个农民也带来了，他现在正在外面等回话呢。"

此时老板转向了坐在一旁的布鲁诺，说："我想，你现在已经知道阿诺德的薪水为什么比你高了吧！"

普罗米修斯

—— [奥地利] 卡夫卡

传说有人竭力要解释那不可解释的，
但是它终归源自真理的底层，
所以，它只能落得个不可解释。

有四种关于普罗米修斯的传说：

第一种传说：他由于把众神的秘密泄露给了人类，所以被钉在高加索的一块岩石上，众神派鹰来啄食他的肝，而他的肝很快就会重新长出。

第二种传说：普罗米修斯忍受不了鹰啄肝的痛苦，便把自身日益往岩石深处挤进去，终于同岩石合二为一了。

第三种传说：在几千年的过程中间，他的叛逆行为被遗忘了，被众神和鹰遗忘了，也被他自己遗忘了。

第四种传说：人类对此事的兴趣已消失殆尽。众神也逐渐厌倦了，鹰也逐渐厌倦了，伤口也厌倦地愈合了。

只遗留下不可解释的大块岩石。传说有人竭力要解释那不可解释的，但是它终归源自真理的底层，所以，它只能落得个不可解释。

脸

....

——［奥地利］里尔克

世界上有几十亿的人口，
脸的数目一定会比人口数多，
因为每个人都拥有几张不同的脸。

从我早上睁开眼睛时开始，我就要学习去了解我所见的一切事物，而且使这项工作持续下去。虽然有时心里还不甚平静，但总是毫不倦怠地学习着。

世界上有多少不同的脸呢？这是我直到现在还不想去知道的问题。世界上有几十亿的人口，脸的数目一定会比人口数多，因为每个人都拥有几张不同的脸。

不过，世界上也不乏无论在任何时间都戴着同一张脸的人，当然这张脸也会损伤、污秽，甚至从皱纹处开始破裂，就像旅行时所带的旅行袋一样，数量不足会时常发生，这种人就属于节俭单纯的人。

然而，也有人不赞同这种做法，他们一次又一次地更换脸孔，令人觉得恐怖，但当他不到四十岁或已经四十岁时，他们头上的那张脸已经变成他们最后的一张脸，再也没有可替换的脸了。当然，悲剧的结局是不可避免的了。

但是，这些人并不习惯重视他们的脸，连最后的一张脸都在不到一个星期里就损伤了，并且有凹洞，每个地方都变得像纸一样薄。到最后，没有化妆的皮肤就变成一张不能称之为脸的脸了。戴着这样的脸，他们不能出门，只能呆在家里，像个监狱的囚徒。

不同的追求

—— ［黎巴嫩］纪伯伦

你有你的思想，
我有我的思想。

你的思想把追逐名誉和出风头放在首位。

我的思想却要求我远离这些世俗的东西，像对待撒在天国海滩上的一粒粒沙子一样。

你的思想把傲慢和优越感灌输给你。

我的思想却让我对和平充满热爱，对独立充满渴求。

你的思想尽做美梦，梦见缀满珠宝的檀香木家具和丝线织成的床。

我的思想却一再告诉我："即使你的头没地方靠，也要保持身体和精神的洁净。"

你的思想把祈求官阶和地位放在首位。

我的思想却要求我谦卑地为他人服务。

你有你的思想，我有我的思想。

你的思想是社会的科学，是一部宗教和政治词典。

我的思想却是一条简单的公理。

你的思想使你把漂亮的女人、丑陋的女人、善良的女人、卖身的女人、有文化的女人和愚蠢的女人挂在嘴边。

我的思想使我把天下所有女人都当做是男人的母亲、姐妹或女儿。

你的思想里的臣民全部由小偷、罪犯和谋杀者充当。

我的思想断言小偷是垄断的产物，罪犯是暴君的后代，谋杀者和杀人者皆属同类。

你的思想把法律、法庭、审判和惩罚作为描述对象。

我的思想则解释人们在制定法律的时候，既不想违犯它也不想遵守它。若有一条基本的法律，那么，我们在它面前必须得到同样的对待。

你的思想把有技巧的人、知识分子、艺术家、哲学家和牧师当做关心对象。

我的思想却对爱情、挚爱、诚实、真诚、坦率、仁慈和牺牲作大幅宣传。

你的思想拥护犹太教、婆罗门教、佛教、基督教和伊斯兰教。

我的思想里却把一个普通的宗教奉为法典，它的各种不同的途径只不过是上帝仁慈的手指。

在你的思想里有富人、穷人和乞丐。

我的思想里却只有生活，而无财富，我们全是乞丐，没有慈善者存在，只有生活本身存在。

你有你的思想，我有我的思想。

裁　判

—— ［印度］泰戈尔

> 唯独我一个人有权利骂他罚他，
> 因为治他是有条件的，那就是首先要爱他。

我不管你如何评说他，可是我是知道我的孩子的弱点的。

我并不是因为他的优点而爱他，我爱他是因为他是我的幼稚的孩子。

权衡他的优点和缺点时，你怎么会知道他有多么可爱？

当我非惩罚他不可的时候，我就越感觉到他是我的一部分。

当我使他流泪的时候，我的心和他一同哭泣。

唯独我一个人有权利骂他罚他，因为治他是有条件的，那就是首先要爱他。

社会的波浪

在这个世界上，
好和坏常常结合在一起，
其间有悲伤也有欢乐，
把好和坏协调起来是一件最难办的事情，
但我们看见恶时，
也应看到善。

—— 泰戈尔

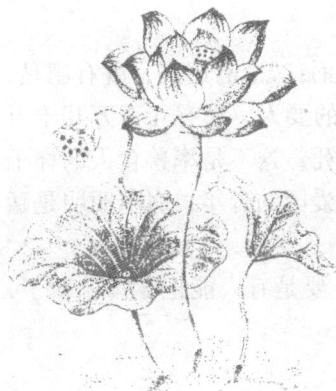

洪水与猛兽

——［中国］蔡元培

对付新思潮，也要舍湮法用导法，
让他自由发展，定是有利无害的。
孟氏称"禹之治水，行其所无事"，
这正是旧派对付新派的好方法。

二千二百年前，中国有个哲学家孟轲，他说国家的历史常是"一乱一治"的。他说第一次大乱是四千二百年前的洪水，第二次大乱是三千年前的猛兽，后来说到他那时候的大乱，是杨朱、墨翟的学说。他又把自己的距杨、墨，比较禹的抑洪水、周公的驱猛兽。所以崇奉他的人，就说杨、墨之害，甚于洪水猛兽。后来一些学者，要是攻击别种学说，总是袭用"甚于洪水猛兽"这句话。譬如唐、宋儒家，攻击佛、老，用他；清朝程朱派，攻击陆王派，也用他；现在旧派攻击新派，也用他。

我以为用洪水来比新思潮，很有几分相像。他的来势很勇猛，把旧日的习惯冲破了，总有一部分的人感受苦痛；仿佛水源太旺，旧有的河槽，不能容受他，就泛滥岸上，把田庐都扫荡了。对付洪水，要是如鲧的用湮法，便愈湮愈快，不可收拾。所以禹改用导法，这些水归了江河，不但无害，反有灌溉之利了。对付新思潮，也要舍湮法用导法，让他自由发展，定是有利无害的。孟氏称"禹之治水，行其所无事"，这正是旧派对付新派的好方法。

至于猛兽，恰好作军阀的写照。孟氏引公明仪的话："庖有肥肉，厩有肥马，民有饥色，野有饿莩，此率兽而食人也。"现在军阀的要人，都有几百万几千万的家产，奢侈的了不得，别种好好做工的人，穷的饿死，这不是率兽食人的样子么？现在天津、北京的军人，受了要人的指使，乱打爱国的青年，岂不明明是猛兽的派头么？

所以中国现在的状况，可算是洪水与猛兽竞争。要是有人能把猛兽驯服了，来帮同疏导洪水，那中国就立刻太平了。

"今"

——［中国］李大钊

> 吾人在世，不可厌"今"而徒回思"过去"，
> 梦想"将来"，以耗误"现在"的努力；
> 又不可以"今"境自足，毫不拿出"现在"的努力，谋"将来"的发展。
> 宜善用"今"，以努力为"将来"之创造。
> 由"今"所造的功德罪孽，永久不灭。

我以为世间最可宝贵的就是"今"，最易丧失的也是"今"，因为他最容易丧失，所以更觉得他可以宝贵。

为甚么"今"最可宝贵呢？最好借哲人耶曼孙所说的话答这个疑问："尔若爱千古，尔当爱现在。昨日不能唤回来，明天还不确实，尔能确有把握的就是今日。今日一天，当明日两天。"

为甚么"今"最易丧失呢？因为宇宙大化，刻刻流转，绝不停留。时间这个东西，也不因为吾人贵他爱他稍稍在人间留恋。试问吾人说"今"说"现在"，茫茫百千万劫，究竟那一刹那是吾人的"今"，是吾人的"现在"呢？刚刚说他是"今"是"现在"，他早已风驰电掣的一般，已成"过去"了。吾人若要糊糊涂涂把他丢掉，岂不可惜？

有的哲学家说，时间但有"过去"与"未来"，并无"现在"。有的又说，"过去""未来"皆是"现在"。我以为"过去未来皆是现在"的话倒有些道理。因为"现在"就是所有"过去"流入的世界，换句话说，所有"过去"都埋没于"现在"的里边。故一时代的思潮，不是单纯在这个时代所能凭空成立的，不晓得有几多"过去"时代的思潮，差不多可以说是由所有"过去"时代的思潮，一凑合而成的。吾人投一石子于时代潮流里面，所激起的波澜声响，都向永远流动传播，不能消灭。屈原的《离骚》，永远使人人感泣。打击林肯头颅的枪声，呼应于永远的时间与空间。一时代的变动，绝不消失，仍遗留于次一时代，这样传演，至于无穷，在世界中有一贯相联的永远性。昨日的事件，与今日的事件，合构成数个复杂事件。此数个复杂事件，与明日的数个复杂事件，更合构成

数个复杂事件。势力结合势力，问题牵起问题。无限的"过去"，都以"现在"为归宿。无限的"未来"，都以"现在"为渊源。"过去""未来"的中间，全仗有"现在"以成其连续，以成其永远，以成其无始无终的大实在。一擎现在的铃，无限的过去、未来皆遥相呼应。这就是"过去未来皆是现在"的道理，这就是"今"最可宝贵的道理。

现时有两种不知爱"今"的人：一种是厌"今"的人，一种是乐"今"的人。

厌"今"的人也有两派。一派是对于"现在"一切现象都不满足，因起一种回顾"过去"的感想。他们觉得"今"的总是不好，古的都是好。政治、法律、道德、风俗，全是"今"不如古。此派人唯一的希望在复古。他们的心力全施于复古的运动。一派是对于"现在"一切现象都不满足，与复古的厌"今"派全同，但是他们不想"过去"，但盼"将来"。盼"将来"的结果，往往流于梦想，把许多"现在"可以努力的事业都放弃不做，单是耽溺于虚无缥缈的空玄境界。这两派人都是不能助益进化，并且很足阻滞进化的。

乐"今"的人大概是些无志趣无意识的人，是些对于"现在"一切满足的人。他们觉得所处境遇可以安乐优游，不必再商进取，再为创造。这种人丧失"今"的好处，阻滞进化的潮流，同厌"今"派毫无区别。

原来厌"今"为人类的通性。大凡一境尚未实现以前，觉得此境有无限的佳趣，有无疆的福利；一旦身陷其境，却觉不过尔尔，随即起一种失望的念，厌"今"的心。又如吾人方处一境，觉得无甚可乐；而一旦其境变易，却又觉得其境可恋，其情可思。前者为企望"将来"的动机，后者为反顾"过去"的动机。但是回想"过去"，毫无效用，且空耗努力的时间。若以企望"将来"的动机，而尽"现在"的势力，则厌"今"思想，却大足为进化的原动。乐"今"是一种情性，须再进一步，了解"今"所以可爱的道理。全在凭他可以为创造"将来"的努力，决不在得他可以安乐无为。

热心复古的人，开口闭口都是说"现在"的境象若何黑暗，若何卑污，罪恶若何深重，祸患若何剧烈。要晓得"现在"的境象倘若真是这样黑暗，这样卑污，罪恶这样深重，祸患这样剧烈，也都是"过去"所遗留的宿孽，断断不是"现在"造的；全归咎于"现在"，是断断不能受的。要想改变他，但当努力以回复"过去"。

照这个道理讲起来，大实在的瀑流，永远由无始的实在向无终的实在奔流。吾人的"我"，吾人的生命，也永远合所有生活上的潮流，随着大实在的奔流，以为扩大，以为继续，以为进转，以为发展。故实在即动力，生命即流转。

忆独秀先生曾于《一九一六年》文中说过，青年欲达民族更新的希望，"必自杀其一九一五年之青年，而自重其一九一六年之青年"。我尝推广其意，也说过人生唯一的蕲向，青年唯一的责任，在"从现在青春之我，扑杀过去青春之我；促今日青春之我，禅让明日青春之我"。"不仅以今日青春之我，追杀今日白首之我，并宜以今日青春之我，豫杀来日白首之我。"实则历史的现象，时时流转，时时变易，同时还遗留永远不灭的现象和生命于宇宙之间，如何能杀得？所谓杀者，不过使今日的"我"不仍旧沉滞于昨天的"我"。而在今日之"我"中，固明明有昨天的"我"存在。不只有昨天的"我"，昨天以前的"我"，乃至十年二十年百千万亿年的"我"，都俨然存在于"今我"的身上。然则"今"之"我"，"我"之"今"，岂可不珍重自将，为世间造些功德。稍一失脚，必致遗留层层罪恶种子于"未来"无量的人，即未来无量的"我"。永不能消除，永不能忏悔。

我请以最简明的一句话写出这篇的意思来：

吾人在世，不可厌"今"而徒回思"过去"，梦想"将来"，以耗误"现在"的努力；又不可以"今"境自足，毫不拿出"现在"的努力，谋"将来"的发展。宜善用"今"，以努力为"将来"之创造。由"今"所造的功德罪孽，永久不灭。故人生本务，在随实在之进行，为后人造大功德，供永远的"我"享受、扩张、传袭，至无穷极，以达"宇宙即我，我即宇宙"之究竟。

知了世界

—— ［中国］鲁 迅

劳心者治人，劳力者治于人；
治于人者食人，治人者食于人。

中国的学者们，多以为各种智识，一定出于圣贤，或者至少是学者之口；连火和草药的发明应用，也和民众无缘，全由古圣王一手包办：燧人氏、神农氏。所以，有人以为"一若各种智识，必出诸动物之口，斯亦奇矣"，是毫不足奇的。

况且，"出诸动物之口"的智识，在我们中国，也常常不是真智识。天气热得要命，窗门都打开了，装着无线电播音机的人家，便都把音波放到街头，"与民同乐"。咿咿唉唉，唱呀唱呀。外国我不知道，中国的播音，竟是从早到夜，都有戏唱的，它一会儿尖，一会儿沙。只要你愿意，简直能够使你耳根没有一刻清净。同时开了风扇，吃着冰淇淋，不但和"水位大涨""旱象已成"之处毫不相干，就是和窗外流着油汗、整天在挣扎过活的人们的地方，也完全是两个世界。

我在咿咿唉唉的曼声高唱中，忽然记得了法国诗人拉芳丁的有名的寓言：《知了和蚂蚁》。也是这样的火一般的太阳的夏天，蚂蚁在地面上辛辛苦苦地作工，知了却在枝头高吟，一面还笑蚂蚁俗。然而秋风来了，凉森森的一天比一天凉，这时知了无衣无食，变了小瘪三，却给早有准备的蚂蚁教训了一顿。这是我在小学校"受教育"的时候，先生讲给我听的。我那时好像很感动，至今有时还记得。

但是，虽然记得，却又因了"毕业即失业"的教训，意见和蚂蚁已经很不同。秋风是不久就来的，也自然一天凉比一天，然而那时无衣无食的，恐怕倒正是现在的流着油汗的人们；洋房的周围固然静寂了，但那是关紧了窗门，连音波一同留住了火炉的暖气，遥想那里面，大约总依旧是咿咿唉唉，《谢谢毛毛雨》。

"出诸动物之口"的智识，在我们中国岂不是往往不适用的么？

中国自有中国的圣贤和学者。"劳心者治人，劳力者治于人；治于人者食人，治人者食于人",说得多么简洁明白。如果先生早将这教给我,我也不至于有上面的那些感想,多费纸笔了。这也就是中国人非读中国古书不可的一个好证据罢。

说"面子"

——〔中国〕鲁 迅

面子像是很有好几种的，每一种身份，
就有一种"面子"，也就是所谓"脸"。
这"脸"有一条界线，如果落到这线的下面去了，
即失了面子，也叫做"丢脸"。
不怕"丢脸"，便是"不要脸"。
但倘使做了超出这线以上的事，就"有面子"，或曰"露脸"。

"面子"，是我们在谈话里常常听到的，因为好像一听就懂，所以细想的人大约不很多。

但近来从外国人的嘴里，有时也听到这两个音，他们似乎在研究。他们以为这一件事情，很不容易懂，然而是中国精神的纲领，只要抓住这个，就像二十四年前的拔住了辫子一样，全身都跟着走动了。相传前清时候，洋人到总理衙门去要求利益，一通威吓，吓得大官们满口答应，但临走时，却被从边门送出去。不给他走正门，就是他没有面子；他既然没有了面子，自然就是中国有了面子，也就是占了上风了。这是不是事实，我断不定，但这故事，"中外人士"中是颇有些人知道的。

因此，我颇疑心他们想专将"面子"给我们。

但"面子"究竟是怎么一回事呢？不想还好，一想可就觉得糊涂。它像是很有好几种的，每一种身份，就有一种"面子"，也就是所谓"脸"。这"脸"有一条界线，如果落到这线的下面去了，即失了面子，也叫做"丢脸"。不怕"丢脸"，便是"不要脸"。但倘使做了超出这线以上的事，就"有面子"，或曰"露脸"。而"丢脸"之道，则因人而不同，例如车夫坐在路边赤膊捉虱子，并不算什么，富家姑爷坐在路边赤膊捉虱子，才成为"丢脸"。但车夫也并非没有"脸"，不过这时不算"丢"，要给老婆踢了一脚，就躺倒哭起来，这才成为他的"丢脸"。这一条"丢脸"律，是也适用于上等人的。这样看来，"丢脸"的机会，似乎上等人比较的多，但也不一定，例如车夫偷一个钱袋，被人发见，是失

了面子的；而上等人大捞一批金珠珍玩，却仿佛也不见得怎样"丢脸"，况且还有"出洋考察"，是改头换面的良方。

谁都要"面子"，当然也可以说是好事情，但"面子"这东西，却实在有些怪。九月三十日的《申报》就告诉我们一条新闻：沪西有业木匠大包作头之罗立鸿，为其母出殡，邀开"赁器店之王树宝夫妇帮忙，因来宾众多，所备白衣，不敷分配，其时适有名王道才，绰号三喜子，亦到来送殡，争穿白衣不遂，以为有失体面，心中怀恨……邀集徒党数十人，各执铁棍，据说尚有持手枪者多人，将王树宝家人乱打，一时双方有剧烈之战争，头破血流，多人受有重伤。……"白衣是亲族有服者所穿的，现在必须"争穿"而又"不遂"，足见并非亲族，但竟以为"有失体面"，演成这样的大战了。这时候，好像只要和普通有些不同便是"有面子"，而自己成了什么，却可以完全不管。这类脾气，是"绅商"也不免发露的：袁世凯将要称帝的时候，有人以列名于劝进表中为"有面子"；有一国从青岛撤兵的时候，有人以列名于万民伞上为"有面子"。

所以，要"面子"也可以说并不一定是好事情——但我并非说，人应该"不要脸"。现在说话难，如果主张"非孝"，就有人会说你在煽动打父母；主张男女平等，就有人会说你在提倡乱交——这声明是万不可少的。

况且，"要面子"和"不要脸"实在也可以有很难分辨的时候。不是有一个笑话么：一个绅士有钱有势，我假定他叫四大人罢，人们都以能够和他攀谈为荣。有一个专爱夸耀的小瘪三，一天高兴的告诉别人道："四大人和我讲话了！"人问他："说什么呢？"答道："我站在他门口，四大人出来了，对我说：滚开去！"当然，这是笑话，是形容这人的"不要脸"，但在他本人，是以为"有面子"的，如此的人一多，也就真成为"有面子"了。别的许多人，不是四大人连"滚开去"也不对他说么？

在上海，"吃外国火腿"虽然还不是"有面子"，却也不算怎么"丢脸"了，然而比起被一个本国的下等人所踢来，又仿佛近于"有面子"。

中国人要"面子"，是好的，可惜的是这"面子"是"圆机活法"，善于变化，于是就和"不要脸"混起来了。长谷川如是闲说"盗泉"云："古之君子，恶其名而不饮；今之君子，改其名而饮之。"也说穿了"今之君子"的"面子"的秘密。

论不满现状

—— ［中国］ 朱自清

> 老百姓的忍耐性，这里面包括韧性和惰性，
> 虽然很大，却也有个限度。
> "狗急跳墙"，何况是人！
> 到了现状坏到怎么吃苦还是活不下去的时候，人心浮动，
> 也就是情绪高涨，老百姓本能的不顾一切的起来了，他们要打破现状。

　　哪一个时代事实上总有许许多多不满现状的人。现代以前，这些人怎样对付他们的"不满"呢？在老百姓是怨命，怨世道，怨年头。年头就是时代，世道由于气数，都是机械的必然；主要的还是命，自己的命不好，才生在这个世道里，这个年头上，怪谁呢！命也是机械的必然。这可以说是"怨天"，是一种定命论。命定了吃苦头，只好吃苦头，不吃也得吃。读书人固然也怨命，可是强调那"时世日非""人心不古"的慨叹，好像"人心不古"才"时世日非"的。这可以说是"怨天"而兼"尤人"，主要的是"尤人"。人心为什么会不古呢？原故是不行仁政，不施德教，也就是贤者不在位，统治者不好。这是一种唯心的人治论。可是贤者为什么不在位呢？人们也只会说："天实为之！"这就又归到定命论了。可是读书人比老百姓强，他们可以做隐士，啸傲山林，让老百姓养着，固然没有富贵荣华，却不至于吃着老百姓吃的那些苦头。做隐士可以说是不和统治者合作，也可以说是扔下不管。所谓"穷则独善其身"，一般就是这个意思。既然"独善其身"，自然就管不着别人死活和天下兴亡了。于是老百姓不满现状而忍下去，读书人不满现状而避开去，结局是维持现状，让统治者稳坐江山。但是读书人也要"达则兼善天下"。从前时代这种"达"就是"得君行道"，真能得君行道，当然要多多少少改变那自己不满别人也不满的现状。可是所谓别人，还是些读书人；改变现状要以增加他们的利益为主，老百姓只能沾些光，甚至于只担个名儿。若是太多照顾到老百姓，分了读书人的利益，读书人会更加不满，起来阻挠改变现状，他们这时候是宁可维持现状的。宋朝王安石变法，引起了大反动，就是个显明的例子。有些读书人虽然不能得君行道，可是一辈子憧憬

着有这么一天。到了既穷且老，眼看着不会有这么一天了，他们也要著书立说，希望后世还可以有那么一天，行他们的道，改变改变那不满人意的现状。但是后世太渺茫了，自然还是自己来办的好，那怕只改变一点儿，甚至于只改变自己的地位，也是好的。况且能够著书立说的究竟不太多；著书立说诚然渺茫，还是一条出路，连这个也不能，那一腔子不满向哪儿发泄呢！于是乎有了失志之士或失意之士。这种读书人往往不择手段，只求达到目的。政府不用他们，他们就去依附权门，依附地方政权，依附割据政权，甚至于和反叛政府的人合作，极端的甚至于甘心去做汉奸，像刘豫、张邦昌那些人。这种失意的人往往只看到自己或自己的一群的富贵荣华，没有原则，只求改变，甚至于只求破坏他们，好在混水里捞鱼。这种人往往少有才，挑拨离间，诡计多端，可是得依附某种权力，才能发生作用，他们只能做俗话说的"军师"。统治者却又讨厌又怕这种人，他们是捣乱鬼！但是可能成为这种人的似乎越来越多，又杀不尽，于是只好给些闲差，给些干薪，来绥靖他们，吊着他们的口味。这叫做"养士"，为的正是维持现状，稳坐江山。

然而老百姓的忍耐性，这里面包括韧性和惰性，虽然很大，却也有个限度。"狗急跳墙"，何况是人！到了现状坏到怎么吃苦还是活不下去的时候，人心浮动，也就是情绪高涨，老百姓本能的不顾一切的起来了，他们要打破现状。他们不知道怎样改变现状，可是一股子劲先打破了它再说，想着打破了总有希望些。这种局势，规模小的叫"民变"，大的就是"造反"。农民是主力，他们有他们自己的领导人，在历史上这种"民变"或"造反"并不少，但是大部分都给暂时的压下去了，统治阶级的史官往往只轻描淡写的带几句，甚至于削去不写，所以看来好像天下常常太平似的。然而汉明两代都是农民打出来的天下，老百姓的力量其实是不可轻视的。不过汉明两代虽然是老百姓自己打出来的，结局却依然是一家一姓稳坐江山；而这家人坐了江山，早就失掉了农民的面目，倒去跟读书人一鼻孔出气。老百姓出了一番力，所得的似乎不多；是打破了现状，可又复原了现状，改变是很少的。至于权臣用篡弑，军阀靠武力，夺了政权，换了朝代，那改变大概是更少了罢。

过去的时代以私人为中心，自己为中心，读书人如此，老百姓也如此。所以老百姓打出来的天下还是归于一家一姓，落到读书人的老套里。从前虽然也常说"众擎易举"，"众怒难犯"，也常说"爱众"，"得众"，然而主要的是"一人有庆，万众赖之"的，"天与人归"的政治局势，那"众"其实是"一盘散沙"而已。现在这时代可改变了。不论叫"群众"、"公众"、"民众"、"大众"，这个"众"的确已经表现一种力量，这种力量从前固然也潜在着，但是非常微弱，现在却强大起来，渐渐足以和统治阶级对抗了，而且还要一天比一天强大。大家在内忧外患里增加了知识和经验，知道了"团结就是力量"，他们渐渐在扬弃那机械的定命论，也渐渐在扬弃那唯心的人治论。一方面读书人也渐渐和统治阶级拆伙，变质为知识阶级。他们已经不能够找到一个角落去不闻理乱的隐居避世，又不屑做也幸而已经没有地方去做"军师"，他们又不甘心做那被人"养着"的"士"，而知识分子又已经太多，事实上也无法"养"着这么大量的"士"，他们只有凭自己的技能和工作来"养"着自己。早些年他们还可以暂时躲在所谓象牙塔里，到了现在这年头，象牙塔下已经变成了十字街，而且这塔已经开始在拆卸了，于是乎他们恐怕只有走出来，走到人群里。大家一同苦闷在这活不下去的现状之中，如果这不满人意的现状老不改变，大家恐怕忍不住要联合起来动手打破它的。重要的是打破之后改变成什么样子？这真是个空前的危疑震撼的局势，我们得提高警觉来应付的。

命 相 家

————［中国］夏丏尊

十年前的中学教师，居然会卖卜？
顾客居然不少，而且大都是青年知识阶级中人？
感慨与疑问乱云似的在我胸中纷纷迭起。

　　我因事至南京，住在 XX 饭店。二楼楼梯旁某号房间里，寓着一位命相家。房门是照例关着的，这位命相家叫甚么名字，房门上挂着的那块玻璃框子的招牌上写着甚么，我虽在出去回来的时候，必须经过那门前，却毫未曾加以注意。

　　有一天傍晚，我从外边回来，刚走完楼梯，见有十个着洋服的青年方从命相家房中走出，房门半开，命相家立在内点头相送叫"再会"！

　　那声音很耳熟，急把脚立住了看那命相家，不料就是十年前的同事刘子岐。

　　"呀！子岐！"我不禁叫了出来。

　　"呀！久违了。你也住在这里吗？"他吃了一惊，把门开大了让我进去。我重新去看门口的招牌，见上面写着"青田刘知机星命谈相"等等的文字。

　　"哦！刘子岐一变而为刘知机。十年不见，不料得了道了，究竟是甚么一会事？"我急问。

　　"说来话长。要吃饭，没有法子。你仍在写东西吗？教师是也好久不做了吧。真难得，会在这里碰到。不瞒你说，我吃这碗饭已有七八年了，自从那年和你一同离开 XX 中学以后，就飘泊了好几处地方，这里一学期，那里一学期，不得安定，也曾挂了斜皮带革过命，可是终于生活不过去。你知道，我原是一只三脚猫，以后就以卖卜混饭了。最初在上海挂牌，住了四五年，前年才到南京来。"

　　"在上海住过四五年？为甚么我一向不曾碰到你，上海的朋友之中，也没有人谈及呢？"我问。

　　"我改了名字，大家当然无从知道了。朋友们又是一向都不信命相的，我吃了这口江湖饭，也无颜去找他们，如果今天你不碰巧看到我，你会知道刘知机就是我吗？"

　　我有许多事情想问，不知从何说起。忽然门开了，进来的是二位顾客。一个是戴呢帽穿长袍的，一个是着中山装的，年纪都未满三十岁。刘子岐——刘知机丢开了我，满面春风地立起身来迎上前去，俨然是十足的江湖派。我不便再坐，就把房间号数告诉了他，约他畅谈，回到了自己的房间里。

十年前的中学教师，居然会卖卜？顾客居然不少，而且大都是青年知识阶级中人？感慨与疑问乱云似的在我胸中纷纷迭起。等了许久，刘知机老是不来，叫茶房去问，回说房中尚有好几个顾客，空了就来。

"对不起！一直到此刻才空。"刘知机来已是黄昏时候了，"难得碰面，大家出去叙叙。"

在秦淮河畔某酒家中觅了一个僻静的座位，大家把酒畅谈。

"生意似很不错呢。"我打动他说。

"呃，这几天是特别的。第一种原因，听说有几个部长要更动了。部长更动，人员也当然有变动。你看，XX饭店不是客人很挤吗？第二种原因，暑假快到了，各大学的毕业生都要谋出路，所以我们的生意特别好。"

"命相当真可凭吗？"

"当然不能说一定可凭。不过在现今样的社会上，命相之说，尚不能说全不足信。你想，一个机关中，当科长的，能力是否一定胜过科员？当次长的，能力是否一定不如部长？举一例说，我们从前的朋友之中，李XX已成了主席了。王XX学力人品，平心而论，远过于他，革命的功绩，也不比他差，可是至今还不过一个XX部的秘书。还有，一班毕业生数十人之中，有的成绩并不出色，倒有出路，有的成绩很好，却无人过问。这种情形除了命相以外，该用甚么方法去说明呢？有人说，现今吃饭全靠八行书，这在我们命相学上就叫'遇贵人'。又有人挖苦现在贵人们的亲亲相阿，说是生殖器的联系，这简直是穷通由于先天，证明'命'的的确确是有的了。"刘知机玩世不恭地说。

"这样说来，你们的职业实实在在有着社会的基础的。哈哈……"

"到了总理的考试制度真正实行了以后，命相也许不能再成为职业，至于现在是，有需要，有供给，仍是堂堂皇皇的吃饭职业。命相家的身份决不比教师低下，我预备把这碗江湖饭吃下去哩。"

"你的营业项目有几种？"

"命，相，风水，合婚择日，甚么都干。风水与合婚择日，近来已不行了。风水的目的是想使福泽及于子孙。现今一般人的心理，顾自身，顾目前，都来不及，哪有余闲顾到几十年几百年后的事呢？至于合婚择日，生意也清。摩登青年男女间盛行恋爱同居，婚也不必'合'，日也无须'择'了。只有命、相两项，现在仍有生意。因为大家都在急迫地要求出路，寻机会，出路与机会的条件，不一定是资格与能力，实际全靠碰运气。任凭大家口口声声喊'打破迷信'，到了无聊之极的时候，也会瞒了人花几块钱来请教我们。在上海，顾客大半是商人，他们所问的是财气。在南京，顾客大半是'同志'与学校毕业生，他们所问的是官运。老实说，都无非为了要吃饭。唯其大家要想吃饭，我们也就有饭可吃了。哈哈……"刘知机滔滔地说，酒已半醉了，自负之外又带感慨。

"你对于这些可怜的顾客，怎样对付他们？有甚么有益的指导呢？""还不是靠些江湖上的老调来敷衍！我只是依照古书，书上怎么说，就怎么说。准不准连我自己也不知道。好在顾客也并不打紧，他们到我这里来，等于出钱去买香槟票，着了原高兴，不着也不至于跳河上吊的。我对他说'就快交运'，'向西北方走'，'将来官至部长'，是给他一种希望。人没有希望，活着很是苦痛，现社会到处使人绝望，要找希望，恐怕只有到我们这里来，花一二块钱来买一个希望，虽然不一定准确可靠，究竟比没有希望好。在这一点上，我们命相家敢自任为救苦救难的希望之神，至少在像现在的中国社会可以这样说。"话愈说愈痛切，神情也愈激昂了。

他的话既诙谐又刺激，我听了只是和他相对苦笑，对于这别有怀抱的伤心人，不知再提出甚么话题好。彼此都已有八九分醉意了。

古 渡 头

—— [中国] 叶 紫

我不管地，也不管天，我凭良心吃饭，我靠气力赚钱！
有钱的人我不爱，无钱的人我不怜！……

太阳渐渐地隐没到树林中去了，晚霞散射着一片凌乱的光辉，映到茫无际涯的淡绿的湖上，现出各种各样的彩色来。微风波动着皱纹似的浪头，轻轻地吻着沙岸。

破烂不堪的老渡船，横在枯杨的下面。渡夫戴着一顶尖头的斗笠，弯着腰，在那里洗刷一叶断片的船篷。

我轻轻地踏到他的船上，他抬起头来，带血色的昏花的眼睛，望着我大声地生气地说道：

"过湖吗，小伙子？"

"唔，"我放下包袱，"是的。"

"那么，要等到天明啰。"他又弯腰做事去了。

"为什么呢？"我茫然地。

"为什么，小伙子，出门简直不懂规矩的。"

"我多给你些钱不能吗？"

"钱？你有多少钱呢？"他的声音来得更加响亮了，教训似的。他重新站起来，抛掉破篷子，把斗笠脱在手中，立时现出了白雪般的头发。"年纪轻轻，开口就是'钱'，有钱就命都不要了吗？"

我不由的暗自吃了一惊。他从舱里拿出一根烟管，用粗糙的满是青筋的手指燃着火柴。眼睛越加显得细小，而且昏黑。

"告诉你，"他说，"出门要学一点儿乖！这年头，你这样小的年纪……"他饱饱地吸足着一口烟，又接着，"看你的样子也不是一个老出门的。哪里来呀？"

"从军队里回来。"

"军队里？……"他又停了一停，"是当兵的吧，为什么又跑开来呢？"

"我是请长假的。我的妈病了。"

"唔！……"

两个人都沉默了一会儿，他把烟管在船头上磕了两磕，接着又燃第二口。

夜色苍茫地侵袭着我们的周围，浪头荡出了微微的合拍的呼啸。我们差不多已经对面瞧不清脸膛了。我的心里偷偷地发急，不知道这老头子到底要玩个什么花头。于是，我说：

"既然不开船，老头子，就让我回到岸上去找店家吧！"

"店家？"老头子用鼻子哼着，"年轻人到底是不知事的。回到岸上去还不同过湖一样的危险吗？到连头镇去还要退回七里路。唉，年轻人……就在我这船中过一宵吧。"

他擦着一根火柴把我引到船艘后头，给了我一个两尺多宽的地位。好在天气和暖，还不致于十分受冻。

当他再擦火柴吸上了第三口烟的时候，他的声音已经比较地和缓得多了。我睡着，一面细细地听着孤雁唳过寂静的长空，一面又留心他和我所谈的一些江湖上的情形，和出门人的秘诀。

"……就算你有钱吧，小伙子，你也不应当说出来的。这湖上有多少歹人啊！我在这里已经驾了四十年船了……我要不是看见你还有点孝心，唔，一点儿孝心……你家中还有几多兄弟呢？"

"只有我一个人。"

"一个人，唉！"他不知不觉叹了一声气。"你有儿子吗，老爹？"我问。

"儿子？唔……"他的喉咙哽住着，"有，一个孙儿……"

"一个孙儿，那么，好福气啦！"

"好福气？"他突然又生起气来，"你这小东西是不是骂人呢？"

"骂人？"我的心里又茫然了一回。

"告诉你，"他气愤地说，"年轻人是不应该讥笑老人家的。你晓得我的儿子不回来了吗？哼！……"歇歇，他又不知道怎么的，接连叹了几声气，低声地说："唔，也许是你不知道的。你，外乡人……"

他慢慢地爬到我的面前，把第四根火柴擦着的时候，已经没有烟了，他的额角上，有一根根的紫色的横筋在凸动。他把烟管和火柴向舱中一摔，周围即刻又黑暗起……

"唉，小伙子啊，"听声音，他大概已经是很感伤了，"我告诉你吧，要不是你还有点孝心，唔！……我是欢喜你这样的孝顺的孩子的。是的，你的妈妈一定比我还欢喜你，要是在病中看见你这样远跑回去。只是，我呢？唔……我，我有一个娃儿……"

"你知道吗？小伙子，我的桂儿，他比你还大得多呀！……是的，比你大得多。你怕不认识他吧？啊你，外乡人……我把他养到你这样大，这样大，我靠他给我赚饭吃呀！……"

"他现在呢？"我不能按捺地问。

"现在，唔，你听呀！……那个时候，我们爷儿俩同驾着这条船。我，我给他收了个媳妇……小伙子，你大概还没有过媳妇儿吧。唔，他们，他们是快乐的！我，我是快乐的！……"

"他们呢？"

"他们？唔，你听呀！……那一年，那一年，北佬来，你知道了吗？北佬是打了败仗的，从我们这里过身，我的桂儿……小伙子，掳夫子你大概也是掳过的吧，我的桂儿给北佬兵拉着，要他做夫子。桂儿，他不肯，脸上一拳！我，我不肯，脸上一拳！……小伙子，你做过这些个丧天良的事情吗？……"

"是的，我还有媳妇。可是，小伙子，你应当知道，媳妇是不能同公公住在一起的。等了一天，桂儿不回来；等了十天，桂儿不回来；等了一个月，桂儿不回来……"

"我的媳妇给她娘家接去了。"

"我没有了桂儿，我没有了媳妇……小伙子，你知道吗？你也是有爹妈的……我等了八个月，我的媳妇生了一个孙儿，我要去抱回来，媳妇不肯。她说：'等你儿子回来时，我也回来。'"

"小伙子，你看，我等了一年，我又等了两年、三年……我的媳妇改嫁给卖肉的朱胡子了，我的孙子长大了。可是，我看不见我的桂儿，我的孙子他们不肯给我……他们说：'等你有了钱，我们一定将孙子给你送回来。'可是，小伙子，我得有钱呀！"

"是的，六年了，算到今年。小伙子，我没有做过丧天良的事，譬如说，今天晚上我不肯送你过湖去……但是，天老爷的眼睛是看不见我的，我，我得找钱……"

"结冰，落雪，我得过湖；刮风，落雨，我得过湖……"

"年成荒，捐重，湖里的匪多，过湖的人少，但是，我得找钱……"

"小伙子，你是有爹妈的人，你将来也得做爹妈的，你老了，你也得要儿子养你的……可是人家连我的孩子都不给我……"

"我欢喜你，唔，小伙子！要是你真的有孝心，你是有好处的。像我，我一定得死在这湖中。我没有钱，我寻不到我的桂儿，我的孙子不认识我，没有人替我做坟、没有人给我烧钱纸……我说，我没有丧过天良，可是天老爷他不向我睁开眼睛……"

他逐渐地说得悲哀起来，他终于哭了。他不住地把船篷弄得呱啦呱啦地响，他的脚在船舱边下力的蹬着。可是，我寻不出来一句能够劝慰他的话，我的心头像给什么东西塞得紧紧的。

"就是这样的，小伙子，你看，我还有什么好的想头呢？……"外面风浪渐渐地大了起来，我的心头也塞得更紧更紧了。我拿什么话来安慰他呢？这老年的不幸者……

我翻来覆去地睡不着，他翻来覆去地睡不着。我想说话，没有说话；他想说话，他已经说不出来了。

外面越是黑暗，风浪就越加大得怕人。

停了很久，他突然又大大地叹了一声气：

"唉，索性再大些吧！把船翻了，免得久延在这世界上受活磨！……"以后便没有再听到他的声音了。

可是，第二天，又是一般的微风、细雨。太阳还没有出来，他就把我叫起了。

他仍旧同我昨天上船时一样，他的脸上丝毫看不出一点儿异样的表情来，好像昨夜间的事情，全都忘记了。

我目不转睛地瞧着他。

"有什么东西好瞧呢，小伙子？过了湖，你还要赶你的路程呀！"

"要不要再等人呢？"

"等谁呀？怕只有鬼来了。"

离开渡口，因为是走顺风，他就搭上橹，扯起破碎风篷来。他独自坐地船艘上，毫无表情地捋着雪白的胡子，任情地高声地朗唱着：

> 我住在这古渡的前头六十年。
> 我不管地，也不管天，
> 我凭良心吃饭，我靠气力赚钱！
> 有钱的人我不爱，无钱的人我不怜！
> ……

脸与法治

——〔中国〕林语堂

> 中国人的脸，不但可以洗，可以刮，
> 并且可以丢，可以赏，可以争，可以留，
> 有时好像争脸是人生的第一要义，
> 甚至倾家荡产而为之，也不为过。

中国人的脸，不但可以洗，可以刮，并且可以丢，可以赏，可以争，可以留，有时好像争脸是人生的第一要义，甚至倾家荡产而为之，也不为过。在好的方面讲，这就是中国人之平等主义，无论何人总须替对方留一点儿脸面，莫为己甚。这虽然有几分知道天道还好，带点聪明的用意，到底是一种和平忠厚的精神。在不好的方面，就是脸太不平等，或有或无，有脸者固然快乐荣耀，可以超脱法律，特蒙优待；而无脸者则未免要处处感觉政府之威信与法律之尊严。所以据我们观察，中国若要真正平等法治，不如大家丢脸。脸一丢，法治自会实现，中国自会富强。譬如坐汽车，按照市章，常人只许开到三十五哩速度，部长贵人便须开到五十六十哩，才算有脸。万一轧死人，巡警走上来，贵人腰包掏出一张名片，优游而去，这时的脸便更涨大。倘若巡警不识好歹，硬不放走，贵人开口一骂，"不识你的老子"，喝叫车夫开行，于是脸更涨大。若有真傻的巡警，动手把车夫扣留，贵人愤愤回去，电话一打给警察局长，半小时内车夫即刻放回，巡警即刻免职，局长亲来诣府道歉，这时贵人的脸，真大的不可形容了。

不过我有时觉得与有脸的人同车同舟同飞艇，颇有危险，不如与无脸的人同车同舟方便。比如前年就有丘八的脸太大，不听船中买办吩咐，一定要享在满载硫黄之厢房抽烟之荣耀。买办怕丘八问他识得不识得"你的老子"，便就屈服，将脸赏给丘八。后来结果，这只长江轮船便付之一炬。丘八固然保全其脸面，却不能保全其焦烂之尸身。又如某年上海市长坐飞机，也是脸面太大，硬要载运磅量过重之行李。机师"碍"于市长之"脸面"也赏给他。由是飞机开行，不大肯平稳而上。市长又要给送行的人看看他的大脸，叫飞机在空中旋转几周，再行进京。不幸飞机一歪一斜，一颠一簸，碰着船桅而跌下。听说市长结果保全一副

脸，却失了一条腿。我想凡我国以为脸面足为乘飞机行李过重的抵保的同胞，都应该断腿失足而认为上天特别赏脸的侥幸。

其实与有脸的贵人同国，也一样如与他们同车同舟的危险，时觉有倾覆或沉没之虞。我国人得脸的方法很多。在不许吐痰之车上吐痰，在"勿走草地"之草地走走，用海军军舰运鸦片，被禁烟局长请大烟，都有相当的荣耀。但是这种到底不是有益社会的东西，简直可以不要。我国平民本来就没有什么脸可讲，还是请贵人自动丢丢罢，以促法治之实现，而跻国家于太平。

魔鬼的括弧

———〔中国〕聂绀弩

> 我相信，一切的鬼都是为害的，
> 倘若被放纵着，便是我们自己"曲脚鬼"也何尝不如此。

哥伦布在汪洋大海中第一眼看见一块木片、一片草色的时候，他是如何地狂喜呀，"陆地！陆地！"他大叫。从此，他胜利了、成功了，自有人类以来的最大的胜利、成功。

哥伦布曾经怎样狂喜，魔鬼也怎样狂喜；哥伦布曾经怎样高叫，魔鬼也怎样高叫，当魔鬼从人们那里发见了括弧的时候（就是那别名引号的括弧——""。人们有时候用这括弧）。从此，它胜利了、成功了，自有魔鬼以来的最大的胜利、成功。很快地，差不多一秒钟的万分之一的时间，它就学会了运用那括弧，而且比无论谁都用得好，魔鬼是聪明的。

魔鬼的敌人是神。神在人们中间的信仰是不可动摇的！神的言词是不可驳复的，神的勇力是不可战胜的，多么长的时间哟，魔鬼就为这些事而苦恼着。现在，这些苦恼没有了，它笑了，它有一个巧妙的武器：括弧。人尊敬神么？它在神上打一个括弧；神是崇高的么？它在崇高上打一个括弧；神是正直、勇敢的么？它在正直、勇敢上打一个括弧！无论什么，只要是属于神的，它都毫不踌躇、毫无例外地给打一个括弧。这样，就无须乎再忙于摇撼神的信仰，忙于驳复神的言词，更用不着和神的勇力比赛，神就自然不是神而只是"神"；神的崇高、正直、勇敢也就不是崇高、正直、勇敢，只是"崇高"、"正直"、"勇敢"。在括弧里的字样，向例是含着讽刺的意味的。

但是纵然这样，魔鬼还是不肯罢休，它还没有得到完全的胜利，完全的成功。它还必须在自己身上打上括弧，在自己的属性上打上括弧，比如卑劣、邪恶、怯懦等等。这样，不用说，魔鬼就不是魔鬼而是"魔鬼"，卑劣、邪恶、怯懦也不是卑劣、邪恶、怯懦，而是"卑劣"、"邪恶"、"怯懦"。而括弧里的字样，向例是含有反语的意味的。

于是神不但不是神，反而只是魔鬼；魔鬼不但不是魔鬼，实际的意义，反而是神。不言而喻，崇高反而是卑劣，而卑劣则是崇高；正直反而是邪恶，邪恶倒成了正直；勇敢不过是怯懦，怯懦却正是勇敢，这真是旋乾转坤、化男为女、移山倒海、俾昼作夜的神通，而魔鬼却并未费吹灰之力，不过轻轻地在无论什么上都打一个括弧而已。魔鬼是聪明的。

　　从前，神和魔鬼的分别是明显的，一望而知；现在似乎渐渐混淆起来了。从前是神不说魔鬼的话，魔鬼不说神的话的；现在，神虽然仍旧不说魔鬼的话，但魔鬼无论做着怎样反神的，是如何使玄学鬼或直脚鬼不能为害。我相信，一切的鬼都是为害的，倘若被放纵着，便是我们自己"曲脚鬼"也何尝不如此。……人家说，谈天谈到末了，一定要讲到下作的话去，现在我却反对地谈起这样正经大道理来，也似乎不大合式，可以不再写下去了吧。

我坐而眺望

——［美国］惠特曼

我坐而眺望着这一切——
一切无穷无尽的卑劣行为和痛苦。

我坐而眺望世界上所有的压迫、暴力、痛苦和悔恨。

我听到青年人因自己所做过的事悔恨不安而发出的低声的难抑的呜咽。

我看见家徒四壁、生活困苦中的母亲为她的孩子们所折磨、绝望、消瘦，奄奄待毙，悲痛至极。

我看见受丈夫毒打的妻子，我看见青年妇女们所遇到的无信义的诱骗者。

我注意到企图隐秘着的嫉妒和单恋的苦痛。

我看见战争、疾病、暴政的恶果，我看见殉教者和囚徒。

我看到海上正在上演一幕悲剧，水手们抓阄儿决定谁应牺牲来维持其余人的生命。

我看到工人、穷人、黑人等正受到公正的人的侮蔑与轻视。

我坐而眺望着这一切——一切无穷无尽的卑劣行为和痛苦。

我看着，听着，但我始终一言未发。

夜 晚

—— ［美国］ 惠特曼

从某种意义上来说，夜晚具有不同的场面，可谓丰富多彩。

当我们身心完全陷入那神秘莫测的寂静的夜晚时，

有时良知会令人做出某种改变。

    我又一次从恶梦中惊醒，不用看表我也知道现在正是深更半夜。我辗转反侧，往日的懊恼袭上心头，扰得人心烦意乱。隐约中，我看到天花板上车灯闪过时射进的光亮，耳边传来了这年久失修的旧屋吱吱嘎嘎的声响，我已睡意全无，索性穿衣起来，走到窗前。街灯在黑暗中闪着柔和的光，在地面上勾画出了道道轮廓。一座座房屋掩映了那些正在酣睡的近邻。四面八方安静极了。仰望星空，那远在苍穹的星星似乎在闪烁跳动。我的心中一片宁静。

    在宁静中我的孤寂感慢慢消失了。我陶醉在夜晚的美丽和宁静中。天地间的一切都变得如此雄伟，天地相接如此紧密！一种久远而又永恒的美感出现在我的心灵。

    深夜是人们睡觉、做梦、情爱的时候，也是犯罪、孤独、恐惧之时。从某种意义上来说，夜晚具有不同的场面，可谓丰富多彩。当我们身心完全陷入那神秘莫测的寂静的夜晚时，有时良知会令人做出某种改变。

    暮色苍茫的傍晚是黑夜降临的前端，它是白天与夜晚的相交点。白日的余光在消散，夕阳西下，燃起一片晚霞。微光闪烁，太阳在天空中留连忘返。但是夜幕已首先在山谷和树林中降临。终于，白天的最后一丝光亮也看不见了。在暮色中，隐约传来了火车的汽笛声，可这在白天我们却是听不到的。街灯亮了，它将陪伴人们度过这漫长的黑夜。很快星星就会在那似乎低垂的天际出现，看上去仅在树梢之上。当明月升起的时候，家家户户灯火通明。邻居们慈爱地带着孩子走进屋去。暮色轻轻地抚摸着大地，太阳放出的热量渐渐消失，以至于使我们忘记了时间的流逝。当暮色吞噬了一切的时候，黑夜把我们带入了另一个世界。

    人们相互交往之时常常就在夜晚。当人们进入各自的小天地时，他们可以相聚一起，谈天说地。父母下班归来，饱享着家庭的温暖。在寒冷的冬夜，大人们坐在炉火前，孩子们舒适地躺在床上。熄灯前，孩子们能够感受到妈妈正陪伴在身边。

在小山村里，月色使白雪覆盖的大地和山村变换了色彩。农舍都已关闭，鸡也都安静下来。到了晚上，只有少数人随意地出来散步。一切都是那样普通自然。散步者通常不会觉得夜晚宁静的神奇。亨利·大卫是个常在夜晚悠闲漫步者，他写道："静坐在小山顶上，似乎在期待着什么。望着夜空，有时会想到也许天会掉下来，我能抓到什么东西。"夜晚，当我独自一人漫步在童年时的小山村时，我也常常会产生和大卫一样怪异的念头。

在城市里，夜晚是快乐的，但危险和暴力却时常发生。阳光被那些令人眼花缭乱的灯光所取代，影剧院门前的霓虹灯色彩缤纷，城市的欢娱达到狂热的程度。与此同时，戏剧、芭蕾舞给人们带来了美的享受。也有一些人围着餐桌一边愉快地交谈，一边享用着美味佳肴。

进入寂静的前奏曲不过如此。当整个世界安静下来的时候，家家户户熄了灯，温度下降，夜色变浓。午夜的钟声已经传来，也许还有人在外面闲逛，但绝大多数人都已进入梦乡，屈服于那神秘莫测的黑夜。黑夜总是会来临的，这是一种自然的规律，是人类难以控制的。

正确的思考

——［美国］拿破仑·希尔

把你的思想当做一块土地，经过辛勤且有计划的耕耘，
就可把这块土地开垦成产量丰富的良田。

　　把你的思想当做一块土地，经过辛勤且有计划的耕耘，就可把这块土地开垦成产量丰富的良田，或者也可以让它荒芜，任由它杂草丛生。

　　想要从你的思想中得到丰收，你必须付出努力和投入各项准备工作，这些工作的安排和执行就是正确思考的结果。

　　所有的计划、目标和成就，都是思考的产物。你的思考能力是你唯一能完全控制的东西，你可以有智慧，或是以愚蠢的方式运用你的思想，但无论你如何运用它，它都会显现出一定的力量。

　　正确的思考是以归纳法和演绎法两种推理方法作为基础。归纳法是从部分导向全部，从特定事例导向一般事例，以及从个人推导向宇宙的推理过程，它是以经验和实证作为基础，并从基础中得出结论。演绎法则是以一般性的逻辑假设为基础，得出特定结论的推理过程。这两种方法之间有很大的不同，但二者可以一起运用。

　　要使自己成为一位正确的思考者，你必须学会把事实和感觉、假设、未经证实的假说和谣言分开，同时将事实分成重要的和不重要的两个范畴。一个正确的思考者必须仔细调查你所得到的每一项资料，必须了解你所得到的资料是如何被抹黑、修改或夸大的，并找出其中的一些事实存在。

　　无论谁企图影响你，你都必须充分发挥你的判断力并小心谨慎，如果言论显得不合理，或者与你的经验不相符时，应该做进一步的调查。

　　人性中普遍存在的两个相反的特质：轻信和断然不相信他们不了解的事物，都是正确思考的绊脚石。

　　你应该对于他人的意见抱着审慎的态度，这些意见可能具有危险和毁灭性。你应确定你的见解不至于受到他人偏见的影响。具有正确思考能力的人，都会学习运用自己的判断力，并且对于外在的任何影响，都保持着谨慎的态度。

　　无论你是否封闭自己的内心，是否故意忽视或拒绝相信，事实还是事实。

赌 博

—— ［美国］华盛顿

它产自贪婪，与罪恶共生，
也是灾祸的根源。

赌博的害处甚巨，它可引起各种祸害。而好赌之徒的品德和健康也同遭荼毒。它产自贪婪，与罪恶共生，也是灾祸的根源。它使许多达官贵人沦落，许多家庭支离破碎，又有许多人因其走上绝路。所有染上赌博的人，其如痴如狂的程度相同。手气好的赌徒竭力逐鹿好运，直到厄运占上风；正走霉运的赌徒一心指望翻本，却越陷越深，终至不择手段把一切下注而全军覆没。总之，从这可厌的玩艺中获利者是少之又少（即使获利，所用正当者更无几人），受其荼毒的人却是不计其数。

社会的波浪

—— ［美国］爱默生

什么也别相信，或者说，
如果一定要相信点什么的话，
那就把自己当做自己的神灵吧！

在我们的生活中，人人都以社会进步为荣，然而在我看来，却没有一个人有所进步。

这里我就实话实说了吧：我们的社会从来就没有前进，它只是在一个方面有所退步，而在另一个方面则有所进步，而且，两者的速度都是一样的。它不断地变革着：有野蛮社会，有文明社会，有基督教社会，有富裕社会，有科学社会……然而，我们必须清楚，这种变革并不是改进，因为，有所得，必有所失；社会获得了新技艺，却失去了旧本能。现实正是如此。

衣着考究、能读会写、谈锋甚健的美国人，跟赤身裸体的新西兰人形成了多么尖锐的对比啊！前者口袋里装着怀表、铅笔和汇票，后者的财产却只有一根木棍，一支长矛，一张草席，和一间许多人共寝的棚屋！然而，如果把二者的健康状况加以比较，你一定会发现白人已经丧失了他原有的体力。如果旅行家给我们讲的确有其事，那么，试用一柄巨斧去砍那个野人，一两天之后，肉又愈合得完好如初，仿佛你砍进柔软的树脂似的；然而，同样的砍击，却足以把那个白人送进坟墓。

我们这些所谓的文明人，发明了马车，却丧失了对双足的利用，这和他虽然用拐杖支持着身体，然而却失去了肌肉的不少支持是一个道理。他得到了一块高级的日内瓦表，却丧失了依据太阳定时的本领。他拥有了一份格林尼治天文年鉴，一旦需要，保证可以找出资料，然而，在大街上行走的普通人，却认不得天上的星星。他不会观察二至点，对二分点他也似乎完全忘记了。那完整灿烂的年历在他的心灵上没有标度盘。他的笔记本使他失去了记忆力；他的图书馆使他的智力承受不了；保险公司增加了事故的次数；机器是否没有危害，我们是否由于讲究文雅反而丧失了活力，是否由于信奉一种扎根于机构和形式中的基督教而丧失了某种粗犷的气质，这些都是问题。因为每一个斯多噶都是一个斯多噶；然而在基督教世界里，基督徒又在哪儿呢？

在道德标准上出现的偏差，并不比在高度或块头标准上出现的偏差多多少。现在的人并不比过去的人伟大，也不比他们渺小。我们可以清楚地看出，古代的伟人与现在的伟人，几乎难分高下。十九世纪的科学、艺术、宗教和哲学一起发挥作用，教育出的人物并不比普鲁塔克两千三四百年前笔下的英雄们更伟大。人类并不是随着时间的推移而进步。福西翁、苏格拉底、阿那克萨戈拉、第欧根尼都是伟大的人物，然而，他们并没有留下类别。谁如果真够得上他们的类别，谁就不会被人用他们的名字称呼了，而是独树一帜，成了一个派别的创始人。每一个时期的技艺和发明仅仅是那个时期的装束，并没有振奋人心。

经过改良之后的机器，带来的既有益处，也有害处。乘着他们那个时代的渔船，哈德森和白令完成了那么多的伟大业绩啊！在他们伟大的业绩面前，即使已经用科学技术把自己武装到牙齿的巴利和富兰克林也只能望洋兴叹。仅仅用一个观看戏剧的小型望远镜，伽利略就发现了一系列的天文现象，他辉煌的成就永远令后人望尘莫及。乘着一只没有甲板的小船，哥伦布发现了新大陆……

每轮到一个时期，人们就要淘汰一批工具和机器，这种现象的发生让我觉得有点不可思议，因为，就是这些东西，几年前刚被人们使用时，曾经引起了莫大的轰动。伟大的天才都具有返朴归真的能力。我们把战争艺术的改进看做科学技术改进的成就，然而，拿破仑却依靠露营征服了整个欧洲，其中有依靠赤手空拳的英勇，也有孤立无援的险境。这位皇帝认为，无论是谁，也不可能建立一支完善的部队。拉斯·卡斯说："并没有消灭我们的武器、弹药、粮秣和车辆。然而到了后来，士兵仿照罗马人的做法，竟然自己解决粮食供应，用手磨面，自己烤起面包来。"

社会如同一个巨大的波浪，波浪不停地向前运动着，然而，构成波浪的水却没有向前运动。同一个粒子不会从波谷上升到波峰。所以，波浪的统一仅仅是表面现象。今天一些人创建了一个国家，明年一死，他们的经验也就跟他们一起，永远的死去。所以，对财产的依赖，包括对保护财产的政府的依赖，是缺乏自助的表现。在人们的眼中，总是充满了东西，可就是没有人的地位，长此以往，他们便把宗教的、学术的和政府的机构视为财产的卫士，他们极力反对对这些机构的攻击，因为，他们觉得这就是对财产的攻击。他们估价彼此的标准不是一个人是什么，而是一个人拥有什么。然而，一个有教养的人出于对自己天性的新的敬重，便为自己的财产感到羞愧。他格外憎恶他所拥有的东西，如果那不是他勤劳所得的话，也就是说，如果它是意外到手的话——通过继承、馈赠，或犯罪所得……于是，他感到那不是所有物，那不属于他，在他身上没有根基，仅仅是放在那里，因为革命，强盗没有把它抢走。然而，一个人是什么，总是要通过需要来获得的，人所获得的东西，是活生生的财产，它不是听命于统治者、暴民、革命、火灾、风暴或破产的指使，而是人在哪里呼吸，它就永远在那里自我更新。阿里哈里发说："你的全部或部分生命在追求你，因而你就停止追求它吧。"

我们对外国货物的依赖，导致了我们对数量的盲目崇拜。政治党派召开越来越多的会议；集会规模越来越大，每宣布一件事就喧声震天……从埃塞克斯来的代表团！从新罕布什尔来的民主党人！缅因州的辉格党员！千万双眼睛在注视，千万只手臂在挥动，面对这种场景，年轻的爱国志士便感到比以往更加坚强。改革家们也如出一辙，又是召集会议，又是投票选举，还作出大量的决定。别这样，朋友们！只有反其道而行之，上帝才肯垂顾，从而进驻你的心灵，使你的生命之树常青。

一个人，只有摆脱了一切外援，独立于天地之间，我才会看到他的强大和成功。他的旗帜下每增加一名新兵，他就变得虚弱一些。也许有人会问：难道一个人还不如一座城？问得好，不过我还是用我的回答否定你的问题：别有求于人，在千变万化之中，只要你立稳了台柱，不久就一定有人出现并支持你周围的一切。如果谁知道力量是与生俱来的，知道他之所以软弱，就是因为他没有从自身寻求善，有了这种领悟，他就会毫不迟疑地依赖自己的思想，立即纠正自己，挺身而立，驾驭自己的躯体，创造奇迹，就像一个靠双足站立的人，比一个用头倒立的人更加有力一样。

所以，让我们用自己的双脚站立起来，竭尽全力，利用那被人们称为"命运"的一切东西。大多数人在跟她进行一场空前绝后的赌博：是满盘皆赢，还是输个落花流水，那就全看她的轮子怎么转动了！然而，有一点，你却必须注意，那就是：务必把这些赢得物当做非法的东西搁下，并且跟"因果"——这上帝的司法官——打交道。

有"目的"地工作、获取吧，因为，你已经拴住了"机缘"的轮子了，从此以后，无论她如何旋转，你一定会处之泰然，无所畏惧。一次政治上的胜利，一次纯利润的增加，疾病的痊愈，久别朋友的归来，或者别的什么好事情，都会振奋你的精神，使你相信更加美好的日子就在前头。不过，请不要埋怨我给你泼凉水：什么也别相信，或者说，如果一定要相信点什么的话，那就把自己当做自己的神灵吧！因为，除了你自己，什么也不能给你带来安宁，除了原理的胜利，其他的胜利都是有害的幻象，因而也不能给你带来什么安宁。

常常的思考

—— ［美国］亨利·大卫

任何思维和行为的方式，
不管多么由来已久，都不能够不经揣摩就加以依赖。

我们常常思考，人生的主要目的何在？什么是生活中真正的必需和手段？初想之时，似乎人们不谋而合地选择了一种共同的生活方式，因为这种生活方式更能让他们接受。然而，他们却又真诚地认为，舍此之外别无选择。但是，人们哪里知道，自然界已历经沧桑，从前的自然更灵敏、更健康，那时的东升之阳更明媚、更灿烂。放弃偏见尚为时不晚。任何思维和行为的方式，不管多么由来已久，都不能够不经揣摩加以依赖。有些事情，今天人们附和着，不声不响地信以为真，明天就会证明是虚妄，不过是一缕看得见却摸不着的轻烟。有些人错把它当成云彩，相信它会向自己的田地洒下甘露。老人们说不可做的事，你实践了，发现它可做。旧事旧人做，新事要由新人为。

宁可信其无

—— ［美国］卡尔·萨根

> 不加批判地接受别人提出的每一个概念、
> 想法和假设等于是一无所知。

科学要求最强有力和最不妥协的怀疑主义，完全错误的想法占据了极大的空间，唯一能将麦子从麦壳中筛出来的方法是批判性的实验和分析。如果你的头脑开放到了盲从的程度而没有一点儿怀疑的想法，那么你就无法区分有前途的想法和毫无价值的想法。不加批判地接受别人提出的每一个概念、想法和假设等于是一无所知。许多想法是彼此冲突的，辨别的方法要通过怀疑性的调查来实现，而某些想法确实好于别的想法。

科学的成功就在于这两种思维方式的明智混合。好的科学家是两种思维方式都具备的。在独处时，在自言自语时，他们产生了许多新想法并系统地加以批判，其中的大多数想法永远不会对世界公开，只有那些通过了严格自我过滤的想法才被公开出来，接受科学界其他人士的批判。

由于将这种固执的批评和自我批评以及实验，作为各种假设之间争论的仲裁手段，许多科学家在大胆的设想即将来临时仍然缺乏自信，对奇迹的亲身感受不愿过多地评述。这很遗憾，因为恰恰是这个少有的狂喜时刻，使科学工作揭开了神秘的面纱而显得更人性化。

完全头脑开放或怀疑一切的人是不存在的，我们必须在某处确立一个界限。一条中国古代谚语建议"宁可信其有，不可信其无"，但是这来自于一个极度保守的社会，在那里重视稳定甚于重视自由。我相信，大多数科学家会说，"宁可信其无，不可信其有"。但是做到哪一点都不容易。负责的、全面的、严格的怀疑主义要求一种通过实践和训练才能掌握的坚固的思维习惯。轻信——我想这里有一个更好的词是开放或好奇——同样不容易做到。如果我们真的对物理学的、社会学的或任何别的什么组织的反直觉的想法开放我们的头脑，我们就必须对那些思想做到知其所有，因为接受我们不理解的主张毫无意义。

怀疑主义和好奇都需要磨炼和实践的技巧。在学生们的头脑中，使它们和谐联姻应该成为公共教育的基本目标。这种家庭式的幸福是我愿意在媒体或电视上看到的。人们真的在创造融合——充满好奇、宽容地对待每一个见解，除非有好的理由，否则对任何想法都予以考虑。而同时，作为第二个特性，要求证据符合严格的标准——而且这些标准在应用于他们珍视的观点时，严格程度至少应等同于与评判他们企图不受惩罚地拒绝观点时的程度。

自由与生命

—— ［美国］ 索尔·贝洛

> 当一只母美洲画眉发现它的孩子被关进笼子后，
> 就一定要喂小画眉足以致死的毒葡萄，
> 它似乎坚信孩子死了总比活着失去自由好些。

正值八月，在一个充满暖意的下午，一群孩子在十分卖力地捕捉那些色彩斑斓的蝴蝶，我不由自主地想起童年时代发生的一件印象很深的事情。那时我还是个十二岁的少年，住在南卡罗来纳州，常常把野生的活物抓来放到笼子里，而自从发生那件事后，我这种兴致就被抛得无影无踪了。

我家的旁边是一片树林，每当傍晚都有一群美洲画眉鸟来到林间歇息和歌唱。那歌声美妙绝伦，没有一件人间的乐器能奏出那么优美的曲调来。

我下定决心捕获一只小画眉，放到我的笼子里，独享它那婉转旋律。果然，我成功了。它先是拍打着翅膀，在笼中飞来扑去，十分恐惧。但后来它渐渐平息、安稳下来，承认了这个新家。站在笼子前，聆听我的小歌唱家美妙的演唱，我感到万分高兴，真是欣喜若狂。

鸟笼就挂在我家后院，第二日清晨，我看到小画眉的妈妈口含食物飞到了笼子跟前。它让小画眉把食物一口一口地吞咽下去。当然，画眉妈妈知道这样比我来喂它的孩子要好得多。看来，这是件皆大欢喜的好事情。

又过了一天，我再次去看望我的歌唱家，可这次我没有听到它的歌唱，我发现它无声无息地躺在笼子底层，已经死了。我对此迷惑不解，不知发生了什么事，我自问已经给了它最细心的照料。

那时，正逢著名的鸟类学家阿瑟·威利来探望家父，在我家小住，我把我小可怜儿那可怕的厄运告诉了他，听后，他作了精辟的解释："当一只母美洲画眉发现它的孩子被关进笼子后，就一定要喂小画眉足以致死的毒葡萄，它似乎坚信孩子死了总比活着失去自由好些。"

从那以后，我摔碎笼子，不再捕捉任何活物。因为任何生物都有对自由生活的追求，而这种追求无疑是值得尊敬的。

与白嘴鸦的对话

——［俄国］契诃夫

我们不互相打劫，不开办放款银行和学古代语言的寄宿学校，
不作假见证，不讹诈拐骗，
不写糟糕的小说和诗歌，不编骂人的报纸。

我：据说你们白嘴鸦寿命很长。你们，还有梭鱼，总是被我们的自然科学工作者举出来作为寿命非常长的例子。你多大岁数了？

白嘴鸦：我376岁。

我：哎呀！可了不得！真的，活得好长呀！老先生，换了是我，鬼才知道已经给《俄罗斯掌故》和《历史通报》写过多少篇文章了！要是我活了376岁，那我简直想不出来我会写出多少篇小说、剧本、小东西！那我会拿到多少稿费啊！那么你，白嘴鸦，在这么长的时间里干了些什么呢？

白嘴鸦：没干什么，人先生！我只是吃喝睡觉、生儿养女罢了。

我：丢脸啊！我又为你害臊，又为你愤慨，蠢鸟！你在世界上活了376岁，却跟300年前一样愚蠢！一点儿进步都没有！

白嘴鸦：人先生，智慧不是从长寿来的，而是从教育和修养来的。

我（仍旧愤慨）：376岁！要知道，这是多么了不起！简直跟长生不老一样！在这么长的时期里，我足足能够把所有的学问都读它一回，足足可以结20次婚，种种职业、样样工作都可以试一下，鬼才知道我的官阶会升到多么高，临死的时候一定是个大富翁！你要想想看，傻瓜，在银行里存上一个卢布，照5分复利算，只要283年就能滚成100万！你算算看，先生，这是说，要是你在283年以前在银行里有一个卢布，现在就有100万啦！唉，你啊，笨蛋，笨蛋！你这么蠢，你倒并不害臊，并不伤心？

白嘴鸦：不是这样。……我们固然愚蠢，不过另一方面，我们也可以安慰自己：我们在百年生活里所做的蠢事，比起人在40年里所做的蠢事还要少得多。……是的，人先生，我活了376岁，可是没有一回看见白嘴鸦自家里起内讧，自相残杀，然而你必定想不起有哪一年，你们那儿没有战争。……我们不互

相打劫，不开办放款银行和学古代语言的寄宿学校，不作假见证，不讹诈拐骗，不写糟糕的小说和诗歌，不编骂人的报纸。……我活了 376 岁，从没见过雌的白嘴鸦欺骗而且伤害她的丈夫——可是你们那儿呢，人先生！在我们当中，没有奴才、马屁精、骗子、犹大……

小 丑

—— ［俄国］ 屠格涅夫

他们，可怜的年轻人，该怎么办呢？

虽然一般地说，不应该崇拜……

可是，在这儿，你试试不再去崇拜吧——你就将是个落后的人啦！

世间曾有一个小丑。

他长时间都过着很快乐的生活，但渐渐地有些流言传到了他的耳朵里，说他到处被公认为是个极其愚蠢的、非常鄙俗的家伙。

小丑窘住了，开始忧郁地想：怎样才能制止那些讨厌的流言呢？

一个突然的想法，终于使他愚蠢的脑袋瓜开了窍……于是，他，一点儿也不拖延，把他的想法付诸实行。

他在街上碰见了一个熟人——接着，那熟人夸奖起一位著名的色彩画家……

"得了吧！"小丑提高声音说道，"这位色彩画家早已经不行啦……您还不知道这个吗？我真没想到您会这样……您是个落后的人啦。"

熟人感到吃惊，并立刻同意了小丑的说法。

"今天我读完了一本多么好的书啊！"另一个熟人告诉他说。

"得了吧！"小丑提高声音说道，"您怎么不害羞？这本书一点儿意思也没有，大家老早就已经不看这本书了。您还不知道这个？您是个落后的人啦。"

于是，这个熟人也感到吃惊——也同意了小丑的说法。"我的朋友某君真是个非常好的人啊！"第三个熟人告诉小丑说，"他真正是个高尚的人！"

"得了吧！"小丑提高声音说道，"某君明明是个下流东西！他抢夺过所有亲戚的东西。谁还不知道这个呢？您是个落后的人啦！"

第三个熟人同样感到吃惊——也同意了小丑的说法，并且不再同那个朋友来往。总之，人们在小丑面前无论赞扬谁和赞扬什么，他都一个劲儿地驳斥。

只是有时候，他还以责备的口气补充说道：

"您至今还相信权威吗？"

"好一个坏心肠的人！一个好毒辣的家伙！"他的熟人们开始谈论起小丑了，

"不过，他的脑袋瓜多么不简单！"

"他的舌头也不简单！"另一些人又补充道，"哦，他简直是个天才！"

末了，一家报纸的出版人，请小丑到他那儿去主持一个评论专栏。

于是，小丑开始批判一切事和一切人，一点儿也没有改变自己的手法和自己趾高气扬的神态。

现在，他——一个曾经大喊大叫反对过权威的人——自己也成了一个权威了，而年轻人正在崇拜他，而且害怕他。

他们，可怜的年轻人，该怎么办呢？虽然一般地说，不应该崇拜……可是，在这儿，你试试不再去崇拜吧——你就将是个落后的人啦！

在胆小的人们中间，小丑们是能很好地生活的。

蠢人的评判

——［俄国］普希金

> 让我们只为一件事尽力吧：
> 愿我们所带来的确是有益的食物。

你一向是说真话的，我们伟大的歌手；你这次也说了真话。

"蠢人的评判和群氓的嘲笑声"……对这两点又有谁不曾领教过？

所有这一切都可以，而且应该忍受；谁能够做到，就让谁来表示轻蔑吧！

然而有一些打击，它们刺痛着你的心坎，比什么都痛……一个人做了他力所能及的一切；努力地、热情地、忠实地工作……而一颗颗正直的心灵却嫌弃地躲开他；一张张正直的面孔一听到他的名字便因愤怒而变得通红。

"躲开点儿！滚蛋！"一些正直的、年轻的声音对他嘶喊，"无论是你，还是你的劳动，我们全不需要；你玷污了我们的住所—— 你不认识，也不理解我们……你是我们的仇敌！"

这时这个人该怎么办呢？继续劳作，不要试图去辩白——甚至不要企望有稍微公正一些的评价。

从前，庄稼人诅咒一个过路人，这位过路人给他们土豆——穷人赖以度日的食物——面包的代用品。他们把这份珍贵的礼物从那只向他们伸出的手中打落在地上，把它摔进泥土里，用脚践踏。

如今，他们依它为食——而他们甚至不晓得恩人的姓名。也罢，他的名字对他们又有什么意义？他，虽然无名，却把他们从饥饿中拯救了出来。

让我们只为一件事尽力吧：愿我们所带来的确是有益的食物。

从你所爱的人嘴里听到错误的谴责是苦涩的，然而即使这也是可以忍受的。

"打我吧——但是要听从我！"雅典的首领对斯巴达人说。

"打我吧——但是祝你健康和温饱！"我们应该这样说。

鬣 狗

——［俄国］谢德林

"人性"从来没有真正屈膝，
而是在暂时撒满"鬣狗性"的灰烬底下继续燃烧。

描写鬣狗的文字在哪本动物学中都有记载。它那下边尖尖的嘴，既不说明奸猾，也不说明狡诈，更不说明残忍，甚至可以说是可爱。

它是靠流露善意的小眼给人这种良好印象的。别的尖嘴动物，眼睛清明敏捷，炯炯闪光，眼神是残忍的、野心勃勃的。而它的眼睛，却懒洋洋、水汪汪的，眼神善良，使人信赖。当天主教神父想要把信徒的良心搜索一番的时候，往往就有这种温存的眼睛。另外有些受到信任，以绝密方式誊写值得贺喜的奖赏名单的官员，为了给人以希望，同时又能保守国家机密，对大家一律报以微笑的时候，也有这种眼睛。

谁会认为这里描写的是自古以来就声名狼藉的鬣狗呢！

鬣狗在古代被看做是超自然的动物，古人认为它能施展魔法。对鬣狗的这种见解，在这类动物栖息的国家的土著居民当中，多半至今还占压倒优势。就勃莱姆写的故事看来，当地阿拉伯人相信，人吃鬣狗脑子要发疯，魔法师利用这个办法害他憎恨的人。除此之外，阿拉伯人还相信，鬣狗不外是伪装的魔术师，白天是人，夜里变成野兽，杀害一个个虔诚的灵魂。

显然，这些传说不太近乎情理，正像我在莫斯科河南岸从一位商妇那里听到的一个寓言一样，她说："我知道一条鬣狗，白天变成人，请来各位贵宾，到星星刚刚闪亮的时候，就拿起笔来——用鬣狗的方式——给报纸写文章……"多么荒唐啊！

然而，讲到条花鬣狗，勃莱姆的评价却宽容许多，虽然他未见到它的特殊美德。不过一般说来，野兽是既不会有美德也不会有恶德的，它们有的只是本性。据勃莱姆证明，条花鬣狗的吠叫不像人们讲的那样讨厌——他听见这吠声，往往觉得开心。相反花斑鬣狗的吠叫，确实有一种特性，会"使任何一个虔信宗教、又有生动想象的灵魂，极易认为这是魔鬼及其一群地狱伙伴的可怕的哈哈笑声"。

所以，如果你读御前报纸，听见"可以认为是魔鬼的哈哈笑声"，那么你就知道它是花斑鬣狗，而这种鬣狗的变种是所有鬣狗之中最危险、最可恨的。

关于这种鬣狗，勃莱姆没有任何说明，不过总结性地说了一说，他讲鬣狗的故事多少有点混乱。显然，这种混乱之所以产生，正是由于这类善于摇身一变的鬣狗好像从他那里逃脱了。幸而它没有逃过我在前面提到的那位莫斯科河南岸的商妇的眼睛，毫无疑问，她亲眼看见了这种鬣狗。

"看看它吧，多可爱啊！"她说，"它开始哼哼哈哈……哈哈，哈哈，可突然又呜呜哭啦……主啊，救救它吧，饶恕它吧！"

然而，勃莱姆说，鬣狗能发出尖得令人厌恶的声音，浑身发臭，吃东西发出呼呼的叫声。鬣狗的叫喊声、哈哈声会使迷信的人十分自然地觉得地狱里的魔鬼发疯了——他所指的无疑正是这样的变种。再说，这种鬣狗只攻击弱者、睡着的和毫无防护的（自然，如果牺牲品被捆绑着的，那就更好了），此外，它还常常将屋中的小孩托走。一般说来，小孩儿是善于摇身一变的鬣狗喜爱的美餐。夜间，它钻进玛姆布克人（卡弗尔部族之一）的住所，悄声走过牛犊身旁，拖走熟睡的母亲身边的孩子。

活捉鬣狗并不特别困难，所以养兽人贱价买来，把它们装在笼子里供大家参观。关在笼子里的鬣狗整小时整小时地侧卧在那里，像一段又粗又短的木头。后来，忽然一跃而起，以难以言传的愚蠢神情看着大家，身子在格子上擦蹭，那种刺人骨髓的狂叫声也随之而来。

然而，据另一位学者证明，鬣狗有多大的奸诈，就有多大的怯懦。有一次，他到天蓝河畔一群伙伴那里过夜，忽然紧靠着篝火旁出现一条鬣狗，它唱起裂人心肝的歌。但当聚集在一起的伙伴们刚刚哈哈大笑来回应这支歌儿的时候，这位不速之客却惊惶万状，马上跑掉了。另一次，在赛纳阿尔城，他半夜做客回来，在城里一条街上遇见相当大的一群鬣狗。可笑的是，驱散它们的办法只是扔了一小块石头。

鬣狗甚至可以被驯服。当然，做这件事不会给人愉快，但为详细研究这种动物的习性，诸如此类的尝试并非无益。驯服也相当容易！只是殴打和洗冷水澡是必不可少的。勃莱姆说，用这种办法驯服出来的鬣狗，看见他就立刻跃身而起，高高兴兴地吠叫，先是在他身旁跳来跳去，把前爪放在他肩上，闻闻脸，最后就直挺挺地竖起尾巴，把翻卷着的肠子从肛门里伸出一英寸半至二英寸来。总之，这里正像在任何地方一样，人赢得了胜利。只是那伸出的肠子，多少让人有些不愉快。

不过，看见鬣狗的快活……这也各有不同……

但这个故事到底是什么意思，写它有什么目的？也许，读者会问我。——我讲这个故事，目的是以直观方法表明，"人性"永远而且必定战胜"鬣狗性"。

有时我们觉得，"鬣狗性"准备充塞整个世界，不断向左右扩充，眼看就要挤死一切有生之物了。这种幻觉并非偶然产生，四周响着哈哈声和尖叫声，阴暗深处传来唤起仇恨、争吵、倾轧的呼喊。一切有生之物都在无名的恐怖下叩头作揖，善屈膝了，美屈膝了，人性屈膝了！一切内心活动都在这个恼人念头的重压下停滞了，像挂起密不透风的帷幕似的，一切都被仇恨、诽谤、鬣狗性永远遮盖了！

然而，这是一种荒谬的想法。"人性"从来没有真正屈膝，而是在暂时撒满"鬣狗性"的灰烬底下继续燃烧。

今后它也不会屈膝，也不会中止燃烧，决不会！因为，只要人能够认识到"鬣狗精神"绝对施展不出会造成无理及恶毒的偏见的魔法，这样就会使心灵与头脑醒悟，人性就会赢得胜利。这醒悟一旦出现，就不再需要培养"鬣狗精神"了。为什么？因为它毕竟不会停止发出臭味，况且培养也有许多麻烦，它将自然而然地向深渊坠落，最后，直到大海把它吞没，历史把它吞没。

论 自 私

——[英国] 培 根

虽然他们时时在谋算怎样为了自己而牺牲别人，
但命运之神却常常使他们自己，
最终也成为自己的牺牲品。

  蚂蚁那种不思劳苦、不停工作的精神是值得赞扬的，但对于一座花果园，它却是一种很有害的生物。自私的人也如同蚂蚁，不过他们所危害的不是花果园而是社会。

  人应用理智对利己之心与利人之心加以区分。在为自己谋利益时，不要损害他人，更不能损害君王与国家。

  人不能奢求自己是圆心，一切都向其看齐。对于一个君王，他或许可以这样做，因为他所代表的不仅是个人，还有国家的利益。而对于一个公民，自私自利却是一种永不可取的品德。这种人总是把一切事物都按照自己私利的需要加以扭曲，然后就是祸及一方，扰乱社会。

  所以，在为国家选拔良材时，君主的眼光千万要锐利，莫让这种人滥竽充数。因为，一旦任用这种自私的家伙，他们就将为自己私利而牺牲与公益有关的一切，成为最无耻的贪官污吏。他们所谋取的不过是自家的幸福，危害的却是整个国家和社会。俗话云，"点着别人的房子煮自己的一个鸡蛋"，这正是极端自私者的本性。

  事实上，这种人却最容易得主之心。因为为了达到利己的目的，这种人是宁愿不惜一切手段去阿谀奉承的。自私者的行为是最见不得光的。这是那种打洞钻空了房屋，而在房屋将倒塌前及时迁居的老鼠式的行为；这是那种欺骗熊来为它挖洞，洞一挖成就立刻把熊赶走的狐狸式的行为；这是那种在即将撕碎落入口中的猎物时，却假装悲哀流泪的鳄鱼式的行为。

  但是，那种"只知自爱却不知爱人的人"，最终总是没有好下场的。虽然他们时时在谋算怎样为了自己而牺牲别人，但命运之神却常常使他们自己，最终也成为自己的牺牲品。毕竟，纵使人再善于为自己打算，也无法走出掌握命运的神灵的巨手啊。

怨　歌

————〔英国〕乔　叟

> 如此看来，我苦恼而死，仍是起因于她。
> 此刻只消她愿意讲出一句好话，我便得救。

此刻的我悲惨至极，并且对此种惨景竟束手无策，我唯有向控制着我的生命的她高声呼吁，可是她对一个真心人竟毫无怜悯。我虽忠诚相待，她仍不惜置我于死地。

难道我一切言行都不能博得你的一点儿欢心吗？啊，完了！我的苦命呀！见我悲叹你反欢笑，把我的幸福剥夺殆尽。我好比被抛在一座无情的海岛上，再也无从逃生。甜心呀，我爱你最真切，可是我竟受到了这样的待遇！

我总结出一条真理：如果你的美色与仁德是可以估价的话，由你叫我如何愁苦，我也甘心情愿；原来我是世途上最渺小的一个行客，竟而妄自尊大，敢于高攀绝顶，遭你的冷眼也便不足为奇了。

啊，我的生命已到达了尽头，我知道死亡就是我的终结。我唯有悲唱一支令人生厌的歌曲：在苦难中我度过这一生。

我虽苦恼已极，但你当初的恩遇和我的深情促使我不顾一切，爱更甚于命。

如是，我绝望了，我在爱中求生——岂能求生，我在绝望中只有死亡！你既叫我无辜受难，以至于死，难道我就此放过不问？是呀，诚然我因她而不免一死，但我为她颠倒，却是我自作自受；是我自愿听她使唤，这岂是她的罪！

那么，我的烦恼既由自己造成，且自己甘心承受，她并未加以否认，可我该一言道破：即使我不幸而死，却无损于她的德性。我是一条可怜虫，一怨她天生丽质，二怨我对她中意。

如此看来，我苦恼而死，仍是起因于她。此刻只消她愿意讲出一句好话，我便得救。难道她竟眼见我愁痛而自鸣得意吗？啊，人们供她使唤乃至丧命，想必她已司空见惯，且引以为乐了。

可是，她既是我心目中的绝代佳人，是自然界所塑造的空前绝后的完善成品，却为何竟然把慈悲弃若粪土呢？这显然是自然界中的莫大缺陷，对于这一点我无法理解。

然而，天呀，这一切又不是我意中人的差错，我唯有痛责造物主与自然之神。她虽对我缺乏怜悯，我仍不应藐视她心中所好，因为她一贯如此。见人们嗟叹，她便要笑，这原是她的一时高兴。而对她的一切好恶，我只有唯命是从，毫无异议。

尽管如此，我仍将鼓起十二分的勇气，埋下一颗愁苦的心，向你恳求，望你施展大恩，倾听我冒昧呈辞，表达我的沉痛，至少求你一读我这首诉歌。我一面胆战心惊，唯恐于不知不觉中一言不慎，反而使你心生厌恶。

愿上帝拯救我的灵魂！天下恨事莫过于因我的失言而惹起了你的怒火。其实，直到我葬于黄土，你也难遇见一个更为真情的侍者。我只顾向你诉怨，还望你宽恕我，啊，我心头的爱人儿！

不论我前途是光明还是黑暗，我从来就是，永远是你的躬顺真实的侍者。你是我生命之源，也是我生命的终局，是光辉的维纳斯的太阳。自有上帝和我的真心为证，我对你的爱永远如初恋般真诚，这是我的唯一意愿。我对生死毫无怨言。

在百鸟择配的圣发楞泰因的节日，我作了这首诉歌，这首伤心曲，现在我献给她，我的一切已归她所有，永远由她支配。虽然她还未垂青于我，我仍将为她效劳到底，即使她置我于死地，我也依然对她钟情。

风　暴

—— ［英国］ 狄更斯

狂风一股接着一股从海里直往岸上猛刮过来。
我们奋力向前，越近海边，风势呼啸得就越吓人。

　　狂风一股接着一股从海里直往岸上猛刮过来。我们奋力向前，越近海边，风势呼啸得就越吓人。早在瞧见大海以前，海水的飞沫已经落到我们的嘴唇上，把带咸味的雨水倾倒在我们身上。海水涨起来了，吞没了雅茅斯附近几英里内的平原。那一片片水面，一汪汪水洼，都在拍击堤岸，它们用尽了全身的每个部位向我们狠狠扑来。我们看见大海时，只见水天相接处不时从翻滚的深海里蹿起巨浪，犹如另一个矗着塔群和建筑物的海岸在眼前一闪而过。我们终于进入了市镇，来到了人们的家门口，他们相互探出头来，头发随风飘荡，对这种夜晚还会有邮车到来而感到万分惊讶。

　　我先在那家老客店里卸下物品，然后就跑去看海。我摇摇晃晃沿街走去，大街上飞沫四溅，沙子和海草懒洋洋地躺在上面。我真担心会有石板和瓦片从上面掉下来，走到狂风肆虐的转角上，我几乎站不稳脚跟。走近海边，我发现，躲在建筑物后面的岂止船夫，镇上有一半人都在这儿了。时而有些人顶着怒号的狂风去看海，他们被风吹得全然把不住方向，只得在回来的路上走成了"之"字形。

　　当我在迷眼的狂风和飞沙走石及恐怖的喧嚣声中，有足够时间来观看一下大海的时候，那可怕的海面把我吓得心惊肉跳。只见一道道高矗的水墙滚滚而来，升到最高点以后又跌下来变成拍击海岸的激浪，这种水墙之中连最小的似乎也能把市镇吞没。当退却的海浪带着刺耳的轰鸣向后冲刷而去的时候，它又仿佛要在海滩上挖出一个个地洞，像是有意要破坏地面。泛着白沫的巨浪轰然向前，到达陆地之前撞成万千碎片，而那些碎片又很快再次手挽着手，迫不及待地想凑成另一个可怕的怪物。起伏的高山变成深谷，起伏的深谷又隆起来形成高山，深谷间不时掠过一只孤独的海燕，但很快便被高山吞没。大量的海水带着沉闷的声响震动着、摇撼着。海浪哗哗作响，滚滚而来，刚一形成，就改变了形状和位置，同时又击退另一个变幻不定的海浪。水天相接处矗着塔群和建筑物的想象中的海岸，时起时落，大片乌云在空中疾驰而过。此时，我似乎看到整个天地都融为一体，不能分开了。

论 权 势

——[英国]培 根

身居高位者实际上是君主和国家的臣仆、
荣耀的臣仆以及事业的臣仆。

身居高位者实际上是君主和国家的臣仆、荣耀的臣仆以及事业的臣仆。所以，他们没有人身的自由，没有言行的自由，也没有支配时间的自由。

然而，尽管如此，人们仍愿以失去种种自由为代价，去换取高等官位。为谋得高位或者说为凌驾他人之上，宁可以失去自由为代价。人性的这种欲望真是不可思议！何况取得权势并非一件容易的事。人在这条路上要忍受的何止自由，更有无尽的痛苦，然而最终的结果却未必不是更深的痛苦。

高官厚禄常引得人们苦思苦想，不择手段。但即使达到高位也往往坐不安稳，一旦倒台便是身败名裂。正如古语所说："早知今日，何必当初。"真是悲惨呵！

但尽管如此，权势仍魅力不减，因为默默无闻的寂寞是难挨的。正如那些老人，虽然风烛残年，却仍然闲坐在热闹的街口，追忆往昔的繁华。

更悲哀的是，拥有权势者，只能通过别人的眼睛来确认自己的幸福。若自行评判，则难以找到何为幸福之答案。他们能引以自慰的，只是别人对自己的羡慕和模仿。这使他们得到骄傲和荣誉，尽管他们的内心中同时也许恰恰相反。他们会时时感到忧虑，尽管他们只有在结局到来时才能真正意识到自己由爱慕虚荣带来的错误。

当权的人，往往没有时间保持自己身心的健康。有权势者，既能行善也能作恶，不过作恶会受到舆论的谴责，所以最好还是不做。行善的意向是值得称颂发扬的，但单纯停留在好的意向上，虽然上帝可以接受，对于人世来说还不如一场黄粱梦。许多有利人类的好事，要办成都需要权势相助。

人生事业的标尺是成功和美德，同时具备这两者的人是幸福的。所以，一个人行事应当做到，即使面对上帝也不感到亏心，这样才能心安理得。

身居高位者，应立一楷模，激励自己。此外，还应从过去那些不称职者身上吸取反面的教训。当然，这样做应以尊重为前提，目的只是为了避免重蹈他人的覆辙。同样，如果有所兴革，也不应是为了诋毁历史，而是为了给后人创造更为明净的环境。

身处权位者应当研究历史，特别要注意分析好的事物是什么时候蜕化和怎样蜕化的。同时还应当了解当代与历史的不同特点。对于历史，应当去其糟粕，取其精华。而对于现代，则应当寻找当前最实用的东西。应当力求使自己的行动有规律性，让人们清楚了解你下一步将做什么。绝不要过于自信和自负。当需要变更成规时，应该向公众把变更的原因及内容解释明白。

掌权者享有特殊的权利，这是应该的。但对于这种特权，与其炫耀，不如默默享受，更不应滥用扰乱法规，同时，也必须照顾下属者们的权益。对下属的事，只应做原则性的指导，而不要事事详察。

要听得进意见，采取对的，接受实施对错的讨论解决方法，不要把那些"好管闲事"的热心人拒之门外。

对掌权者经常做的错事归纳有四：延误、贪污、蛮横和受骗。避免延误的办法是：信守时间，当断则断，不把必须做的事积压起来。避免贪污的办法是：不仅要严以律己，还要约束身边的人，尤其是那些行贿者。掌权者还应当注意摒弃受贿的嫌疑。如果对一件已决定的事情，无明显原因突然改变原则或意图，那么就可能引起他因收受了某种贿赂而改变意图的嫌疑。因此，当改变一个决定或做法时，一定要把目的以及改变的原因公布于众。

要注意，一个仆人或一个亲信，由于与有权势者的密切关系，往往是会成为通向贪污受贿的秘密渠道。

至于蛮横，应当知道，严则畏，而蛮则产生怨的道理。

至于被欺惑，那要比受贿赂危害更大。因为贿赂只是偶然发生的，而一个掌权者如果易于受欺惑，那么，他将一直被人操控且不自觉。

所罗门曾说："讲私情没有好处。它使人为了得到一块面包而破坏法律。"还有一句话说得好，"地位展示性格"。这就是说，地位越高，人的品格越易显露。

塔西伦曾对卡尔巴说："即使他不成为帝王，他也天生是个帝王。"而对于菲斯帕斯他却说："掌权使他的人格得到增进。"第一句话赞许前者的天赋能力，而后一句古话则称赞后者的修养。官称愈高其修养愈增，这是具有善的品格的最好证明。因为荣誉是来自或者说只应该来自于美德。但世人往往当其未得志的时候，尚能具有某些美德，但拥有权势后，美德便不知去向了。这正如在自然界中物体的运动一样，在启动时很迅速，而在行进中就渐缓下来了。

走向高职取得权势的路充满了坎坷和沟壑，因此，在这条道路的开端，参加某一政派是必要的。但一旦达到相当地位后，就应当退出派争寻找平衡。当权者对前人的荣誉要珍视和公正，否则当你引退时，人们也会用同样的办法加倍偿还你。

对于周围的共事者，应当相互关照。宁可在他们不想会见时会见他们，也不要在他们想会见时拒绝他们。在谈话中以及答复下属的问题时，不如暂时抛弃地位差异，应该使人得到这样一种印象："他在工作上是个认真负责的人，没有官架子。"

嫉 妒

—— ［英国］罗 素

我们对自己认为毫无希望达到的幸运是不会嫉妒的。

没必要的谦虚与嫉妒关系密切。谦虚往往被认为是一种美德，但我对此表示怀疑，谦虚在其更为极端的形式上是否仍值得如此看待。谦虚的人需要一连串的安抚保证，而且没有勇气和信心去完成他们力所能及的事情和任务。谦虚的人相信自己比不上身边的人。因此他们容易产生嫉妒心，并由嫉妒心升级为不幸和敌意。在我看来，告知自己的孩子是个好孩子非常重要。我不相信哪一只孔雀会去嫉妒另一只孔雀的羽尾，它们都认为自己的羽毛是世界上独一无二最美丽、最耀眼的。结果是，孔雀成了和平温顺的鸟类。试想，如果一只孔雀被告知，对自己评价很高是一种邪恶的行为，那它会变得多么不幸啊！每当它看见同伴开屏时，它就会自言自语："我可不能去想我的羽尾比它的更漂亮，因为这样想是骄傲自满。可是，我多么希望自己更漂亮些呀！那只丑鸟太自以为漂亮了！我扯下它几把羽毛怎样！这样我就不用再害怕与它相比了。"或许它会设个陷阱，去陷害、恶语中伤那只无辜的孔雀。于是它会在头领会议上谴责那只孔雀。渐渐的它会立下这样一条规定：所有长着无比漂亮羽毛的孔雀都是恶毒的，孔雀王国中那位聪明过人的统治者就会选择这只仅有几根秃羽的孔雀当头领。到那时，它会处死所有美丽的孔雀，到最后，真正光彩夺目的尾羽将会变成只在肮脏的记忆里才存在的东西。这样的恶果就是嫉妒者最终的胜利表现。但是当每只孔雀都认为自己比其他同类更漂亮时，就没有这种压抑的必要了。每只雄孔雀都想在这一竞争中赢得第一名，并且由于它们尊重自己的雌性伴侣，所以都会认为佳绩是属于自己的。

当然，有竞争才会有嫉妒，二者紧密相联。我们对自己认为毫无希望达到的幸运是不会嫉妒的。在那个社会等级森严固定的时代，最下等的阶层是不会嫉妒上阶层的，因为贫富之间的界限被认为由上帝指定的。乞丐不会嫉妒百万富翁，即使他们会嫉妒那些比自己成功的乞丐。现代社会中，地位的变动不定，以及各式各样的平等学说，极大地拓展了嫉妒的范围。这是一种邪恶，但是为了达到某一公正程度，我们必须忍受这种邪恶。当对不平等进行理性思考时，除非我们是基于一种应得价值的高度，否则即会被视为不公正。一旦这种不平等被视为不公正，除了把名消除，否则由此引起的嫉妒是没有其他解决办法的。

驱逐无知

—— ［英国］弥尔顿

无知是比享乐主义还坏、
还卑鄙、还讨厌的东西。

    没有坎坷，不经历苦难，非大喜大悲过的生活就如同一种动物的生活一样，或是与一种把它的小巢筑在很远很深的森林里的很高树梢上的小鸟的生活一样。它在那小天地里安全地喂养着它的子女，它飞来飞去找着食物，而不用担心猎人的陷阱，在清晨和黄昏，可以尽情地用它那甜美的歌喉歌唱。这就是无知者的"幸福生活"。人脑为什么要想那么多烦恼的事呢？好，你如以此为论据的话，那么，我们将献给无知以荷马史诗《奥德赛》中女魔的酒杯，让它脱掉人的画皮，复原成动物形状成为动物界中的一员。让无知回到动物中去，动物肯定会拒绝接受这个没有名气的客人。

    无论如何，很多动物还具有某种低级的推理能力或者出于一些很强的本能驱使，令它们可以从事一些高级的劳动或者发明一些东西。普鲁塔克告诉我们，狗在追踪猎物时表现出具有一些辨别的知识，如果它们碰巧遇上十字路口，它们会利用逻辑思维来判断选择道路。亚里士多德指出，夜莺以某种音乐规则对它们的子女进行教育。

    许多动物都会为自己疗伤。它们在医学上教给人宝贵的知识。埃及的朱鹭教给我们泻药的价值，河马教给我们放血的益处。对那些经常为我们预报风、雨、洪水到来或天气好坏的动物，难道谁还会认为它们不会看天文现象吗？鹅所表现出的谨慎和严格的品德令人惊叹！为了防止多嘴的危险，它含着卵石飞过金牛山。蚂蚁给我们家庭理财观念以启示；我们的共和政体则得益于蜜蜂；而军事科学承认仙鹤哨兵岗位制的练习以及在战斗中列成三角形队列，此举，使人类受益匪浅。动物是如此聪明，以至于不让无知存在于它们的团体和社会中。它们将迫使无知到一个更低级的层次。那是怎样的层次呢？是树木和石头吗？如果无知与树木和石头为伍，为什么就连树木、灌木丛和整个森林都曾拔起它们的根匆忙去听俄耳浦斯那优美的乐曲呢？它们也被赋予了不可思议的力量和神奇的预言才能。岩石也具有学习的天赋，它能够听懂诗句并做出反应。那么，无知是否也被岩石和树木驱赶走了呢？是的，无知被赶到比任何动物都低级，比岩石和石头还低级，比任何自然物都低级的档次。是否能允许无知到伊壁鸠鲁的信徒们，著名的"根本不存在"那里去找安息之地呢？不行，就是那里也不允许。因为无知是比享乐主义还坏、还卑鄙、还讨厌的东西。总而言之，无知一无是处，毫无价值。

审 判 室

—— ［英国］王尔德

我从来就没想象过哪儿有什么天堂。

审判室的门被打开了，一个一丝不挂的男人缓步走到上帝面前。

上帝打开记录这个男子一生的书。

上帝对男子说："你的一生是邪恶的，你对那些需要救济的人表现残酷，对那些需要帮助的人，你的心冷若冰霜。对穷苦人的呼声你充耳不闻。你视我苦难的子民为玩物。你把那些生父不明的继承权摄归已有。你往邻居的葡萄园里放狐狸。你把几月未进食的儿童们手里的面包抢去喂狗。我的那些麻疯病人住在沼泽地带，仍心情平静地赞美我，而你却在大道上乘车直闯；我曾用泥土造了你，而你却使灾难遍布我的每寸土地。"

男子回答说："我确是这样做的。"

上帝又一次打开记录这个男子一生的书。

上帝对男子说："你的一生是邪恶的，我创造的美你从不去追求，我隐匿起来的善你从不去过问。你寝室的墙上画着图像，你从那令人生厌的床上爬起来，吹弄长笛。你对我遭受过的那些罪孽筑了七座祭坛，你将那禁吃的东西咀嚼得津津有味，你那衣服上的紫色就是给你绣上的三个羞耻的象征。你的偶像不是能长久保存的金质或银质偶像，而是那极易变质的肉塑。你用香料涂她们的头发，在她们手中插上石榴枝。你用红玫瑰涂染她们的双足，在她们面前铺上地毯。你用锑粉涂染她们的眼睑，用没药树脂涂染她们的身躯。你在她们面前躬身下拜，你的偶像的宝座设在太阳里面。你蔑视太阳，崇拜月亮。"

男子回答说："我确是这样做的。"

上帝第三次打开记录这男子一生的书。

上帝对这男子说："你的一生是邪恶的，你不分黑白，颠倒事非，视恶为善，视善为恶。给你送过食物的手，你加以伤害；让你吮吸过的乳房，你予以鄙视。给你带来水的人却口渴着离开，法国人夜晚将你藏在他们的帐篷里，第二天清晨你又将他们出卖。你的敌人烧了你的性命，你却在设伏地点设下陷阱擒他；为了一笔赏金，你可以出卖和你同行的朋友；对待爱你从不感激，只有索取。"

男子回答说："我确是这样做的。"

这时上帝合上记录这男子一生的书，说道："你的罪行只有下到地狱才可减轻一些，你的确应该去地狱。"

男子喊道："你不能送我进地狱。"

上帝说："何以我不能把你送进地狱，什么原因？"

"因为我经常就是住在地狱里面的。"男子回答道。

审判室内一片沉寂。过了一会儿，上帝开口了，他说："既然我不可以把你送进地狱，那我一定要把你送进天堂。真该送你进天堂。"

男子喊道："你不能送我进天堂。"

上帝惊异地问男子："难道你不愿意进天堂？"

"不，是因为我从来就没想象过哪儿有什么天堂。"男子回答道。

审判室内又一片沉寂。

起　因

——［英国］雪　莱

> "原因"一词不过仅仅只是反映出了人类意识的一种状态。
> 它表达的是人们所理解的彼此相关的两个观念相互关联的一种方式。

人生观是智力体系最精密的演绎所展示的。万物以其被感知的方式存在着，人们以"观念"与"外在客体"之名粗浅地对思维的两种类型加以区分，然而，这两者之间的差别只是名义上的。同理，依照这种演绎方式，各不相同的个体意识与我们现在正在使用以审度自身本性的东西相类似，这就可能只是一种幻觉。那些所谓标志观念集合体实际区别的符号，"我"、"你"、"他们"，其实只不过是人们用来指示心灵的不同变化的修饰语而已。

不过，请不要误以为这种学说导致了这样一个狂妄的推论，即我，一个现在正在写作、思考的人，就代表那"一个心灵"；我，只不过是它的一部分。为了排列组合而创设的语法手段才使得我们发明了"我"、"你"、"他们"这些词语，但这根本不带通常附属于它们的那种严格、专一的意义。"理性哲理"为我们带来了那种微妙的观念，如是找到合适的名称来代替它，是相当困难的。我们正濒临为词语所抛弃的边缘。如果我们俯视一下自身无知的黑暗深渊，我们会头晕目眩，我们何等惊异！

不过，事物之间的关系没有因任何"体系"而变更。所谓"事物"一词，我们可将它理解为思想的任何客体，也可以是任何明彻的分辨力对之进行思考的思想。这些事物之间的关系仍然未变，并成为我们获取知识的原材料。

人生是因为什么而发生的？或者说，如何产生出的人生？是什么样的力量在主宰人生？古往今来，人类煞费苦心地试图对这一问题找出答案，其结果为——诉诸宗教。然而，万物的基础不可能是通俗哲学所宣称的意识，这一点是显而易见的。倘若我们逾越了对意识属性切实体验这一范畴，一切论证将显得多么徒劳无益。因为意识不可能被创造，它只能被感知。于是意识被说成是人生的原因，但是，"原因"一词不过仅仅只是反映出了人类意识的一种状态。它表达的是人们所理解的彼此相关的两个观念相互关联的一种方式。倘若任何人想知道运用通俗哲学来解答这一重大问题是何等力不从心，那么，他们只需不带偏见地回顾一下自己意识中的各种观念是如何发展的就可以了。意识的来源，也即存在的来源，是和意识本身毫不相同的。

人的过错

—— ［法国］卢　梭

你与生俱来的能力所带给你的权利和自由已达极限，

不要奢求更多，

其他一切全都是奴役、幻想和虚名。

　　量力而行，放弃妄想，人会永远快乐，远离烦恼。紧紧地占据着大自然在万物的秩序中给你安排的位置，没有任何力量能够使你脱离那个位置，不要反抗那严格的必然的法则，没有必要因它而空耗尽体力，因为上天所赋予你的能力，不是用来扩充或延长你的存在，而只是用来让你按照它喜欢的样子和它所许可的范围生活。你与生俱来的能力所带给你的权利和自由已达极限，不要奢求更多，其他一切全都是奴役、幻想和虚名。当权利要依靠舆论的时候，其本身就带有奴隶性，因为你要以你用偏见来统治的那些人的偏见为转移。你要按自己的心意去支配他们，你就必须按照他们的心意办事。他们只要改变一下想法，你就要相应改变自己的做法，无论你是否情愿。只有自己实现自己意志的人，才不需要借用他人之手实现自己的意志。由此可见，在所有的财富中，最为可贵的不是权威而是自由。而真正自由的人，从不奢求得不到的东西，也不做不喜欢做的事。

　　我们误用了我们的能力，结果痛苦紧随而来。精神上的痛苦无可争辩地是我们自己造成的，而身体上的痛苦，要不是因为我们误用了能力使我们感到这种痛苦的话，是算不得一回事的。大自然之所以使我们感觉到我们的需要，难道不是为了保持我们的生存吗？身体上的痛苦难道不是机器出了毛病的信号，警告我们更加小心吗？坏人不是在毒害他们自己的生命和我们的生命吗？谁愿意始终这样生活呢？死亡就是解除我们所做的罪恶的良药，大自然不希望我们一直遭受痛苦。在蒙昧和朴实无知的状态中生活的人，所遇到的痛苦是多么少啊？他们的身体是那样的健康，他们的精神是那样的愉快，以至于从未想过死亡这个概念。当他们意识到死的时候，他们的痛苦将使他们希望死去，这时候，在他们看来死亡就不是一件痛苦的事情了。如果我们满足于现状，我们对命运就没有什么可抱怨的。为了寻求一种空想的幸福，我们却遭遇了千百种真正的灾难。谁要是遇到一点点痛苦就不能忍受，他就一定会遭到更大的痛苦。

我想，万物的运行轨道是有一个规律的，普遍的灾祸只有在脱离轨道的时候才能发生。个别的灾祸只存在于遭遇这种恶事的人的感觉里，但人之所以有这种感觉，不是由大自然赐予的，而是人自己造成的。任何人，只要他不常常想到痛苦，不瞻前顾后，他也就不会有痛苦之感。

遗忘之河

——［法国］ 普鲁斯特

> 死，这个虔诚而又无可非议的证人告诉我们，
>
> 从真、善的角度来看，
>
> 每个人身上的善通常多于恶。

　　米什莱对死的理解独树一帜，这也许是因为他经历过一场轰轰烈烈的爱情游戏吧，他认为："死神会美化她要打击的那些人，夸张他们的美德，然而一般来说，伤害他们的恰恰就是活着的生命。死，这个虔诚而又无可非议的证人告诉我们，从真、善的角度来看，每个人身上的善通常多于恶。"

　　在我们心中那个让我们遭受各种苦难的人早已死去，她对我们来说实在是"无关紧要"。我们为死者哭泣，我们仍然热爱她们，久久地为她们无法抵御、使她们虽死犹生的魅力所吸引，为此我们经常来到她们的坟前。相反，使我们体验到一切，饱尝痛苦和快乐滋味的那个人再也不能控制我们。在我们心里，她死得更加彻底。我们把她当做这个世界上唯一珍贵的东西，我们诅咒她、蔑视她，又无法评价她，她的容貌特征刚刚清楚地展现在我们记忆的眼前，却又因为凝视太久而消失殆尽。对于深深影响着我们心灵的那个人的评价是没有规则的，时而她的远见卓识折磨着我们盲目的心灵，时而她的盲目又结束了这残忍的分歧，像这样的评价应该解决这最后的飘移。由于这些景色只有在山顶才能够欣赏，于是在该饶恕的高度便出现了那个货真价实的她，她成了我们的生活本身，从此之后她在我们心中死得更加彻底。我们只知道抱怨她带走了爱，却不明白她对我们有一种真正的友谊。记忆没有美化她，爱情使她备受伤害。对于那个想得到一切的人来说，得到一点儿似乎只是一种荒唐的残酷。假如他得到了一切，这一切也远远不能满足。

　　现在我们才知道，我们的绝望、嘲讽、无止无休的暴虐没有让她失去勇气，实在是她的慷慨所致。她始终温情脉脉。如今援引的几句话在我们看来带有一种宽容的准确而且充满魅力，她的这几句话我们好像无法理解，只因为那话里没有爱的意义。相反，我们却带着那么多不公正的私心苛刻地谈论她！难道她付出的

还不够多吗？如果这阵爱情有高潮一去不复返，那么，我们在散步的时候，也会捡到一些奇异迷人的贝壳，把它们贴近耳边，昔日的喧嚣将再现，冲淡了痛苦，增添了甜美。于是，我们动情地想到她，我们的痛苦在于我们爱她胜于她爱我们。

　　她的躯体已经死去，她的精神还留在我们心中。正义要求我们纠正对她的看法。她借助于正义这种无所不能的美德让她的精神在我们心中复活，显现在由于我们的缘故而离她十分遥远的这个最后评价面前，她仍旧平静祥和，眼里却泪光闪闪。

恶 之 源

——［法国］霍尔巴赫

科学、理性和自由才是人们前进和获得幸福的源泉。

宗教永远只能用毫无实际作用的各种障碍物来抵抗败坏的世风。无知和奴役使人们变得凶恶而不幸。科学、理性和自由才是人们前进和获得幸福的源泉。但是，世界上的一切事物都在助长人们的愚昧无知，促使他们坚信谎话和谬论。神甫们欺骗他们，暴君们使他们堕落，以便更容易地奴役他们。人们受到这种宗教观点或形而上学幽灵的愚弄，竟不去探求自己痛苦的自然和可见的原因，反而硬说自己的恶德是由于人的本性不完善；人们在暴政下所遭受的苦难和动荡不安却被认为是神灵在愤怒。他们向上帝祷告、立誓、供献祭品，祈求上帝为他们免除灾祸，其实他们应该把灾祸的原因归于自己统治者的失职、无知和腐化，归于罪恶的行政制度、有害的习俗、错误的学说、轻率的法律，当然最最重要的是教育制度不够完善。如果从人的儿童时代起正确的概念就得到了发展；如果他们的理性得到了必要的教育和指导；如果人们都敢于与反动恶势力作斗争，绝对不需要神灵和对神灵的恐惧。当人们获得真正的教育时，他们自然会变成善良的。当他人受到正确的管理时，如果他们对自己的同胞造成祸害，将受到惩罚和蔑视；若让同胞们幸福快乐，理应给予奖励。对人们的恶德只加制止，不思根除是毫无意义的。只有当人们发现了真理，他们才会认识自己的迫切利益和之所以要鼓动人们为善的真正原因。各民族人民的精神统治者们竭力使人们的视线关注天国已经太久，使他们朝地上看的时刻终于来到了。理智的人们，请回头来研究自然的事物、易懂的对象、明显的真理和有益的知识吧。诅咒捆绑各民族精神和灵魂的绳索早日断裂，祝愿合理的思想在似乎永远注定要成为谬论的牺牲品的理智中自动地发育生长。为了消灭或者哪怕是用力推一推宗教的偏见，难道指明一切不可理解的东西对人并没有任何价值还不够么？为了相信无法理解的表现；为了相信以谬论解释宇宙的种种奥秘，只会使这些宇宙秘密变得更加无法说明的存在物是纯粹的虚构；为了相信人们在这样多的世纪的过程中徒劳无益地向之祈求得到幸福、快乐和免遭灾难的一种存在物是纯粹的虚构；为了相信这个存在物是一种不反映任何实在事物的观念，除了简单的健全思想以外，什么也不需要了，不是吗？

人对真理充满仇恨

—— ［法国］ 帕斯卡

他渴望能消灭真理，但却是摧毁不了真理本身的，
于是他就尽可能地摧毁他自己认识中的以及别人认识中的真理。

　　只爱自己或只考虑自己是自爱与自私的一种释义。然而，除此之外，你又能要求做什么呢？他无法防止他所爱的这个对象不充满错误和可悲：他要求伟大，而又看到自己渺小；他要求幸福，而又看到自己可悲；他要求完美，而又看到自己充满着缺陷；他要求能成为别人爱慕与尊崇的对象，而又看到自己的缺点只配别人憎恶与鄙视。他发现自己所处的这种尴尬，便在自己身上产生了一种人们可能想象的最不正当而又最罪过的感情，因为他对于在谴责他并向他肯定了他的缺点的那个真理怀着一种死命的仇恨。他渴望能消灭真理，但却是摧毁不了真理本身的，于是他就尽可能地摧毁他自己认识中的以及别人认识中的真理，这就是说，他要费尽苦心既向别人也向他自己遮蔽起自己的缺点，他既不能忍受别人使他看到这些缺点，也不能忍受别人看到这些缺点。

　　显而易见，有缺点不是一件好事，但更糟的是有缺点不正视它、不承认它，因为这又在缺点之上增加了一项故意制造幻觉的缺点。我们不愿意别人欺骗我们，他们若想要得到我们的尊崇有甚于他们的天份，我们就会认为是不正当的。因而我们若是欺骗他们，我们若是想要他们尊崇我们有甚于我们的天份，那也是不正当的。

　　因此很显然，当他们发现了我们确实具有的缺陷和罪恶的时候，他们根本就没有损害我们，因为成其为损害原因的并不是他们；并且他们还对我们做了一件好事，因为他们帮助我们，使我们摆脱了一件坏事，即对于这些缺陷的无知。他们认识到这些并且鄙视我们，我们不应该生气。无论是他们认识到我们的真实面貌，还是他们鄙视我们——假如我们是可鄙的——全都是正当的。

　　这样的情操源自一颗有着正义和公道的心。可是当我们看到自己的心中有着一种全然相反的倾向时，我们对于自己的心又该说什么呢？难道我们不是真的在仇恨真理和那些向我们说出了真理的人吗？我们不是真的喜欢为了我们的利益而

让他们受欺骗，并且愿意被他们评价为我们事实上所并不是的那种样子吗？

令我感到害怕的是其中的一个证明。天主教并不规定我们不加区别地向一切人都坦白自己的罪过，它容许我们向其他所有的人隐藏秘密，但其中只有一个唯一的例外，对于这个唯一者它却要求我们坦白出自己的内心深处并且让他看到我们的真实面貌。世上只有这个唯一的人，它命令我们不得欺骗并使他有义务担负起一种不可侵犯的秘密，那就是对他而言这种知识仿佛不曾存在似的。难道我们还能想象有什么更加慈爱、更加美好的事吗？然而人类却是那么腐化，以致于他们还觉得这条法律太苛刻，而这就是一大部分欧洲人都要背叛教会的主要原因之一。

人心是何等不公正而又不讲理啊！我们只须对一个人做出在某种程度上本来是该向所有的人都做出来才能算公正的事，而我们却还觉得不好。难道我们要欺骗所有的人才算公正吗？

这种对于真理的反感程度不一，但不可否认的是人人都有这种反感倾向，因为它和自爱是分不开的。正是这种恶劣的娇气，才迫使那些有必要责备别人的人采取那么多的曲折婉转，以免激恼别人。他们一定要淡化我们的缺点，一定要做得好像是原谅我们的缺点，并且要在其中掺进称赞以及爱护与尊重的凭据。

尽管有这一切，这副药对于自爱仍然是苦口的。自爱会尽可能地少服药，而且总是带着厌恶的心情，甚至于往往暗中忌恨那些为他们开药方的人。

因此，导致了这种情形出现：如果有人有某种兴趣想讨我们的喜欢，他们就会避免向我们做出一种他们明知是我们所不高兴的事。他们对待我们就正像我们所愿意接受的那样：我们仇恨真理，他们就向我们隐瞒真理；我们愿意受奉承，他们就奉承我们；我们喜欢被蒙蔽，他们就蒙蔽我们。

这就形成了使我们在世界上得以高升好运道的每一步，都会使我们越发远离真理的原因，因为人们最担心的就是怕伤害那些其好感是极为有用而其反感又是极其危险的人物。一个君主可以成为全欧洲的话柄，但唯有他本人却对此一无所知。我对这一点并不感到惊讶：对于我们，向他说出真话来的人是有利的，但是对于那些说出真话来的人却是不利的，因为这会使他们遭人忌恨。可是与君主相处的人既然爱其自身的利益更有甚于爱他们所侍奉的那位君主的利益，那么就谨防他们会给君主谋求一种有损于他们自己的利益。

虽然说这种不幸经常在富贵人中间发生，但也有可能在下层人士中间发生。因为讨别人喜欢总归是有某些好处的。因而人生就只不过是一场永恒的虚幻罢了，我们只不过是在相互蒙骗、相互奉承。没有人会当着我们的面说我们，就像他会背着我们的面说我们的那样。人与人之间的联系只不过建立在这种互相欺骗的基础之上而已，假如每个人都能知道他的朋友当他不在场的时候都说了他些什么，那就没有什么友谊是能持久的了，哪怕当时说这些话都是诚恳的，而且是不动感情的。

因此，人不外是伪装，不外是谎言和虚假而已，无论是对自己也好还是对别人也好。他不愿意别人向他说真话，他也避免向别人说真话，而所有这些远离正义与理智的品性，都在他的心底里有着一种天然的根源。

我认为这是事实：如果所有的人都知道他们彼此所说对方的是什么，那么整个世界就不会有朋友存在。根据人们对此所作的流言飞语一再引起种种纠纷看来，这一点的确是不容置疑的。

马

—— ［法国］布　封

　　人类所曾做到的最高贵的"征服"，
　　就是征服了这豪迈而骠悍的动物——马。

　　人类所曾做到的最高贵的"征服"，就是征服了这豪迈而骠悍的动物——马。它和人同受战争的辛苦，同享战斗的光荣；它和它的主人一样具有无畏的精神，它眼看危急当前而慷慨以赴；它听惯了兵器搏击的声音，它喜爱它，追求它，受着同样热忱的鼓舞；它也和主人共欢乐：在射猎时，在演武时，在赛跑时，它精神抖擞，耀武扬威。但是它驯良不亚于勇毅，它不逞自己的烈性，它知道节制自己的动作：它不但屈从驾驭者的操纵，还仿佛窥伺着驾驭者的颜色，它经常按照着主人表情方面给予它的印象而奔腾，而缓步，而停止，它的一动一静都仅仅为了满足主人的要求。这是一个生来就为着舍己从人的动物，它甚至于会迎合人的心意，它用动作的敏捷和准确来表达着、执行着人的意旨，人希望它感觉到多少它就能感觉到多少，它所表现出来的总是在恰如人愿的程度上。因为它无保留地贡献出自己，所以它不拒绝任何使命，所以它尽一切力量来为人服务，它还要超越自己的力量，甚至于舍弃生命以求服从得更好。

　　以上所述，是才能已经获得发展的马，是天然品质已被人工改进过的马，是从小就被人保育、后来又经过训练、专为替人服务而培养出来的马。它所受的教育以丧失自由而开始，以接受束缚而终结。这种动物的被奴役或驯养已经太普遍、太悠久了，以致我们看到它们时，它们很少是在自然状态中。它们在劳动中经常是披着鞍辔，人们永远不解除它们的羁绊，纵然是在休息的时候；如果有时人们让它们在牧场上自由地奔驰，它们也还永远带着被奴役的标识，并且还时常带着劳动与痛楚的残酷的痕迹：嘴，由于铁嚼子勒出了皱纹而变形了；腰，有了疮痍或被马刺刮出一条条的伤疤了；趾甲，也钉上许多钉子了。由于惯受羁绊而存留下来的迹象，它们的浑身姿态都显得不自然；你现在就是把它们的羁绊解脱掉也是枉然，它们也不会因此而显得更自由活泼些。就是那些被奴役状况比较轻微的马，那些只为主人摆阔绰、壮观瞻而喂养、而供奉着的马，那些不是为装饰它们本身、却是为满足主人的虚荣而戴着镀金链条的马，对它们说来额上覆着的那一撮妍丽的毛，项鬣编成的那些细辫，满身盖着的丝和黄金，其侮辱性也并不亚于脚下的铁掌。

自然要比人工更美丽些；在一个动物身上，动作的自由就构成美丽的自然。你们试看看那些繁殖在南美各地自由自在生活着的马匹吧：它们行走着、奔驰着、腾跃着，既无拘束，又无节制；它们因不受羁勒而感觉自豪，它们避免和人打照面；它们不屑于受人照顾，它们寻找着、并且能找到适合于它们的食粮；它们在那无边的草原里闲游着、蹦跳着，在那里它们采食着四季皆春的气候所带来的新鲜产品；除了晴明的天空外，它们既无一定的住所，又无任何其他的庇荫，因此它们呼吸着清新的空气，这种空气，比把它们关闭在那些圆顶宫殿里、又把它们应占的空间加以压缩以后的空气要纯洁得多。所以那些野马特别强壮，特别轻捷，特别遒劲，远超过大部分的家养马，它们有大自然赋予的美质，有充沛的精力和高贵的精神，而所有的家养马都只有人工所能赋予的东西，即技巧与妍媚而已。

这种动物的天性绝不凶猛，它们只是豪迈而生野。虽然力量在大多数动物之上，它们却从来不攻击其他动物；如果它们遭到其他动物的攻击，它们并不屑于和它们搏斗，只是赶开它们或者踏死它们。它们也是成群来往的，不过它们之所以团结成群，纯粹是为着群居之乐，因为，它们一无所畏，原不需要团结御侮，但是它们彼此依恋之情却太深了。由于草木足够做它们的食粮，由于它们有充分的东西来满足自己的欲望，又由于对动物的肉毫无兴趣，所以它们绝不向其他动物挑战，也绝不互相作战，更不互相争夺生存资源；它们从来不做追捕一个小兽或向同类抢劫之类的事情，而这种追捕和抢劫正是其他肉食兽类互争互斗的根源。所以马总是和平生活着的，其原因就是它们的欲望简单，又有足够的生活资料，无需贪嫉。

这一切，我们只要看看人家放在一处饲养、并且成群放牧着的那些小马，就可以观察得很清楚：它们有温和的习性和合群的品质；它们的力量和锐气通常只是在竞赛的表现中流露出来；它们跑起来都要努力占先，它们争着过一条河，跳一条沟，练习着冒险，甚至于见着危险便更加起劲，而在这些自发的练习当中，凡是肯做榜样的马，凡是自动领头的马，都是最勇敢、最优良的，并且，一经驯服，常常又是最温和、最柔顺的……

在所有的动物中间，马是身材高大而身体各部分又都配合得最匀称、最优美的。如果我们拿它和比它高一级或低级的动物相比，就发现驴子长得太丑，狮子头太大，牛腿太细太短，与它的粗大身躯不相称；骆驼是畸形的，而最大的动物，如犀牛，如象，都可以说只是些未定形的肉团。颚骨前伸本是兽类头颅不同于人类头颅的主要原因，也是所有动物的最卑贱的标识；然而，马的颚骨虽然也大大地向前伸着，它却没有驴的那副蠢相以及牛的那副呆相。相反，由于它的头部的比例整齐，它有一种轻捷的神情，而这种神情又恰好被颈部的美烘托着。马一抬头，就仿佛想要超出它那四足兽的地位，在这样的高贵姿态中，它和人面对面地相觑着；它的眼睛闪闪有光，并且形状很美；它的耳朵也长得好，并且不大不小，不像牛耳太短，驴耳太长；它的鬃毛正好和它的头相称，装饰着它的项部，给予它一种强劲而豪迈的模样；它那下垂而丰盛的尾巴覆盖着、并且适宜地结束着它的身躯的末端；马的尾和鹿、象等兽的短尾，驴、骆驼、犀牛等兽的秃尾都大不相同，它是由密而长的鬃毛构成的，仿佛这些鬃毛是直接从臀部生长出来，因为长出鬃毛的那个小肉桩子很短。它不能和狮子一样翘起尾巴，它的尾巴虽然是垂着的，却于它很适合，因为它能使尾巴向两边摆动，所以它就有效地利用着尾巴来驱赶苍蝇；这些苍蝇很使它苦恼，因为它的皮虽然很坚实，又满生着厚密的短毛，却还是十分敏感的。

社会的不公正

——［法国］拉布吕耶尔

面对眼前的苦难，
人们会因为幸福而感到羞耻。

　　社会上，食不果腹、衣不蔽体的人比比皆是，叫人触目惊心。可是，也有人吃早熟的水果，他们要求土地违反节令生产出果实，以满足他们的嗜欲。一些稍有些积蓄的白丁，竟然可以一道菜吞下百户人家一天的生活费。谁愿意去同这些极端荒唐的现象作斗争呢。如果可能，我既不愿做不幸者也不愿做幸运儿，一种可以不愁温饱，还能有些余钱买点喜好的小玩意的生活，即是我理想的天地了。

　　面对眼前的苦难，人们会因为幸福而感到羞耻。

　　望不到边际的田野上，许多黑点在不停地摇动，细看来才发现，他们的皮肤是黝黑的或者灰色的，被太阳烤得焦亮；他们不知疲倦地掘着地、翻着土，好像被拴在那儿；他们好像会说话，确实，他们是人。夜晚，他们钻进污秽不堪的破屋，他们以劣质面包、冷水、土豆为永久的食物；他们使别人免除播种、耕耘和收获的劳苦，因此，倒是他们应该享受由他们劳动收获的精细的面包。

　　我认为平民百姓与大人物比起来，更需要生活日杂品，而后者却欲壑难填。一个普通老百姓不可能做任何坏事损害别人，一个大人物不会做什么好事但可以犯下昭彰的罪行；前者为和平而生，后者则生来就包藏着损人的祸心；前者身上是以天真纯朴的形式表现的粗鲁和直率，后者身上是以彬彬有礼的外表掩盖狡猾和腐朽的处世之道；老百姓没有才智，而大人物没有灵魂；前者普通的外表下跳动着一颗真正善良的心，后者华丽的外表下窝藏着一颗自私自利的心。如果要我选择，我会毫不犹豫地选择前者。

穷人的眼

···

——［法国］波德莱尔

快乐使灵魂美善，使人心柔和。

......

互相理解是这样的难，我的天使，即使是爱人之间也同样如此。

不要费尽心思猜测我恨你的原由了，我直接告诉你不是更好吗？因为你是这世上所能找到女性隔阂的最美标本。你认为我们共同走过的岁月已足够长，但在我却还觉得刚刚迈步。我们互相应许，我们当有同一思想，我们的两个灵魂当成为同一个灵魂。一个梦，并没有什么新奇，不过人人都梦见，却不见有人去实验过。

你是浪漫的，你有些累了，不顾夜晚的冰冷径直坐在咖啡店外边。虽然咖啡店还在用石灰涂饰，但已经显示它的未曾完成的华美了。那咖啡店辉煌了。那煤气灯发出新开张的所有的热力，用了它的全力照着墙壁，照着炫目的白镜上的闪烁的玻璃片、檐下与柱上凹形装饰的贴金；棕毛狗被圆脸的侍从紧紧拉住，那神色不安的鹰是贵妇人们的笑料，仙女与女神头上顶着果物包子与野味，赫柏女神与加尼米德美少年伸长臂膀，端着色彩斑斓的水晶托塔……历史与神话合并起来，造成一个饕餮者的乐园。

街道中间，我们的对面，站着三个人。一个四十岁左右面容憔悴的男人，一手搀着一个孩子，另一只手抱着一个还不能走的最弱的小孩。他是替代保姆的职务，带了他的小孩们，来享受用夜间的空气。他们都穿着破衣。三张脸都非常严肃，六只眼睛盯着新咖啡店，都非常地惊奇，但因为年纪不同感受也不尽一样。

那父亲的印象："这多么美，这多么美啊！人家几乎要想，所有穷人们的金子都走到这屋里去了。"小孩的："这多么美，这多么美啊！但这屋里，只有不是像我们这样的人，才能进去的。"至于那最小的小孩的印象，他的目光是茫然的，他除了蠢笨而深厚的喜悦以外，没有别的表示了。

快乐使灵魂美善，使人心柔和。这是对的，至少这晚上我是这样。我不仅被这一家人的眼睛所感动而且我还为那比我们的饥渴更大的酒瓶和酒杯而感到羞愧。我回过来看你，可爱的，我希望能够在你眼里读出我自己的思想：我用我的眼看进你的眼去，这样的感觉是异样的甜的，你的碧眼，在那里是浮动所主宰的、带着醉意的月光。可你却对我说："这些人真有点讨厌，张着那么瞪视的大眼睛！你还不去叫侍者把他们赶走？"

互相理解是这样的难，我的天使，即使是爱人之间也同样如此。

荒 谬

—— ［法国］加 缪

一切伟大的行为或思想，
开始都是荒谬的……荒谬的世界诞生于卑微中，
但由此衍生出它的崇高。

一个人给自己下定义时，伪装和真诚的冲动是必然的依据。因此感情上有把下层的钥匙，此心很难求得，但它会局部地从感情所含的行动和它所采取的心理状态中泄露出来。很明显，我这么说是在界定一种方法。但同样很明显，这是一种分析方法，而不是一种知识方法。因为方法涉及形而上学，它经常会无意地提及自己宣称为未知数的结论。同样，一本书的最后几页在开头前几页就已经包含了。这种联系是不可避免的。此处我所界定的方法，承认一切真实的知识都是不可能的。我们只能描述事物的外观，只能预测气候的趋向。

也许在迥异不同但却密切相关的知识世界、生活的艺术世界或艺术世界本身，我们能够克服荒谬那种难以捉摸的感觉。荒谬的气候是一个初始，其结局是荒谬的宇宙和那种心智状态，它以其真实色彩照亮了世界，进而那具有特权、铁面无私的形象也被引导出来了。

一切伟大的行为或思想，开始都是荒谬的。伟大的作品，经常诞生于街角或餐馆的旋转门边，因此它是荒谬的。荒谬的世界诞生于卑微中，但由此衍生出它的崇高。在某些情况下，如果人们问你在想什么，你回答"没什么"，这可能是一个托词。深知此理的大都是恋爱中人。但如果那是个真诚的答复，它象征着灵魂由奇异状态中的虚空变得充实，日常生活姿势的锁链断裂，人心徒然地追寻新的链环，那么，这答复就成为荒谬的第一个信号。

碰巧这舞台坍塌了。吃饭、坐车、工作四小时；吃饭、睡觉，以及接踵而来的星期一、星期二、星期三、星期四、星期五和星期六，依照着同样的节拍——大部分时间里跟上这种步调并不难。但是有一天，"为什么"这问题产生了，于是，万事复始时，你会感到极端不耐烦和疲惫。"开始"——这很重要，履行机械化生活最后的结果就是疲惫，但同时它却产生了意识的冲动，它唤醒了意识和接踵而来的一切。接下去的行为，是重新套上那链环，或者是豁然的觉醒。觉醒的结局及时导出后果——自杀或复原。疲惫本身令人生厌。我必须宣称这种感觉很好，因为万事始于意识，除了通过它，任何事情都毫无价值。这种论点显而易见，在概略地探讨荒谬的起源的过程中，暂时这些就足够了。正如海德格尔所说，纯粹的"焦虑"存在于万物之始。

人类的迷途

——［德国］歌　德

在现代的社会，还有人把无罪难民的受难情形当成名胜古迹般，
争相参观，
而后没有人会认为同样的命运或许在不久的将来会降临在自己的身上。

人类真是不务实际的家伙！每个人都一样。当附近的人发生危险时，不去帮忙反而像出外参观一样高谈阔论，乐在其中。当大祸临头时，每个人则唯恐避之不及，争先出走。当可怜的犯人被判刑带往刑场时，谁都不想错过热闹，争相前往。在现代的社会，还有人把无罪难民的受难情形当成名胜古迹般，争相参观，而后没有人会认为同样的命运或许在不久的将来会降临在自己的身上。这种无可救药的肤浅，也许就是人类的天性吧！

伦　敦

—— ［德国］海　涅

> 如果有人漫不经心地向你的怀里扔下一块发硬的面包皮，
> 你会泪流不止，以至于泪水浸泡了整个面包皮，
> 然后你吃下它，觉得是多么的苦啊。

　　太阳落山的时候，小汽船正载着我们逆流而上，我们对上游两岸的风光发表了各自不同的见解。

　　夕阳的余晖映照着格林威治的一所医院，这所医院是一座宫殿般壮丽的建筑物。它的两幢房子看来真像两只翅膀，这两只翅膀是中空的，透过它，我们可以看到一座森林似的绿山和一座豪宅。这时河上的船只愈来愈纷乱了，当我看到这些大船那么灵巧地互相间避着的时候，不禁异常惊异。每当船只相遇而过，就有些真挚、亲切的脸孔相互致意，这些面孔很陌生，而且以后也不会熟识。大家的船挨得那么近，甚至可以同时伸出手去向对方表示欢迎握别。当你看见那么许多胀得满满的帆的时候，你的心跳便会不由加快；尤其是听到岸上的舞曲和划拳的叫声时，你的心简直要跳出来。但是在黄昏的白色的薄雾中，景物的轮廓逐渐消失了，只有无数支矗立着的又长又秃的桅杆依然在望。

　　我看到了世界上最令人惊异和最使人注意的一种情景。看到这种情景后，我更感到惊异了，在我的记忆里，不断出现那些密如林立的房屋和在那儿挤来挤去的人流，在他们那些笑脸上你只能感到热情、真诚，显示着他们对爱情、饥饿和憎恨等等激动的感情，这就是伦敦。在伦敦的另一头，也就是人们说的西区，上流社会和有闲阶级的世界，那种单调性更加显著了；不过这儿的街道确是又长又宽，所有的房屋都大得像王宫一样，只是装饰没有丝毫特色。此外，我们也可以在这儿看到伦敦比较富有的寓所，在第一层楼上都点缀着一个带铁栅子的阳台，在底层也有一个黑色的栅栏，用来防护地下室的住所。一些大广场为这个区提供了休闲娱乐的场所，许多像上面描述过的一样的房屋围成了一个四方形，在这个四方形的中央，有一个用铁栅栏围起来的花园，花园里站着一个塑像。在这里根本没有一间稍微逊色一点儿的建筑。这儿处处都显示着富有和高尚的气象，然而

在偏僻的小街道和阴暗、潮湿的胡同里，却拥挤地住着那些衣衫褴褛和终年以泪洗面的穷苦人。

如果游人只满足于看这些豪华的房屋和宽阔的街道，当然不会了解伦敦黑暗悲惨的一面。只偶尔在什么地方的一个阴暗的小胡同口，你才会发现那儿默默地站着一个衣衫褴褛的女人，用她那干瘪的乳房喂着一个婴儿，用她的眼光向人求乞。如果这双眼睛还算明亮的话，说不定你会投去目光，而且因为从这双眼睛里看见了那种莫大的不幸而感到震惊。一般的乞丐都是些老年人，大多数是黑人。他们站在街头上给行人打扫一条小道——这在肮脏的伦敦是有必要的，目的不过是索要一个铜板。那些跟邪恶和犯罪勾连在一起的穷人只有在晚上才从他们的隐蔽所里爬出来。这些穷人的一切不幸要是和处处夸耀自己的、骄横的富人对比得愈尖锐，那么他们就愈怕见太阳；若不是肚子闹意见，他们绝不会在中午露面于街头。他们瞪着不能说话但却是在说着话的眼睛站在那儿，乞求地望着那个富有的商人，他现在正匆匆忙忙地在他们的面前走过，金币互相撞击声从口袋里传出来；他们或者望着那个终日无所事事的贵族老爷，他像一个喂得饱饱的上帝，骑着高头大马走过来，并不时向他脚底下的人投下一个贵族气派的漠不关心的眼光，似乎他们都是些微不足道的蚂蚁，充其量也不过是一群低级的创造物。这些人的喜怒哀乐跟他的感觉一概无关，不错，因为这些英国贵族，好像是一种比较高级的什么东西一样，高高地浮游在那些紧贴着地皮的贱民之上。他们只视英国为他们的家、小小的旅馆，视意大利为他们的花园，视巴黎为他们的社交沙龙，甚至视整个世界为他们的私有财产。他们毫无忧虑、毫无拘束地浮来浮去，黄金就是他们的一道护身符，能够以魔法来满足他们的最疯狂的欲望。

可怜的穷苦人啊！当你感到饥饿而又不得不面对着别人领受那富有讥讽意味的过多的享乐时，这该是多么痛心啊！如果有人漫不经心地向你的怀里扔下一块发硬的面包皮，你会泪流不止，以至于泪水浸泡了整个面包皮，然后你吃下它，觉得是多么的苦啊！你是用你自个儿的眼泪在毒杀自己。这样说来，如果你要跟邪恶和犯罪勾结在一起，你确实是有理由的。你们这些为社会所摒弃的犯罪者比起那些冷静的、无可非议的道德家说来，心里往往有着更多的人性，因为在那些道德家的变黑了的心里，那些损人利己的勾当是和仁慈善良一同消失的。

权力的罪恶

—— ［日本］池田大作

为了克服权力的魔性或者人的丑恶性，
就要不断地挑战自我。

就我个人来看，权力的罪恶问题是在人类努力追求和平和幸福的奋斗中，最不易也最不可能解决的问题之一。因为形成权力罪恶的根源，就是包含在人类生命中与善性对立的恶性。深究权力带来的罪恶，当然要涉及社会体制问题，然而追溯到底，必然追究到人性本身，追究到生命本源的理解问题。

我呼吁，权力的拥有者应坦诚面对这种罪恶，并坚定信心与之奋斗到底。同时有一点也很重要，要把权力用于为他人谋幸福，要努力开发自己的聪明才智。不要把权力看成是聚敛财富的法宝，要时时考虑为最痛苦的人服务，这不正是关键所在吗？

权力在某种意义上的确与民众有些对立，因此，抑制权力是很重要的。而另一方面，也有必要使民众确立绝对不受权力左右的自尊，同时还要变革权力持有者的内心。换句话说就是为了克服权力的魔性或者人的丑恶性，就要不断地挑战自我。

历史所显示的其实是一个罪恶循环往复的车轮。打倒一个罪恶的体制，新的体制又会暴露出新的罪恶。新的体制要想终止产生新罪恶，就只有在体制所拥有的权力之上装上有积极意义的车轮；而且必须在掌权者的内心，进而在所有人的内心，装上抑制权力的车轮。

贫穷是罪恶

—— ［日本］松下幸之助

贫穷必然导致罪恶。

"在四种疾病中最严重的就是贫穷"，这句俗语的意思是说贫穷可以降低人们的毅力，夺走生活的信心。

贫穷本身是违乎天理的，务必消除才是。所谓"一箪食、一瓢饮"的清贫生活虽然值得敬佩，但这只是安贫乐道者消极的想法而已。我们可以下一个很清楚的定义——"贫穷是罪恶"，并要将之消除。

贫穷必然导致罪恶。"衣食足，知荣辱"这句古话，直到今日依然可以说是除了一些特殊原因外，一般人是很容易在贫穷面前失去道德约制的。反过来说，"衣食不足，则不知荣辱"，虽然社会在进步，生活质量在提高，但这些现象却还是存在的。人性如此，贫穷自然还会制造罪恶。要想使这源泉干涸，则必须除去贫穷，方能使社会进步繁荣。若能除去贫穷，则犯罪率至少可降至相当低的比例，经济的大目标也将实现。

消除贫穷，固然需要每个人的努力，但社会体制、结构的彻底改善，也是不容忽视的环节，就政治而言，就要有消除贫困的实际措施。如果当我们对贫穷有了正确的认识，并且每个人均为消除贫穷而努力不懈，那么罪恶自然会消失。

洞

—— ［奥地利］卡夫卡

> 如果洞被填满了，洞将何去何从呢……
> 没有人知道这一点，原因在于我们的知识在这个问题上还有一个漏洞。

  洞，永远有高邻为伴。洞不可能单独出现，这一点使我深感遗憾。假如到处都有东西的话，洞也就不会存在，那也就不会有哲学，更加不会有洞所产生的宗教。没有洞，一些穴居动物将灭绝，人也同样：当物质世界威胁到两者的生命时，洞就是他们最后的救护站。由此看来，洞是永恒存在的有益体。

  "洞"这个字眼，会令人产生各种联想：有些人会想起枪眼，有些人会想起扣眼，还有些人会想起许多其他东西。

  洞是社会存在的不可缺少的基石，而社会本身也是一个洞。工人们住在阴暗的洞里，总要勒紧皮带，如果他们表示不满，就会被撵出门外，关进牢房。最后，当他们参观完许多个洞穴似的牢房之后，嗓子眼里就只剩下最后一口气了。出生在贫民窟里是件倒霉的事，不是吗？难道我说错了吗？要是出生在几个离洞较远的地方，他们至少能够丰衣足食。

  洞最具特色的地方就是边缘。边缘是物质世界的边防哨卡。虚无则不存在边哨：组成洞的边缘的分子朝洞里望去，是会感到头晕的，那么，组成洞的分子会不会感到踏实呢？对此没有确切的字眼，因为我们的语言是由物质的人发明的，而虚无的人则不用这种语言，他们另有交流的方式。

  洞是静态的，处在旅途中的洞是没有的，几乎没有。

  那些无法想象的现象中最为奇特的，就是两个相连的洞奇迹般地融合在一起。如果将两个洞之间的分界墙拆除，那么右边的边缘是属于左边的那个洞，还是左边的边缘属于右边的那个洞，还是各自属于各自的洞，或者双方都属于对方呢？这种担心我时常会有。

  如果洞被填满了，洞将何去何从呢？它是向左边的物质挤去呢？还是向另一个洞跑去，以诉说自己的不幸？哪儿存在被堵上的洞呢？没有人知道这一点，原因在于我们的知识在这个问题上还有一个漏洞。

早晨的祷告

—— ［奥地利］里尔克

你必须做自己的主宰，让艰难做你的助手，

有朝一日，它将越过你，

以其重力影响一个命运、一个人，影响上帝。

　　一日之计在于晨。早起工作，这对于你不算难事，你说做不到，为什么？路途中有什么艰难吗？你不喜欢艰难？它能够将你杀死，它具有威力，这是你所知的艰难。你了解轻松吗？知之甚少，或者不知？我们对轻松毫无记忆。即使你可以选择，你难道不是必得选择那艰难吗？你未感到它与你相连吗？它难道未经由你的爱与你相连吗？难道它不是来自你最了解的生你养你的地方？

　　你若选择了艰难，不就与自然统一了？你认不认为呆在泥土里的种子不会更轻松？那些飞禽与走兽难道过得很轻松？

　　由此看来，艰难与轻松本不存在。生活本身就是艰难的，但你想活命吧？你若把接受艰难称为义务，你就错了。驱动你这样做的是自我生存的本能。你的义务不是别的什么，而是去爱艰难、喜欢艰难。你承受艰难而言语不多，你必须晃着它哄它入睡，当它醒来时，你必须在它身旁。它随时都可能醒来。

　　你必须相当热心和善良，将你的艰难宠惯，使它离不开你，使它像孩子一样依赖你。

　　你若做到这一步，你将不再愿意来人将它从你手里夺走。

　　是爱让你拥有了艰难，而爱本身又是艰难的。如果有人令你去爱，他给了你一项巨大的任务，但不是不能完成的。因为，他不是让你去爱人，这不是初学者能做到的，他也不要求你去爱成熟人才能做到的，他只是指向你的艰难，那是你最微薄又最丰沃的东西。你看，轻松对你一无所求，但艰难在等着你，那里是你施展技能的天地，而且，即使你的生命漫长，你也没有一天留给讥嘲你的轻松。

　　了解自己，让艰难属于自己。你若如一块随四季变换的土地，那么，你的艰难在你心中应如一间房屋。想想看，你不是星辰，你没有轨道。

你必须做自己的主宰，让艰难做你的助手，有朝一日，它将越过你，以其重力影响一个命运、一个人，影响上帝。当它成熟，上帝将进入到你的艰难之中。除了在此，你还会在哪里能与上帝相遇呢？

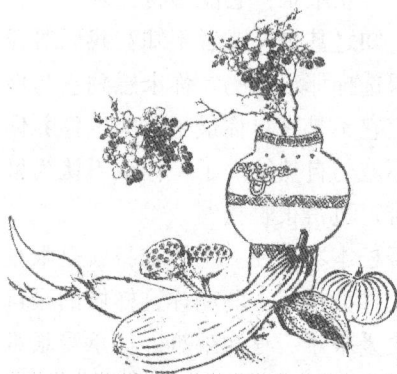

名字

—— ［智利］聂鲁达

我把他们的名字刻在心坎上，
不因为他们是名人，只因为他们是我的同志。

我把他们的名字刻在心坎上，不因为他们是名人，只因为他们是我的同志。

罗哈斯·希门尼斯，浪人，因为告别而吃惊，为欢乐而死亡，鸽子的喂养者，为阴影而疯狂。

华金·西富恩特斯，他那三行押韵的诗节，就像河水里的石头一样在滚动。

费德里科，他永远那样严肃，那样深沉，没有笑容，他使我们大家为了一个世纪而悲伤。

保尔·艾吕雅，他那双勿忘我的眼睛，一如以往那样蔚蓝，保存着自己天蓝色的力量。

米格尔·埃尔南德斯，他像一只夜莺从王妃大街的树林里向我吹着口哨，直到驻防的军队逮捕了我的夜莺。

拿瑞姆，伟大而坚强的歌唱家，勇敢的彬彬有礼之人，同志。

为什么他们这么快就走了呢？他们的名字不会在心坎上抹去，更不会变浅。他们每个人都是一个胜利。他们在一起就是我的全部光明。现在，是一本充满我悲伤的回忆录。

论 善 恶

—— ［黎巴嫩］纪伯伦

在你冀求你的"大我"的时候，
便隐存着你的善性：这种冀求是你们每人心中都有的。
但是对于有的人，这种冀求是奔向大海的急湍，
挟带着山野的神秘与林木的讴歌。

当你与自己合一的时候便是善。

当你不与自己合一的时候，却也不是恶。

因为一个隔断的院宇，不是贼窝；只不过是个隔断的院宇。

一只船失了舵，许会在礁岛间无目的地飘荡，而却不至于沉入海底。

当你努力地要牺牲自己的时候便是善。

当你想法自利的时候，却也不是恶。

因为当你设法自利的时候，你不过是土里的树根，在大地的胸怀中爆吸。

果实自然不能对树根说：你要像我，丰满成熟，永远贡献出你最丰满的一部分。

因为，在果实，贡献是必需的，正如吸收是树根所必需的一样。

当你在言谈中完全清醒的时候，你是善的。

当你在睡梦中，舌头无意识地摆动的时候，却也不是恶。

连那错误的言语，也有时能激动柔弱的舌头。

当你坚勇地走向目标的时候，你是善的。

你颠顿而行，却也不是恶。

连那些跛者，也不倒行。

但你们这些勇健而迅速的人，要警醒，不要在跛者面前颠顿，自以为是仁慈。

在无数的事上，你是善的，在你不善的时候，你也不是恶。

你只是流连，荒亡。

可怜那麋鹿不能教给龟鳖快走。

在你冀求你的"大我"的时候，便隐存着你的善性：这种冀求是你们每人心中都有的。

但是对于有的人，这种冀求是奔向大海的急湍，挟带着山野的神秘与林木的讴歌。

在其他的人，是在转弯曲折中迷途的缓流的溪水，在归海的路上滞留。

但是不要让那些冀求深的人，对冀求浅的人说："你为何这般迟钝?"

因为那真善的人，不问赤裸的人说："你的衣服在哪里?"也不问那无家的人："你的房子怎样了?"

消极抵抗

————［印度］甘　地

人的天性中，
人是有能力面对他可能遭遇到各种困难或磨难的。

消极抵抗并非武力抵抗。消极抵抗是通过使自身受苦受难而获得某种权利或权誉的方式。当我去做一个有违于我的良知的事时，我的力量来自我的灵魂。举例来说，政府通过了一项牵扯到我的法令，我不喜欢它，要迫使政府取消这项法令，武力抵抗我万万不能，如果我不遵守这项法令，宁愿接受违法的惩罚，我用的是灵魂上的力量，包括自我牺牲。

牺牲从来就被认为是崇高的奉献。再者，如果这种力量运用于被证明是不正确的事业时，也只是运用它的人受苦，他不至于使别人为他的错受苦。到目前为止，人做的很多事最后被证明是错误的。没有人可以判定错与对，没有人敢说自己的决定是对，或某人做的事一定错，只要他慎重地思考一下，其中的道理不言自喻。因此，我们面临的问题是，不去做我们认为是错误的事，为此磨砺自己，不管后果如何。这是运用灵魂的力量的关键。

要想成为一个真正的消极抵抗者，你需要经过苦难训练方能成功。一般来说，随着肉体已被娇养得很虚弱，居住于肉体的心灵也已虚弱，如果没有心灵上的力量，灵魂上的力量便无从产生。我们必须摆脱童婚制和奢侈的生活来改善我们的身体状况。如果我去要求一个不堪一击的人去堵住枪口，那我自己便会成为一个笑柄。做一个消极抵抗者很容易，同时也很难。我知道一位十四岁的少年成了一个消极抵抗者；我还知道病人在做着类似的工作；我更知道享受健康和物质将无力去完成消极抵抗者的使命。大量的经验之后，在我看来那些想以消极抵抗来服务于国家的人必须保持完美的节操，居贫守穷，追求真理，培养无畏的精神。

节操是神圣而伟大的，没有了它也就意味着远离坚定的最高峰。一个没有节操的人会失去毅力和伟力而变得懦夫一般柔弱。一个人的心灵被肉体束缚以后他便不能做出任何伟大的努力，这可以被无数的事实所证明。那么，有家庭的人怎么办呢？无论如何，节操是不可丢的。夫妻沉醉于热情之中，这方面至少是一种肉体上的纵欲。这种沉迷是严厉禁止的，除非是为了子孙的延续。但对一个消极抵抗者来说，即使是这种非常有限的沉迷，也是必须避免的，因为当下不是渴求子孙的时候。因此，一个已婚的男子能够保持节操，这个问题勿需做过多的论述。还有别的一些问题：一个男人怎样说服他的妻子呢？她的权利是什么，等等。这些对于一个渴求加入一项崇高的工作的人并不难，他们总有办法安内持外。

正像存在着保持节操的必要性一样，守贫也是必要的。金钱企求和消极抵抗是不能并容的。这并非是要有钱的人把金钱扔掉，而是要他们对金钱冷漠。他们必须做好宁可舍弃最后一分钱也不放弃消极抵抗的心理准备。

我们把消极抵抗与真理联系在一起，为此，我们必须不惜一切代价地遵守真理。与此相关，一个人是否不能撒谎以求解救等科学问题就出现了，但这些问题只对那些想为撒谎辩解的人才存在。那些时刻都在追寻真理的人不会把自己置于这样的窘境中，而且，即便那样的话，他们也能及时从那种错误中走出来。

消极抵抗需无畏延续。那些一心一意在消极抵抗的道路上前进的人，在钱财、虚荣、亲戚、政府、身体折磨、死亡等各个方面都是无畏的。

这些原则不能因为困难而放弃。人的天性中，人是有能力面对他可能遭遇到各种困难或磨难的。我们应该具备这些优良的品质，哪怕你是一个不愿加入非暴力队伍中的人。无疑，那些以武力抵抗的人也要具有一些这样的品质。并不是人人都成为为理想而奋斗的战士。要想成为战士，就应该严守贞操，以贫穷为乐。

我们不能想象，一个丢去无畏精神的勇士将会是什么样。我们可能想到他不必严守真理，但是，严守真理的品质和无畏的精神是不可分割的。假如一个人放弃了真理，他必定是出于某种形式的恐惧。如此，我们便不会对上述的四种品质感到悲哀。

然而，一个使用肉体之力的人不得不具备很多别的无用的品质，而消极抵抗者则根本不必。你会发现，一个持剑的人从根本上说是因为害怕；否则的话，剑便会从他的手中扔掉，因为他不需要利剑。当一个拄杖的人忽然面对危险时，他会出于本能举起武器来自卫；当他心中没有危险时，他才知道以前自己只是妄谈无畏，这时他便会放下拐杖，感到惧怕已消失。

孟加拉风光——西来达

——[印度]泰戈尔

我认为，像个人似的活着、死去、爱着、信任着这世界，
也就够了，我不能把它当做是创世者的一个骗局，或是魔王的一个圈套。
我是不会拼命地想飘到天使般的虚空里去的。

一只又一只的船到达这个码头。过了一年的作客生涯，他们从遥远的工作地
点回家来过节日。他们的箱子、篮子和包袱里装满了礼物。我注意到有一个人，
他在船靠岸的时候，换上一件整齐的衣服，在布衣上面套上一件中国丝绸的外
衣，整理好他颈上的仔细围好的领巾，高撑着伞，走向村里去。

潺潺的波浪流经稻地，芒果和枣椰的树梢耸入天空，树外的天边是毛绒绒的
云彩。棕榈的叶梢在微风中摇曳，沙岸上的芦苇正要开花，这一切都是赏心悦目
的画面。

刚回到家的人的心情，在企望着他的家人的热切的招待。这秋日的天空，这
个世界，这温煦的晓风，以及树梢、枝头和河上的微波普遍地颤动，一起用说不
出来的哀乐来感动这个从船窗里向外凝望的青年人。

从路旁窗子里所接受到的一瞥的世界，带来了新的愿望，或者毋宁说是旧的
愿望改了新的形式。

前天，当我坐在船窗前面的时候，一只小小的渔船漂过，渔夫唱着一支
歌——调子并不太好听。但这使我想起许多年前我小时候的一个夜晚。我们在巴
特马河的船上，有一夜我在两点钟的时候醒来，在我推上船窗伸出头去的时候，
我看见平静无波的河水在月下发光，一个年轻人独自划着一只渔舟，唱着走过。
呵，唱得那么柔美——这样柔美的歌声我从来也没有听见过。

一个愿望突然来到我心上。我想回到我听见歌声的这一天，让我再来一次活
生生的尝试。这一次我不让它空虚地没有满足地过去，我要用一首诗人的诗歌，
在涨潮的浪花上到处浮游；对世人歌唱，去安抚他们的心；用我自己的眼睛去
看，在世界的什么地方有什么东西；让世人认识我，也让我认识他们，像热切吹
扬的和风一样，在生命和青春里涌过全世界；然后回到一个圆满充实的晚年，以

诗人的生活方式把它度过。

这算是一个很崇高的理想吗？为使世界受到好处，理想无疑地还要崇高些。但是像我这么一个人，从来也没有过这样的抱负。我不能下定决心，在自制的饥荒之下，去牺牲这生命里珍贵的礼物，用绝食和默想和不断的争论，来使世界和人心失望。我认为，像个人似的活着、死去、爱着、信任着这世界，也就够了，我不能把它当做是创世者的一个骗局，或是魔王的一个圈套。我是不会拼命地想飘到天使般的虚空里去的。

妇女世界

——[印度]泰戈尔

妇女必须依靠自己，全力投入人类世界的创造，
以恢复倾斜的社会平衡。
因此，妇女须得要干预已被损害得支离破碎的个人世界，
一定要大声疾呼，人无论高低贵贱都属于他们自己。

人类世界是妇女的世界，无论这个世界是家庭化的，还是其他形式的。生命活动都表现着人类的生存方式，而非难以捉摸的抽象活动。

只要有人存在，有人们活动的场所，那么便会有妇女的世界。在家庭这个以妇女为中心的世界中，人人都能发现自身的价值不在于市场，而在于爱的本身。在这里上苍仁慈地将人类的价值交还给了他自己。家庭世界是上苍赐予妇女的礼物，妇女们身处其中，将爱的光芒播洒在每一个角落，无所不至，并且常常让爱来证明着女性生命的本质。我们不可忽视这样一个真理：女人们诞生于母亲怀抱之日，便是她们降临于人类关系的中心之时。

妇女们可以运用自己的力量穿透事物的表层，走向生活奥秘的中心，走向幸福的永恒泉源，而男人则无力到达这个境界。妇女们拥有了这种力量而又没有对它进行扼制的话，那她们就会去热爱那些因为品性奇特而显得不那么可爱的人们。

男人们不同，他们必须对这个世界履行自己的责任，在这个世界里不断地攫取权势，创造财富，建立各种组织。但是，神灵派遣妇女们去爱的那个世界，则是一个凡间俗界。因而，妇女们所面对的不是一个仙女们沉睡千年、正等着魔杖触醒的仙境。不过，即使是在神灵的世界里，也处处可见赐予妇女们的魔杖，这些魔杖使她们的心灵随时保持着清醒。只是，这些魔杖既非财富，又非权势。

在目前这个男人支配的世界里，男人们以权势而自豪，常常对充满情感的事物和人际关系讽刺嘲弄。这也影响到了妇女。许多妇女便大声疾呼，声言她们不愿被看做女人，而愿意充当权力和组织的真正代表。而在现阶段，她们仅被看做是种族的母亲、人类生活必需品的管家、同情与爱这种人类深层精神需求的施放

者。面对人们的这些目光，妇女的自尊心受到了极大伤害。

近来，由于科学的发展，文明越来越呈男性化趋势，个人的真实本色日益受到漠视。各种组织的利益正在侵害人际关系，感情也让位于法律，对权势和财富的贪得无厌，使妇女世界受到了无情的剥夺，家庭这个憩息之地也惨受排挤。男人们似乎要把整个世界占为己有，不给妇女留下任何空间。这不仅是对妇女世界的侵害，亦是对妇女的侮辱。

但是，不能由于男人权利的肆虐，而把妇女拉回到充当装饰品的地步。文明对妇女的需要程度，丝毫不亚于男人，甚至可能更有甚之。尽管在历史的现阶段，男人依然自得于其优越性，然而，他们终究不能将妇女的本质全部摧毁，亦不能将妇女的本质转化为冷冰冰的建筑材料。妇女的家庭可以被打碎，但妇女的自我尚存，它不可能被粉碎。妇女不仅要追求生活的自由，反对男人对事业的垄断，而且要反对男人对文明的垄断，这种垄断打击着妇女的灵魂，并且吞噬着她们的生命。

妇女必须依靠自己，全力投入人类世界的创造，以恢复倾斜的社会平衡。因此，妇女须得要干预已被损害得支离破碎的个人世界，一定要大声疾呼，人无论高低贵贱都属于他们自己。她们必须挺身而出，保护情感的美好花朵，使之免受只讲效率的科学的嘲弄和烤灼。妇女们必须扫除贪婪的组织力量对个人生活造成的污染。妇女们任重道远，她们迈出家庭门槛参与社会生活的时刻已经来临，这个世界和一切遭受过凌辱的人都有权向她们提出申诉。在妇女们的关注之下，人们将会发现自己的真正价值，在阳光下高扬头颅，经由妇女之爱来复活对爱的神圣信仰。

版权声明

　　我方策划出版的《中外名家精品荟萃》图书中，部分作品无法与权利人取得联系，为了尊重作者的著作权，特委托北京版权代理有限责任公司向权利人转付稿酬。请您与北京版权代理有限责任公司联系并领取稿酬。联系方式如下：